CATHERINE CON MORSE

Catherine Con Morse tiene una Maestría en Arte por la Universidad de Boston y otra en Educación por la Universidad de Harvard. Ha sido becaria de Kundiman, un programa que fomenta la creación entre artistas asiatico-americanos. Estudió piano en la Universidad de Carolina del Sur y su trabajo ha aparecido en *Joyland*, *Letters*, *HOOT*, *Bostonia*, entre otros medios. Es también la autora de la novela juvenil *The Note*.

Catherine creció en una familia multicultural en el vecindario de River's Edge. Allí compitió en el equipo de natación, aunque nunca fue tan rápida como Emily. Actualmente vive con su esposo e hija en Connecticut River Valley. Puedes conocer más sobre su trabajo visitando catherineconmorse.com.

EL VERANO QUE RECORDÉ TODO

EL VERANO QUE RECORDÉ TODO

CATHERINE CON MORSE

TRADUCCIÓN DE RENATA SOMAR

VINTAGE ESPAÑOL

Originalmente publicado en inglés bajo el título *The Summer I Remembered Everything*
por Crown Books for Young Readers, una división de Penguin Random House LLC, Nueva York, en 2025.

Primera edición: abril de 2025

Copyright © 2025, Catherine Con Morse
Todos los derechos reservados

Publicado por Vintage Español®, marca registrada de
Penguin Random House Grupo Editorial USA, LLC
8950 SW 74th Court, Suite 2010
Miami, FL 33156

Traducción: Renata Somar
Copyright de la traducción © 2025 por Penguin Random House Grupo Editorial

Ilustración de cubierta © 2025, Hsaio-Ron Cheng

La editorial no se hace responsable por los contenidos u opiniones publicados en sitios web o plataformas digitales que se mencionan en este libro y que no son de su propiedad, así como de las opiniones expresadas por sus autores y colaboradores.

Penguin Random House Grupo Editorial apoya la protección de la propiedad intelectual y el derecho de autor. El derecho de autor estimula la creatividad, defiende la diversidad en el ámbito de las ideas y el conocimiento, promueve la libre expresión y favorece una cultura viva. Gracias por comprar una edición autorizada de este libro y por respetar las leyes del derecho de autor al no reproducir, escanear ni distribuir ninguna parte de esta obra por ningún medio sin permiso previo y expreso. Al hacerlo está respaldando a los autores y permitiendo que PRHGE continúe publicando libros para todos los lectores. Por favor, tenga en cuenta que ninguna parte de este libro puede usarse ni reproducirse, de ninguna manera, con el propósito de entrenar tecnologías o sistemas de inteligencia artificial ni de minería de textos y datos.

Impreso en Colombia / *Printed in Colombia*

Información de catalogación de publicaciones disponible
en la Biblioteca del Congreso de los Estados Unidos

ISBN: 979-8-89098-321-3

25 26 27 28 29   10 9 8 7 6 5 4 3 2 1

Para Pete, mi jardinero.

Y para Libby, nuestra niña de cabello indomable.

Las rosas parecen delicadas, pero se han adaptado
a la mayoría de los climas. Podemos hacer que florezcan
todo el año hasta el invierno. Entre más las cortas, más rápido
crecen y más se fortalecen.

—ALEXANDER CHEE

CAPÍTULO 1

ES EL PRIMER DÍA de las vacaciones de verano y yo estoy de rodillas en el baño, quitando el moho de la bañera. Si Tessa, mi hermana mayor, no usara tantos productos, no habría montones de cabellos suyos en la rejilla del drenaje, no habría jabón de menta para el cuerpo en la jabonera, ni exfoliante de azúcar moreno para el rostro por todo el borde. Lo peor es el silencio. Nada de Mitski, tampoco un pódcast de crímenes verdaderos, nada que me distraiga del olor a Clorox y del ocasional trozo de uñas de los pies sobre el tapete verde claro.

En realidad, lo peor es que después de esto tengo que lavar el inodoro.

Todo comenzó cuando llegó mi reporte de calificaciones.

—¿Psicología? —preguntó Tessa—. ¿Cómo puedes sacar C en Psicología si es, digamos, el estudio de *ti misma*?

Parece que a Tessa nunca le sucede nada terrible. Un día malo para ella es como uno normal para mí, lo que solo significa que voy a tener una personalidad más interesante. Ya la tengo, de hecho.

—Pues —comienzo a decir—, tal vez todavía estoy conociéndome a mí misma.

—¿Quieres ser un cliché andante? —preguntó Tessa.

—Ya basta, Tessa —le dijo papá con un suspiro—. Y tú, estás castigada. Tres semanas —me dijo desde abajo, cuando me dirigía a mi habitación e iba a la mitad de las escaleras.

Seguí subiendo con la urgencia de azotar la puerta como lo hacen los niños blancos en las películas.

—¿Pero qué mierda? —dije.

No porque no mereciera el castigo, sino porque mis padres nunca habían castigado a nadie. Incluso me sorprendió que papá supiera como hacerlo. En mi experiencia, los padres inmigrantes no castigan a sus hijos porque, de cualquier forma, ya son demasiado estrictos. Imaginé a Andy Huang, el vecino del final de la calle, siendo castigado y casi me reí.

—Te diré lo que es una mierda —dijo papá, su acento se tornó más marcado, como sucede cada vez que se siente frustrado. Su *es* sonó como *iis*, y la *r* de *mierda*, casi sonó a *l*. Todo esto habría sido muy gracioso, de no ser porque sucedió mientras me gritaba sacudiendo mi reporte de calificaciones con el brazo en alto—. *Esto es una mierda, ¡sacar C en una clase sencilla!*

—Fue una C+ en Psicología Especializada —masmullé al verlo empezar a subir por las escaleras dirigiéndose a mí.

—¡Todavía no termino, Emily Chen-Sanchez! —gritó—. Y no se te ocurra encerrarte en tu habitación: es demasiado divertida para ser zona de castigo.

Entonces mamá asomó la cabeza desde su cuarto, donde se encontraba descansando.

—... No hay respeto —alcancé a escuchar a Tessa diciendo en el piso de abajo.

—¡Tú cállate, Tessa! —grité poniendo los ojos en blanco.

Me disculpé con mi madre. Ya me había disculpado demasiado con ella y apenas era finales de mayo, o sea, técnicamente el verano ni siquiera comenzaba.

—¿Entonces a dónde la vas a enviar? —le preguntó mamá a papá, sin que a mí me quedara claro si hablaba en serio o si se estaba burlando de toda la situación. Porque mis padres hacen eso a veces, tienen un sentido del humor que Tessa y yo no comprendemos.

—*I'm sending her to* el baño —dijo papá.

Mamá rio de buena gana, parecía la cosa más graciosa que había escuchado en su vida.

En conjunto, mis padres hablan tres lenguas y, siempre que están nerviosos o agitados, surgen sus lenguas maternas: español en el caso de papá y mandarín en el de mamá. Por eso no resulta sorprendente que las frases en español que mejor conozco sean del tipo: *Saca la basura*.

—¿En serio? —pregunté.

Papá señaló la puerta y esperó que entrara al baño que comparto con Tessa.

Dijo que tenía que quedarme ahí por lo menos una hora, hasta que estuviera lista para hablar con calma sobre lo que sucedió y sobre mi plan para rectificar la situación. Papá trabaja en mercadotecnia, no estoy segura de qué hace todo el día, pero sé que dirige a un montón de gente y todos usan palabras como *rectificar*.

—Y dame tu teléfono celular —añadió.

Así pues, obedecí y entré al baño, pero para cuando papá vino a verificar lo que estaba haciendo, ya me estaba pintando las uñas de los pies con un barniz rojo carro de bomberos y tenía en la cara una mascarilla suavizante/humectante/reafirmante. Fue la gota que derramó el vaso. Papá me entregó los guantes amarillos para limpiar y una esponja.

—A limpiar —dijo.

Esta noche quiero llevarme la cena a mi habitación para comer ahí, pero mis padres no me dejan. Esa es otra de las cosas que no entiendo de ellos, ¿cómo es posible que estemos furiosos los unos con los otros, pero de todas formas quieran que cenemos juntos en la mesa? Es una sutil forma de tortura.

Por supuesto, Tessa está hablando de *uno más* de los internados para los que envió solicitud. Creo que en este caso se trata de trabajar en una sala de emergencia, algo que ha querido hacer desde que tenía como siete años.

Yo trato de no prestarle atención porque hay un límite para la cantidad de logros que puedo escuchar de la persona que duerme en la habitación de al lado. La persona cuyo CV es tan extenso como un ensayo final de semestre, sin mencionar que tiene CV a pesar de que apenas está en la preparatoria. La persona que dio una TED Talk a los quince años sobre la importancia de la salud mental en los adolescentes y que a los diecisiete tiene un pulcro corte tipo *bob* por encima de los hombros igual al de nuestra madre porque, por una parte, es más profesional y, por otra, es muy eficiente. Sí, para Tessa todo tiene que ver con la eficiencia.

En lugar de escuchar me sirvo más papas y las cubro generosamente con mantequilla.

—No comas tantas papas —dice mamá interrumpiendo a Tessa—. Necesitas más verduras de hoja.

—Come más puerco —interviene papá—. También necesitas proteínas para nadar.

—¿En verdad necesitas añadir mantequilla? —agrega Tessa. Lo hace porque sí e incluso se interrumpe a sí misma para fastidiarme. Incluso atraviesa con furia asesina su papa sin mantequilla y se la mete en la boca sin dejar de mirar la mantequilla de las mías.

Aun si solo estoy comiendo, siempre puedo contar con que mi familia hará comentarios sobre cada uno de mis movimientos.

Siempre que siento las cosas de una forma superintensa, empiezo a tener ideas para mi siguiente dibujo. Es justo lo que está sucediendo ahora. Estoy tan furiosa con los tres, que en mi mente empiezo a trazar un gran bosquejo: mamá, papá y Tessa como una familia de cacatúas ninfa, sentados en una diminuta mesa en el interior de una jaula, mientras yo soy otra ave, pero enorme, y miro desde afuera. Podría titularlo algo así como: *¿Cuándo será mi turno?* o *Nunca cabré en esa jaula* o, quizá, *Fuera de la familia.* Tal vez es muy poco sutil o muy tipo *El patito feo*, pero ustedes me entienden.

Cada vez que tengo una idea para un dibujo o pintura, es como si una mosca zumbara en el interior de un frasco, desesperada por salir. En cuanto escribo la idea en mi aplicación de Notas, me siento mucho mejor o, si puedo, empiezo a bosquejar en lápiz de inmediato, aunque solo sea en la esquina superior de la hoja en la que estoy tomando notas en clase. Eso me ayuda aún más.

Como durante la cena no puedo empezar a dibujar nada, solo repito en mi cabeza *pájaros, pájaros, pájaros* para no olvidar.

Incluso si no estoy castigada, los fines de semana no salgo mucho, pero al menos puedo escapar gracias a mi arte. Me pongo los audífonos, la camiseta vieja que asigné como camiseta de trabajo artístico y, de repente, es como si ya no estuviera en casa, sino en un estudio de verdad, con ladrillos sin recubrimiento, buena iluminación y otros artistas plásticos trabajando a mi alrededor. Un estudio en un lugar como, digamos, Brooklyn, donde la gente puede hacer cosas sofisticadas todo el día.

Por desgracia, en tiempos recientes mis padres han estado quejándose mucho por todo el tiempo que paso pintando. Como a mamá no le gusta que siempre tenga las manos y las uñas manchadas del polvo de los gises pastel, quiere que use guantes, pero claro, la experiencia no sería la misma. Papá, por su parte, cree que el hecho de que quiera solicitar la admisión a una escuela de arte es solo una fase. Por eso a veces solo tomo mi material y me voy a una cafetería. Eso es lo bueno de la pintura al pastel, no necesitas demasiadas cosas para instalarte y trabajar; no es como pintar con acuarelas, que te obliga a trabajar con muchos pinceles, además de las pinturas, el agua y una paleta.

—Dios santo, eres *tan* rara —dice Tessa y me doy cuenta de que, al parecer, me distraje por un momento.

—¿Qué fue ese "brr brr brr"? —pregunta mamá.

Papá se ríe.

Y entonces me doy cuenta de algo: las cosas serán así todas las noches de lo que queda del verano y no podré soportarlo. Tres semanas podrían no parecer mucho, pero es casi un tercio del período vacacional y yo necesito largarme de esta casa.

ℓℓℓ

A menos de que tome en cuenta los eventuales empleos cuidando niños por aquí y por allá, nunca he trabajado. El verano pasado envié solicitudes a todos los lugares que se me ocurrieron, la heladería Marble Slab, la librería Barnes & Noble y el supermercado Publix, por ejemplo, pero en todos me dijeron que no tenía suficiente experiencia. ¿Cómo se supone que vas a obtener experiencia si, en primer lugar, no puedes trabajar para obtener esa experiencia? ¿Y qué experiencia necesitas en realidad? Yo puedo hacer bolas de helado tan bien como cualquiera y apostaría a que también sabría acomodar víveres en bolsas a pesar de que este tipo de empleos no me interesa mucho. ¿Quién quiere trabajar en un lugar iluminado con luz fluorescente, donde lo más interesante que se puede hacer es tratar de averiguar si una hierba es perejil o cilantro? Lo que en verdad me gustaría sería conseguir un empleo en un lugar hermoso como un museo o un hotel elegante y de alto nivel, o el tipo de sitio donde tienes que usar zapatos bonitos y tomar el elevador para llegar a tu oficina. Y, sin embargo, no necesito un empleo elegante. Me bastaría con un trabajo que implicara hacer caligrafía falsa en tarjetas de felicitación o hacer caricaturas en exteriores y cobrar ocho dólares por dibujo. Para ser honesta, si me aceptaran, trabajaría incluso en uno de esos lugares donde puedes pintar y tomarte una copa de vino al mismo tiempo.

Sin embargo, como podrán imaginar, en Green Valley, South Carolina, no hay muchos lugares de ese tipo y, además, no estoy segura de que podría trabajar ahí si todavía no tengo autorización para beber.

Esta noche, cuando por fin estoy en mi habitación, empiezo a deslizar la pantalla en la página RiversEdge-RoundUp.com para buscar empleo. No solo lo hago para no tener que estar en casa, creo que también se vería muy bien en mi currículum para la universidad, aunque, claro, solo me inscribiría en una si no me aceptaran en la escuela de arte. Con calificaciones tan mediocres como las mías, no sería mala idea tener un poco de experiencia en la vida real como respaldo.

Sigo navegando en el sitio y resulta que toda la gente en River's Edge necesita ayuda con algo. Hay anuncios en que se busca cuidadores de mascotas, cuidadores de niños y cuidadores de casas, pero también hay muchos para hacer trabajo de jardinería, si eres capaz de soportar el calor abrasador y la humedad. Papá no me dejaría tomar un empleo así. Diría algo como: *Desde que llegamos a este país no hemos dejado de trabajar para que tú puedas tener un empleo agradable, en un lugar limpio y en interiores.*

Por supuesto, él preferiría que ese "empleo en interiores" sea en el área médica, de negocios o legal.

Ignoro todos los anuncios en busca de cuidadores y tutores porque quiero un empleo que me permita pasar todo el día fuera de casa, no solo un par de horas. De esta manera podré salir incluso estando castigada. Casi llego al final de la página de anuncios cuando encuentro un empleo que parece perfecto para mí:

Dama cerca de sus años dorados, pero no en sus años dorados del todo, busca acompañante joven para ayudar con tareas diversas en casa. Busco algo especial, un *je-ne-sais-quoi* que reconoceré en cuanto lo vea.

La dama no incluyó ninguna dirección de correo electrónico. Se supone que debo llamar al número telefónico y el pago se negocia en persona.

Cierro la puerta de mi habitación y marco el número.

El teléfono suena dos veces y luego me contesta una voz alegre.

—¡Residencia Granucci! —exclama. No me suena que esté en sus años dorados, pero tal vez solo tiene una voz peculiar. Como hace énfasis en el *res* de Residencia y en el *nu* de Granucci, su saludo suena a una breve canción.

Le digo mi nombre y explico por qué llamo.

—Emily. Chen. Sanchez —repite lento, como tratando de pronunciar muy bien o como si estuviera practicando.

No la culpo. Aunque no es difícil de pronunciar, a la gente le causa descontrol mi apellido doble y la repetición del sonido *ch*, sin mencionar la mezcla de las tres culturas en un solo nombre.

—¿Y prefieres que te llamen Emily o de otra manera? —pregunta.

—Emily está bien —digo. Todos me llaman *Emily* excepto papá. Él me dice *Rillo*, que se pronuncia *riiyo*. Es *amarillo*, pero sin el *ama*. Me puso este sobrenombre porque es su color favorito y porque le pareció que *Emily* sonaba parecido a *amarillo*. El problema es que yo no soy para nada la personificación ni de la luz del sol ni de los narcisos.

—¿Tienes experiencia en el cuidado de ancianos? —pregunta la señora Granucci.

—Un poco —contesto pensando en mi Amá, a quien a veces llevaba a pasear en el parque cuando la visitaba en Los Ángeles—. Bueno, no en realidad, nada por lo que me hayan pagado, si a eso se refiere —explico. A mamá la vuelve loca cuando hago eso: afirmar algo y contradecirme en la misma frase. ¿Pero qué puedo decir? Todos estamos llenos de contradicciones.

—Todavía estoy en la preparatoria —agrego, en caso de que la señora no lo note en mi voz.

—Eres joven —dice—, me agrada eso. ¿Has tenido otros empleos de verano?

Le digo que no y su respuesta me sorprende.

—Eso es bueno. En estos tiempos todos quieren experiencia y terminan contratando a robots que sonríen de forma exagerada.

—Lo mismo digo yo.

La señora Granucci me dice que vaya mañana a las diez. Quiere verme y hacerme algunas preguntas.

—¿Vendrás caminando o en automóvil? —dice y pronuncia *automóvil* como *otromóvil*.

—Iré en bicicleta.

—Ah, aún mejor —dice y se queda un momento en silencio—. No quisiera verte toda emperifollada, prefiero verte como eres en un día normal.

Por la noche preparo la ropa que usaré y extiendo las prendas sobre la cama. Quiero usar *shorts*, pero, pensándolo bien, es una entrevista de trabajo. Por otra parte, la señora Granucci me dijo que no me esforzara demasiado, así que no usaré un vestido. Al final me decido por mis *jeans* preferidos y una blusa bonita. Los *jeans* son de color azul claro y están deshilachados en los dobladillos porque los corté así. También tienen un agujero en una de las rodillas, pero es un agujero con mucho estilo. Tessa me ofrece uno de sus sacos, pero no es ese tipo de trabajo y, además, tampoco quiero que crea que necesito que me haga un favor.

A la mañana siguiente, cuando bajo, mamá, Tessa y papá voltean a verme y tienen la misma expresión en el rostro. Mis padres dan sermones sobre algunas cosas, una de ellas es esforzarte al máximo en la escuela y, la otra, despertarte temprano. Tengo amigos que duermen hasta mediodía, que es justo lo que me gustaría estar haciendo, pero en mi casa eso está muy, *muy* prohibido. Tienes que despertarte antes de las nueve e incluso eso está mal visto, eso es pasarse de la raya. En opinión de mis padres, despertarse a las nueve es lo mismo que dormir hasta tarde.

Papá está sentado en la mesa de la cocina, acariciando su grueso bigote y mirando su iPad, pero para este momento ya fue al gimnasio, tomó una ducha y se hizo cargo de varias tareas en el hogar y yo no me he servido ni un bol con cereal. Para colmo, es sábado. Papá no está muy contento de que busque empleo. Una de las razones por las que no quiere que yo trabaje es porque sus padres tenían una tienda en Panamá y él creció trabajando ahí por las tardes, al salir de clases. *¿Para qué quieres un empleo? En casa tienes todo lo que necesitas. ¡Tienes suerte de no tener que trabajar como lo tuve que hacer yo!*, exclama. A pesar de que solo estaré fuera una hora o tal vez menos, antes de salir me pide que le dé toda la información que tengo de la señora Granucci: dirección, correo electrónico y número telefónico.

—¿No tiene correo electrónico? —pregunta cuando le digo que no—. No sé por qué, pero me parece sospechoso.

Aunque me gustaría decirle: *a ti todo te parece sospechoso*, contesto otra cosa.

—Es una anciana.

—La edad no importa. Tus abuelos tienen correo electrónico.

—Y si no regresas en unos treinta minutos, esa señora recibirá una llamada, un correo electrónico y, además, papá estará frente a su puerta tocando con fuerza —dice Tessa en tono de broma.

—Sube a tu habitación y sécate el cabello con la secadora para que lo puedas peinar de alguna forma, con estilo —dice mamá—. ¿Y no quieres maquillarte un poco antes de ir a casa de esa mujer? Te ves muy pálida.

—Por lo menos un poco de labial —agrega Tessa—. Si no, parecerá que no te importa la entrevista.

Esa es la idea, pienso. Las chicas que se ven como si las cosas les importaran demasiado parecen desesperadas. Pero creo que ese es el problema con el sur: verte como si te importara bastante solo significa que algo te importa lo justo y necesario.

—Y mi cabello *ya* está peinado —le digo a mamá—, solo no sé de qué forma ni con qué estilo.

✑

Tomo mi bicicleta y emprendo el camino, y cuando apenas llego a la esquina de nuestra calle, veo a Matt Ziegler rociando de forma vigorosa la maleza de su jardín del frente. En algún momento me explicó todo respecto al líquido antimaleza. Está hecho con vinagre, sal y líquido para lavar trastes porque, según me dijo, el ácido y el cloruro de sodio crean una reacción capaz de matar plantas. Está de espaldas, pero conozco bien esa camiseta que delante dice *La ciencia nos salvará* y tiene una gran mancha de cátsup cerca del dobladillo. Matt lleva unos *shorts* hechos con *jeans* viejos cortados. Es el único chico de onceno grado con valor suficiente para vestir así: *jorts*, los guantes verde oscuro de jardinería que nunca se quita y unas sandalias Birkenstock que usa todo el año y acompaña con calcetines cuando hace frío. Hoy trae puesta su gorra de beisbol del parque nacional Great Smoky Mountains, pero por debajo veo su cabello saliéndose y podría asegurar que se está volviendo más claro. Matt y yo hemos vivido a seis casas de distancia desde que estábamos en cuarto grado. Sobrevivimos juntos los viajes colectivos de los padres de familia durante la primaria, el curso de Historia Mundial con honores de la señora Watkin, así como siete años en el equipo de natación de River's Edge, a pesar de que ambos odiamos con furia nadar en estilo mariposa. De hecho, por lo general somos buenos amigos, incluso tal vez seamos *mejores* amigos, pero no en este momento. Por eso se me ocurre dar media vuelta y rodear la calle, pero como no quiero llegar tarde a mi entrevista, solo levanto mi trasero del asiento y paso frente a la casa de los Ziegler pedaleando superduro y rápido. Entonces escucho la voz de Matt.

—¡Oye! ¿Em? ¡Em! —grita. Finjo no escuchar, pero me siento mal de inmediato.

—¡Hablemos más tarde! —digo finalmente sin volverme y con la esperanza de que me haya escuchado.

Como River's Edge está lleno de colinas, antes de llegar siquiera a la mitad del camino entre mi casa y la de la señora Granucci, ya voy jadeando y resoplando. Ella vive en el borde extremo del vecindario, al final de Rock Road. En esa zona, las casas son diferentes. Me empiezo a fijar en los buzones: 302, 304, 306, 308. Vive en el 310, pero incluso antes de ver el número sé que ese es el lugar: donde está la casa española. Siempre le hemos llamado así. Es la casa más peculiar del vecindario. Es enorme, tiene acabados de estuco blanco y techo de tejas rojas como las de las casas del sur de California. Al llegar ahí, no puedo subir con mi bicicleta por el acceso vehicular porque está demasiado inclinado, así que la dejo recargada en un sauce llorón. Subo caminando y siento el sudor en mis *jeans*, pero por suerte el elegante agujero en la rodilla también sirve como punto de ventilación. En el pórtico del frente hay un par de sillas blancas de mimbre y un verdadero invernadero con exuberantes plantas de grandes dimensiones desbordándose de sus macetas. Toco el timbre.

La puerta se abre y lo primero que noto es la ráfaga de aire frío que se escapa. La siento en la piel como cuando pasa uno caminando por fuera de un supermercado con puertas automáticas. Hay una mujer frente a mí. Al verla me siento como un gigante. Le llevo casi una cabeza de altura, pero eso no la intimida. Se para muy erguida y me mira a los ojos con el mentón levantado.

¿Así se sentirán los chicos altos cuando las chicas tenemos que levantar la cabeza y mirar hacia arriba para besarlos?

La mujer frente a mí se ve robusta. Lleva un vestido brillante con estampado floral y el tipo de sandalias de color metálico con talón cuadrado que todas las señoras sureñas están usando este verano. Su cabello es grueso, abundante, ondulado y con volumen. Lo lleva apenas por encima de los hombros y es de un color anaranjado rojizo poco natural. Es obvio que se lo tiñe. El *blush* en sus mejillas es color durazno. Su lápiz labial es de un rojo brillante como el de las amapolas y además lleva mucho rímel. De sus orejas cuelgan enormes pendientes con gemas azules, como los que siempre me pruebo en las tiendas de caridad, pero que al final nunca compro.

De todo, su cabello es lo que más me impacta. Me da la impresión de que uno podría escribir letreros con una tipografía asombrosa encima de él.

En su anuncio, la señora Granucci se describe como "dama cerca de sus años dorados", por eso yo imaginaba a alguien con andadera a quien le ayudaría a moverse por su casa sin tropezarse tanto. Alguien que me pediría que le trajera más té o que le leyera versículos del Viejo Testamento mientras se quedaba dormida —como lo hacía Jo con su tía en *Mujercitas*—, pero es obvio que aquí no estaré haciendo nada de eso.

Sonríe y extiende los brazos como si fuera a abrazarme, pero más bien coloca las manos sobre mis hombros y me sujeta con fuerza.

—Eeeemily... —dice prolongando mi nombre con calidez y reconocimiento, como si fuera una sobrina a la que no ha visto en mucho tiempo. Me mira, empezando por mi cabello encrespado por la humedad y, al mismo tiempo, aplanado porque traía puesto el casco de la bicicleta. De ahí desciende hasta mis sandalias—. ¿Chen? ¿Sanchez? —añade titubeante, como si tratara de asegurarse de pronunciar bien.

—Así es, perfecto —digo—. Gusto en conocerla, señora Granucci.

Entonces extiende el brazo invitándome a pasar al deslumbrante recibidor de techos altos y abundante luz natural. Sobre una pequeña mesa rinconera hay un florero alto, desbordante de flores azules que parecen costosas, y al lado cuelga un espejo.

—Vamos, vamos, entra a mi humilde hogar —dice, a pesar de que yo no le veo nada de humilde—. ¿Puedo ofrecerte algo de beber? ¿Limonada tal vez?

—Sí, gracias.

En cuanto entro tengo el impulso de quitarme las sandalias porque es lo que siempre hacemos en casa, pero veo que la señora Granucci no lo hace, así que supongo que puedo conservarlas puestas, aunque nunca he entendido por qué la gente blanca camina con zapatos dentro de casa. En una ocasión le pregunté a Matt al respecto y me dijo que era porque eran demasiado flojos para quitárselos y luego tener que volver a ponérselos, pero que también había gente que lo hacía por vanidad.

Eso lo comprendo porque unos buenos zapatos pueden ser la base de un gran atuendo.

Entramos a la sala y veo las ventanas cubiertas con cortinas de encaje blanco. Es como si estuviéramos en una casita junto al mar. Las paredes están tapizadas de libros antiguos con letras doradas en el lomo y me pregunto si la señora los leerá o si solo serán decorativos. Caminamos sobre una alfombra oriental de colores rojo y azul profundo, e incluso el papel tapiz es dramático, de un azul intenso con flores blancas y pequeños pájaros, también blancos. De la pared cuelgan dos naturalezas muertas, un óleo y una acuarela. En la mesa de vidrio para el café hay dos portavasos de ágata blanca con bordes dorados y, sobre ellos, dos vasos altos. En la limonada veo cubitos de hielo perfectamente cuadrados.

—Siéntate, por favor —dice la señora Granucci.

Me siento en el afelpado sofá blanco, acomodándome sobre un cojín de piel falsa. La señora se sienta frente a mí en un sillón individual con una libreta con temas florales. En cada hoja hay tantas flores que casi no queda espacio para nada. De hecho, no se podría escribir una lista vertical de compras porque, en la parte inferior hay, además, frases como: "¡La fe mueve montañas!" o "¡Me hicieron con fiereza y asombro!".

La señora Granucci toma de la mesa unos anteojos de armazón de carey.

—Vaya —dice—, qué bonita eres.

Me le quedo mirando asombrada. Nunca nadie me dice que soy bonita. Me bronceo con facilidad, tengo demasiadas pecas y cabello castaño oscuro tan largo que casi me cubre los senos. Tessa es pequeña y tiene un rostro dulce y en forma de corazón como el de mamá. Yo, en cambio, soy alta y desgarbada como papá. Ambos tenemos pómulos tan afilados que podrían cortar vidrio, o al menos eso es lo que un día escuché que les decía Meghan Morehart a los otros en el baño de la escuela. Tessa es a la que voltean a mirar dos veces cuando salimos juntos en familia. Creo que se debe, en parte, al hecho de que su rostro es agradable incluso cuando te mira con desprecio. A los demás también se nos quedan mirando, pero solo porque nos vemos demasiado distintos a las otras personas de Green Valley. En nuestro pueblo es muy raro ver a un hombre latino con una mujer asiática y sus hijas mestizas caminando por ahí. En una ocasión, un hombre incluso se acercó a Tessa y le preguntó si era la actriz de *El tigre y el dragón*, y, como respuesta, ella le preguntó: "¿Cuál?".

Sin embargo, me da la impresión de que la señora Granucci es el tipo de persona que siente la necesidad de asegurarles a todas las chicas que son lindas en cuanto las conoce. Es algo que a veces hacen las personas sureñas anticuadas, como si tu apariencia o lo que opinen de ella fuera lo más importante sobre ti.

—Gracias —le digo.

—En verdad lo eres —insiste a pesar de que acabo de agradecerle—. ¿Sabes? —añade—, me parece que te he visto antes.

A pesar de que es un comentario que me hacen con frecuencia, no sé qué responder. La gente "me ha visto antes" porque, bueno, porque destaco. Tal vez ella me ha visto a mí, pero si yo la he visto a ella, no lo recuerdo. Bebo un sorbo de limonada. Está tan ácida que me cuesta trabajo no hacer una mueca.

La señora no deja de escudriñar mi rostro y mi cabello, y eso me basta para saber cuál será su siguiente pregunta.

—Tu familia, ¿de dónde viene?

La gente me pregunta todo el tiempo "¿De dónde eres?". Es la pregunta más irritante sobre la tierra. No tiene ningún sentido hacerla. Porque, ¿qué piensan hacer con esa información? Podría corregirlos y decir: "Tal vez me estás tratando de preguntar cuál es mi origen étnico", pero ¿por qué tendría que ser mía la responsabilidad de educar a la gente sobre el tema que ella está preguntando? En el caso de la señora Granucci, aprecio que, al menos, tenga la sutileza de preguntar de dónde es mi familia.

—Papá es de Panamá y mamá de Taiwán —respondo. Y como ya sé cuál será la siguiente pregunta, añado—: Se conocieron cuando ambos estudiaban en la Universidad de Carolina del Sur. Papá estaba estudiando su maestría y mamá hacía su doctorado —explico encogiéndome de hombros—. Somos la típica familia tricultural.

Lo que digo hace a la señora Granucci reír con ganas, con un sonoro *¡Ja!*

—Tienes un temperamento fuerte —dice y, con letra manuscrita, anota algo donde la hoja de su libreta floral se lo permite.

A pesar de que apenas es una entrevista, ya me veo disfrutando mucho de trabajar aquí. El aire acondicionado en el interior de la casa es demasiado fuerte. Se siente igual de frío que en las salas de cine, así que necesitaré un suéter. Mis padres prefieren abrir las ventanas y solo usar ventiladores hasta que ya no soportamos más el calor, por eso adoro el aire acondicionado. Matt incluso dice que soy adicta a él.

—Evelyn, ¿en qué grado de la preparatoria estás? —pregunta la señora Granucci mirándome por encima de sus gafas.

—Emily —corrijo rápido—. Voy a pasar a onceno grado —añado, y ella me sonríe.

—Oh, lo siento, Emily. Muy pronto notarás que tu glamorosa empleadora está senil. Tú, en cambio, eres alta y fuerte. ¿Cuál es tu secreto?

Cruzo las piernas y me quedo pensando.

—Mamá nos hizo beber mucha leche y también formo parte del equipo de natación de River's Edge. ¡Vamos, River Rangers! —vitoreo alzando el puño con desgano.

—Ah, ya veo, es por eso que tienes esa figura envidiable. ¡Otras chicas matarían por ello!

Mmm, tampoco me habían dicho algo así antes. Sobre todo, porque casi no tengo curvas y, a veces, incluso me cuesta trabajo no sentir que soy muy alargada. Con frecuencia las mangas de las camisas y blusas me quedan cortas, y mis muñecas quedan demasiado expuestas.

—¿Cuál es tu estilo favorito de nado?

—Pecho —digo, y ella arquea las cejas.

—¿Qué puedo decir? —digo encogiendo los hombros—. Me gusta tomarme mi tiempo. El estilo que menos me gusta es el de mariposa porque me provoca dolor en el abdomen y me hace sentir torpe, como si solo estuviera lanzando agua a los lados para abrirme camino.

La señora Granucci anota algo más.

—¿Y cuál es tu materia preferida en la escuela? —pregunta.

Eso también lo respondo sin dudar.

—Arte, mi preferida siempre ha sido la clase de arte.

—Vaya eso sí es algo que uno no escucha todos los días —exclama sonriendo—. ¿Qué es lo que te gusta de la clase de arte?

Francamente, no recuerdo no adorar esa clase a lo largo de mi vida. Todos los niños dibujan y colorean en algún momento porque es una actividad común, como saltar en una cama elástica o andar en bicicleta, pero con cero probabilidades de salir herido. Para mí, sin embargo, siempre fue algo más relevante, algo más que solo una actividad para un día lluvioso. Dibujar y pintar siempre han sido mi manera de estar dondequiera, en cualquier momento que yo quisiera.

—En cuanto empiezo a dibujar algo, es como si todo lo demás desapareciera, ¿sabe? Lo puedo hacer durante mucho tiempo y, horas después, siento que solo han pasado veinte minutos.

No sé cómo más describirlo porque *divertido* no es la palabra correcta. Después de todo, no es como cuando Heather y yo nos ponemos a ver cosas en Instagram mientras comemos galletas. Requiere de esfuerzo.

—Debe ser muy agradable tener una clase que en verdad disfrutas, que se siente como un descanso —dice la señora Granucci.

—Sí, pero la nueva maestra de arte, la señora Henderson, no me inspira —confieso— porque lo único que hace es enseñarnos técnicas, y no siente curiosidad por lo que tratamos de hacer de manera individual, por lo que queremos decir o expresar. Y es que, lo siento, pero no quiero pintar una fruta. Quiero que mi arte cuente una historia.

Entonces le platico sobre el campamento de arte de verano al que asistí cuando estaba en octavo grado, en el que descubrí los gises pastel.

La señora une las manos con una fuerte palmada y sus ojos se iluminan aún más, si acaso eso es posible. Se reclina en su silla y me indica que continúe.

—Los gises pastel son como... De acuerdo, imagine los gises que usaba cuando era niña, pero multiplicados por mil. El gis con que pintan los niños en las aceras y los patios escolares se puede eliminar con agua. De hecho, uno casi puede ver a través de él, ¿cierto? Los pasteles, en cambio, son lo máximo. Cada uno es como un pequeño ladrillo, como una pieza de Lego, como un bloque de color vivo con un elevado nivel de pigmentación. Y, además, es difícil controlarlos. Pueden provocar un desastre, y eso es lo que me gusta de ellos. Me gusta crear colores nuevos con mis manos.

—Es una explicación fantástica —dice asintiendo con la cabeza—. Me encantaría ver algo de tu trabajo en algún momento, pero solo si te sientes cómoda mostrándolo, por supuesto.

—¿Le gustaría?

Para ser franca, salvo por Matt y Heather, nunca dejo que nadie vea mi trabajo. A mis padres no les he mostrado nada desde que estaba en primer año de preparatoria, desde que papá vio el dibujo que hice de Tessa con plantas creciéndole de la cabeza y me preguntó si estaba tratando de representarla fumando mariguana. A Heather le gustan mucho mis dibujos porque así debe ser. Es parte del código de nuestra amistad. Es su forma de ser leal. Me apoyaría incluso si mi nuevo pasatiempo fuera tejer canastas bajo el agua. A Matt, en cambio, le gusta mi trabajo porque lo comprende. Cuando ve los dibujos, en verdad observa. Es como si realmente me viera, como si me conociera, aunque debo admitir que, a veces, eso resulta un poco atemorizante.

—Por supuesto —contesta la señora Granucci asintiendo con vigor al tiempo que señala la pared detrás de mí—. Como puedes ver, soy una modesta coleccionista de arte.

Me volteo y veo una acuarela. Es un día nevado, pero iluminado por el sol, en algún bosque.

—Ya hablaremos respecto a mi arte en otra ocasión. Permíteme preguntarte algo. ¿Por qué quieres este empleo? Estoy segura de que tienes mejores cosas que hacer que cuidar a una anciana en su casa todo el día.

Respiro profundo, no estoy segura de cuán honesta seré.

—Estoy castigada —contesto soltando la sopa sin reservas—. Y necesito descansar de mis padres y mi hermana. Una parte de la semana, por lo menos.

La señora Granucci se reclina de nuevo en su silla.

—¿Castigada? Pero ¿por qué? —dice haciendo clic con su pluma y sin dejar de mirarme.

—Por una tontería de la escuela.

La veo arquear las cejas, pero no me pregunta más.

—Entonces mi casa sería como una escotilla de emergencia.

—No, es decir, bueno, sí, de cierta forma. Lo que quiero decir es...

—Oh, no hay problema, querida. Descuida, en estos tiempos, todos estamos huyendo de algo —dice y se inclina hacia mí como si esto fuera una fiesta de pijamas y estuviera a punto de confesarme quién es su *crush*—. ¿Te gusta hornear?

En mi vida solo he horneado pasteles de harina preparada, de la que venden en caja, o galletas de troncos de masa congelada de Toll House, que corto en rodajas. Aunque lo que hago con más frecuencia es solo comerme la masa.

—Pues, me encanta el postre, pero mi mamá nunca hornea nada y, por lo mismo, yo tampoco lo he hecho en realidad —explico sin contarle que, en su casa en California, mi abuela solo usa el horno para almacenar cosas porque no hornea nada jamás.

Por un instante estoy segura de que la señora Granucci no me contratará, pero entonces dice:

—Como habrás notado, mantengo la casa muy fresca y eso se debe, en parte, a que horneo con frecuencia. Para preparar pay, la mantequilla debe estar fría.

Asiento. En general, aprendo rápido y, si quiere pay, hornearé pay.

Entonces me mira con una sonrisa traviesa.

—Pero también estoy esperando una obra de arte que me traerán y que requiere de una temperatura más fresca.

Además, me da calor y, sí, es costoso mantener la casa así de fría, pero cuando uno llega a mi edad, ¿qué más da gastar un poco más de dinero para mantener la temperatura justo como a uno le agrada? De todas formas, ¡no estaré por aquí mucho tiempo más, ja!

Su comentario me parece bastante mórbido para un sábado por la mañana, pero al terminar de hablar junta las manos con una palmada, echa la cabeza hacia atrás y ríe con ganas.

Siento que no es correcto reír, pero también sería incómodo solo quedarme viéndola, así que logro sonreír mientras me pregunto qué tipo de obra de arte estará esperando que necesite mantenerse fría. ¿Será una escultura en hielo?

—¿Qué más deberé hacer cuando venga? Además de hornear —pregunto—. Es decir, si decide darme el empleo.

—Oh, tendrías que pasar tiempo conmigo y ayudarme con algunas tareas. Recordarme cosas… —dice dándose golpecitos en la frente. Cuando lo hace me quedo viendo sus largas y brillantes uñas color paleta helada Creamsicle sabor naranja.

—De acuerdo, puedo hacer eso —digo. Para ser franca, suena perfecto: un empleo en el que mi única responsabilidad sería pasar tiempo con mi anciana personal.

La señora deja su libreta en el sofá.

—Lo que más necesitaré de ti, Emily, será que recuerdes.

Me lo dice inclinándose y acercándose a mí antes de extender las manos y presionar con suavidad mis sienes con sus dedos.

No me muevo porque me parece importante no hacerlo.

—Quiero que te aferres a las cosas aquí, en tu cerebro —dice—. En tu joven, agudo y maravilloso cerebro.

Está tan cerca que puedo oler su aliento a limonada y la crema que usa para las manos, la cual no huele a nada en particular, solo a loción. Siento sus dedos frescos sobre mis sienes, que espero no estén demasiado sudorosas.

—Sí, señora —digo y ella baja las manos.

—Vas a llegar a conocer tan bien esta casa, que todo se volverá una rutina. Tic, tic, tic, en tu mente habrá una lista imaginaria que te indicará las tareas, pero lo más importante que quiero que hagas es que recuerdes lo que te cuente sobre mi vida.

Asiento. No sé por qué, pero mi corazón late rápido y fuerte. Me pregunto si podrá ver a través de mi delgada blusa. Hace mucho calor allá afuera y, como no fui "bendecida con pechos", como dice Heather, ni siquiera traigo brasier.

—Tú sola podrás entrar los viernes por la noche y cerrar la puerta cuando estés dentro, ambas puertas. Te asegurarás de que la estufa, el horno y los demás enseres estén apagados. Luego podrás acostarte. Dormirás en la habitación para invitados. De esa forma podremos pasar el sábado juntas y algunos domingos, si llegara a necesitarte.

—De acuerdo —digo.

Parece demasiado sencillo y, con la ventaja de poder pasar el fin de semana en su hermosa casa, tal vez también demasiado bueno. Papá nos enseñó a verificar y a volver a verificar. Él desconecta casi todo antes de acostarnos, se asegura de que todas las puertas estén cerradas, gira los picaportes él mismo a pesar de que vemos que las puertas están cerradas con llave. Revisa el horno tres veces y la estufa dos, a veces tres también. Sé que si mis padres supieran lo que tendré que hacer en casa de la señora Granucci, enseguida destacarían el hecho de que estoy más dispuesta a cuidar su casa que la nuestra.

Y la verdad es que no se equivocarían: esta es una casa hermosa.

—Entonces, comienzas este viernes —dice la señora pronunciando más bien *vieeernas*—. En la noche que llegues, entra y siéntete como en casa. En un momento te mostraré cómo hacerlo. Yo tengo el sueño profundo, pero me despierto temprano —dice sonriendo—. Se debe a mis medicamentos.

Como parece que lo dice en tono de broma, sonrío también, a pesar de que tal vez no debamos tomar a la ligera nada que implique medicamentos.

—Oh, entonces, ¿eso es todo? ¿Obtuve el empleo?

—¿Lo quieres o no? —dice al tiempo que se quita las gafas—. Porque sí, eso es todo.

Le echo un vistazo a su libreta floral y veo que no ha escrito gran cosa.

Me dice que encontraré la llave en la caja de seguridad que tiene frente a la puerta. Se pone de pie y me la muestra. La caja de seguridad es como una casa diminuta para las hadas de un jardín, pero cuando la volteas, ves un pestillo secreto y, al apretarlo, sale la llave. La tomo y practico varias veces cómo extraerla. Se siente pesada, costosa, no es como la caja de seguridad de plástico verde con forma de rana de mis padres, en la que papá guarda la llave y que, además, insiste en ocultar en un matorral.

—Cuando vengas —dice la señora Granucci—, encontrarás un par de zapatos para ti. Los dejaré en una bolsa justo aquí.

La sigo al clóset del frente y de ahí toma una bolsa con ropa. Saca de ella los zapatos más hermosos que he visto. Son de cuero color azul brillante, puntiagudos y con tacón bajo cuadrado, ¡son fabulosos! Mis padres dirían que es antihigiénico ponerse los zapatos de otra persona y, quizá lo sea, pero me parece que estos casi no han sido usados y, además, es más o menos lo que pasa cuando compras algo en una tienda *vintage*. Al verlos, mis pies empiezan a retorcerse en mis sandalias, como muriéndose de ganas de ponerse los zapatos azules.

—Son talla ocho —dice la señora—. Me gusta que la persona que me haga compañía también tenga clase, como yo —dice mientras ve cómo admiro los zapatos que luego vuelve a meter en la bolsa como si fueran una recompensa a la que no tendré acceso sino hasta más tarde.

—Ahora, respecto a esto —dice señalando los *jeans* que compré en una tienda de ropa usada, pero que mis padres creen que son del centro comercial—, tus *jeans* son bonitos, originales.

Veo los dobladillos deshilachados y el parche cosido.

—Creo que nos vamos a divertir mucho trabajando juntas —dice asintiendo con ganas.

CAPÍTULO 2

DESPUÉS DE PASAR UN rato en la casa helada de la señora Granucci, el calor de afuera me resulta brutal. El sol está aún más elevado, pero ni siquiera me importa porque ahora no solo tengo un trabajo de verano, sino un cómodo y sencillo trabajo de verano y, además, me van a pagar por usar un par de hermosos zapatos. Si Heather estuviera aquí, seguro diría: "Okey, ¿qué diablos acaba de suceder?". Mis piernas están pedaleando, pero en realidad aún estoy sentada en ese sofá después de hornear un pay, de comérmelo y de que me paguen por eso. Esto es un sueño.

Decido no decirles a mis padres que, en pocas palabras, la señora Granucci me pidió que fuera su diario humano. Mi instinto me dice que se pondrían como locos, que eso conduciría a un interrogatorio y que el interrogatorio los llevaría a decirme que no debería trabajar para ella. Ya he pasado suficientes veces por esto para saber lo que sucederá. Como aquella ocasión en que Tessa vino a desayunar a casa con un pompón de animadora insertado en el cabello para celebrar *Spirit Week*, el período en que se promueve la amistad y la pertenencia en la escuela, y mi papá le preguntó, no bromeo, si no existía la posibilidad de que el palito de madera del pompón le hincara un ojo a alguien. O, peor aún, de que se le enterrara a ella en el cuello y causara su prematuro deceso.

Nadie iguala a mi papá en la tendencia a predecir desastres altamente improbables.

Tampoco les diré que la señora puso sus manos en mis sienes, y mucho menos de los zapatos, porque papá es el mayor misófobo del mundo. Siempre lleva consigo varios tipos de gel sanitario de manos y nunca abre las puertas en lugares fuera de casa sin cubrirse las manos con algo que le impida tocarlas y entrar en contacto con gérmenes de forma directa. También sospecha de las servilletas de tela de los restaurantes. He visto a este hombre comer papas fritas a la francesa, con cuchillo y tenedor. Y en lo que se refiere a ropa y zapatos utilizados antes por otras personas, olvídenlo. Papá está convencido de que incluso si laváramos una camisa madrás con agua hirviendo, podríamos contagiarnos con una extraña enfermedad cutánea de la década de los setenta.

Cuando vuelvo a casa tengo la camisa pegada a la espalda y el sudor me cae sobre los ojos. La falta de aire acondicionado no ayuda; sin embargo, todos los demás parecen estar cómodos porque, claro, ninguno pedaleó montaña arriba en este calor. También está el hecho de que soy una persona que suda bastante. Cuando dibujo, siempre me estoy secando las manos. Lo he intentado todo, rasurarme las axilas con regularidad, usar desodorante de aluminio extrafuerte, e incluso me apliqué un medicamento tópico algún tiempo, pero solo hizo que se me resecaran las manos y me diera urticaria. Tessa, en cambio, incluso si corre cinco kilómetros, algo que hace con sorprendente regularidad porque, *naturalmente,* corre por diversión, solo necesita usar uno de esos desodorantes ecológicos suaves fabricados con bicarbonato de sodio y romero.

Pero el próximo fin de semana las cosas serán distintas. La casa de la señora Granucci es tan fría como un refrigerador y a mí me encanta meter la cabeza en el refrigerador.

Lleno un vaso alto con agua helada, le meto el dedo y agito los cubos de hielo para que se enfríe más rápido. Mamá está parada en la cocina cortando brócoli.

—No metas la mano ahí —dice respecto a mi dedo. Sabía que diría eso, pero de todas formas sigo agitando el agua.

—¡Conseguí el empleo! —anuncio.

—Okey —dice ella como si acabara de decirle que voy a comer hamburguesa a la hora del almuerzo.

Trato de no tomarlo de manera personal. Un día vi las calificaciones que sus alumnos le pusieron en el sitio RateMyProfessors porque, a veces, uno googlea a su mamá, ya saben, solo para ver cómo la percibe el público. Resulta que la opinión de sus alumnos está muy dividida: o la aman o la odian. Una de las reseñas decía: "¡La profesora Chen-Sanchez es la mejor! Es tan inexpresiva que resulta genial. Nunca me sentí más motivado a trabajar más. Esta mujer es excelente y lo sabe". Pero otra decía: "No tomen ninguna clase con ella. Los exprimirá hasta drenarlos y dejarlos secos. Sus tareas son muy difíciles, los proyectos imposibles y los exámenes son un fracaso automático. ¡La señora Chen-Sanchez es el mal encarnado!".

Es cierto, mamá reprueba a algunos de sus alumnos en cada período, en especial en Introducción a Ciencias de la Computación. "No hicieron su trabajo", dice, por eso creo que entiendo por qué mi mala calificación hizo que mis padres se enfurecieran. Y ni siquiera estoy en una clase universitaria de las difíciles como la que imparte mamá.

Lo único que sé es que no me gustaría tenerla como mi profesora.

Mamá piensa que trabajar en casa de la señora Granucci no es el empleo del año, y eso se lo concedo, en especial porque suena a que tendré que hacer todo lo que ella necesite que haga en su casa, lo cual tal vez sea más de lo que hago en la mía. ¿Habrá algo de hipocresía en ello? Tal vez, pero todos saben que las tareas más mundanas, como hacer la lista de compras, la lavandería o ver la televisión, siempre se sienten distintas cuando las llevas a cabo con alguien con quien no vives.

—Ya nos contarás durante el almuerzo —dice mamá—. Ven a preparar el arroz.

ﻮﻠﻠ

Hace un mes, mamá fue al médico a hacerse una revisión y el doctor encontró un bulto de tres centímetros y medio en su tiroides. Ella dice que sentía como si tuviera una aceituna en el cuello, una aceituna gigante.

—Es un tumor —papá le había dicho, pero por la forma en que lo dijo sonaba como si fueran dos.

En casa nos esforzamos por no volvernos locos porque, al parecer, hay tumores malignos y tumores benignos.

Le hicieron un ultrasonido que, por alguna razón, no produjo suficiente información, así que hicieron una tomografía computarizada que tampoco fue muy clara. Hace poco le hicieron una biopsia. Se supone que le darán los resultados muy pronto. Es una locura lo lentas que pueden ser las cosas. Averiguas algo como eso, te sientes de la mierda y luego solo esperas y esperas a que el médico te mire por dentro, te dé más información y te diga qué hará al respecto. Ahora estamos esperando los resultados de la biopsia, pero después de eso podrían programar una cirugía para extraer el tumor. Su tiroides también, quizá. Al parecer, los seres humanos pueden funcionar sin la tiroides. Eso es algo que, hace un par de meses, yo no sabía. La tiroides es la glándula en forma de mariposa en tu cuello, regula tu estado de ánimo y, por obvias razones, espero que mamá pueda conservar la suya.

Por lo general estaría muy molesta con ella, pero desde que nos enteramos de su diagnóstico trato de ir con cuidado y elegir mis batallas. No me parece correcto pelearme con alguien que podría tener un tumor de los malignos.

ᴏᴏᴏ

En la casa de los Chen-Sanchez, preparar arroz es todo un arte. Para empezar, está el arroz en sí mismo: pesados sacos de siete kilos de la marca japonesa Kokuho Rose, calidad jazmín. Los sacos son blancos y tienen un borde color rosa intenso. Todos los meses vamos en automóvil al mercado Gran Panda, al otro lado del pueblo. Desearía que no se llamara así. Desearía que los lugares asiáticos de por aquí no tuvieran nombres tan poco atractivos porque lo único que logran con eso es que te rías de ellos, como es el caso de Los Palillos Chinos Dorados o Historias de Oriente. El mercado Gran Panda tiene dos pisos. No tengo idea de quién compra cosas en el primero porque está lleno de baratijas empolvadas como lámparas viejas y budas gordos. También hay cremas faciales coreanas, pero ni siquiera son los productos de belleza coreanos que todas las chicas quieren ahora. Nosotros vamos directo al sótano para avituallarnos de bok choy, calamares secos y aceite de ajonjolí. Ah, y de yan yan, no hay que olvidar el yan yan. Son como los palitos de pan de pocky, pero mejores aún porque son más grandes y los puedes hundir directamente en chocolate cremoso. Por último, pasamos por el arroz y lo colocamos con delicadeza en el asiento de atrás del auto, como si fuera un bebé.

Luego viene la preparación. Tomo del saco dos tazas de arroz y enjuago los granos con agua en el recipiente de la arrocera eléctrica hasta que el agua sale clara. Luego añado agua limpia. Para calcular, coloco la mano perpendicularmente sobre el arroz con la palma extendida, el agua debe bailar un poco entre las coyunturas de en medio de mis dedos. El arroz lo usamos para todo, no solo para cocinar comida china. También hacemos comida panameña, como arroz con pollo y arroz con leche.

Cuando estamos cenando, suena el teléfono de papá, pero no contesta. Mis padres tienen reglas así. Nada de teléfonos en este momento porque la cena es un tiempo sagrado que se pasa en familia. De vez en cuando veo a Tessa reaccionar en cuanto el suyo vibra sobre la barra de la cocina y estirar la mano como si fuera a descubrir notificaciones de cincuenta y cuatro mensajes de texto. Está en por lo menos tres grupos distintos de mensajería, pero no entiendo de qué tanto podrá hablar con otras personas.

—Voy a entrar como internista al hospital —anuncia mientras yo me sirvo una cucharada de arroz. Al decirlo, sacude su cabello como si estuviera actuando en una película, esperando que la alabemos, después da un gritito. Durante años, Tessa ha soñado con formar parte del equipo EMT de la escuela para luego llegar a ser paramédico, lo que le permitirá entrar a la escuela de medicina, convertirse en la doctora Chen-Sanchez y trabajar en una sala de emergencias. Steve, su novio, está siguiendo más o menos el mismo camino, pero él quiere ser cirujano y especializarse en manos.

A mí francamente no se me ocurre un peor empleo, o sea, solo pienso en todo el estrés y los fluidos corporales.

—Excelente, Tessa —dice papá.

—Qué maravillosa noticia —dice mamá—. *Hěn hǎo*, muy bien.

—¡Genial! —digo con una sonrisa falsa y me meto otro bocado de arroz a la boca.

Y lo digo en serio. Genial. Qué manera de lucirse antes que yo. Si alguien vuelve a decir "excelente" o "maravilloso" refiriéndose a Tessa una vez más, juro que...

—Emily, ¿y decías que obtuviste el empleo en casa de esa señora? —pregunta mamá.

—¡Ajá! —contesto—. Obtuve el empleo de acompañante de la señora Granucci.

—Muy bien —dice ella y papá asiente.

—¡Genial! —agrega Tessa, pero nadie parece ni impresionado ni entusiasmado en particular.

—¿Y qué vas a hacer en su casa? —pregunta mamá.

—Pues, supongo que cualquier cosa que necesite, como... —y entonces me doy cuenta de que la señora no habló mucho de lo que haríamos, que se enfocó en las medidas de seguridad de la casa, lo cual solo tomará unos, no sé, ¿cinco minutos máximo? Ah, y en que debía recordar la historia de su vida—, que le haga compañía, que converse con ella y me asegure de que no se caiga cuando camina —me aventuro a decir.

—Suena desesperada —dice Tessa—. Querer que alguien le haga compañía, francamente, ¡qué triste! Además, ya sabes, los estudios muestran que la gente a menudo ignora a las personas de la tercera edad, que los mayores se sienten invisibles. Me parece maravilloso que vayas a cuidar a una ancianita solitaria.

Esta es una de las muchas cosas que hacen a Tessa insoportable, cree que sabe todo sobre la gente, que es superperspicaz.

—A mí no me parece solitaria —digo— y, además, tú ni siquiera estuviste ahí. En fin, empiezo el viernes por la noche y estaré ahí el sábado. Algunos domingos también. En la casa española.

Mis padres hablan al mismo tiempo

—¿El trabajo es los fines de semana? —pregunta ella.

—¿Quiere que pases la noche ahí? —pregunta él.

—¿La idea no era estar ocupada entre semana? —agrega Tessa.

—¿Cuál es la diferencia? De todas formas, estamos en vacaciones de verano.

—Pues, para mí es distinto porque entre semana estaré en el hospital y los sábados seré voluntaria en la biblioteca.

Pero supongo que tienes razón. Salvo el entrenamiento de natación, tus días entre semana y los del finde son bastante similares.

—En fin —interrumpo—. La voy a ayudar con las dudas sobre su computadora y aprenderé a ser paciente o lo que sea. Creo que se verá bien en mi currículum.

—¿Vas a ser su asesora en informática? —pregunta Tessa—. ¿No pudo conseguir a un estudiante de computación para que le ayudara? No puedo creer que te vayan a pagar por hacer algo así.

—Solo estás celosa porque lo más probable es que, mientras yo la esté ayudando, tú tendrás que limpiar vómito y poner al día los registros médicos de los pacientes. No puedo creer que no te paguen por hacer algo así.

—¡Sí me pagan!

—Ajá, pero es tan poco que prácticamente no cuenta —digo y papá frunce el ceño.

—No sé por qué, pero algo sobre este nuevo empleo me parece sospechoso. Si algo raro llegara a suceder cuando estés ahí, llámanos.

—¿Como si la señora se cae o algo así?

—Bueno, en ese caso también —dice papá—. Pero me refería más bien a si te pide que hagas algo que parezca raro.

—¿Como qué? —pregunto.

—Descuida, ya sabes que tú papá es muy escéptico y sospecha de toda la gente —dice mamá.

Papá siempre trata de mantenerse ecuánime y abierto. A todos mis amigos les agrada que sea amigable y ría con ganas, pero por dentro sufre de tanta ansiedad, que estoy segura de que la única casa de River's Edge que tiene sistema de alarma es la nuestra. Algo siempre le parece sospechoso respecto a una cosa u otra.

—¿En verdad necesitas ir a trabajar ahí? —continúa—. Podrías usar ese tiempo para estudiar para el SAT o para practicar conducción.

—Lo sé —digo. No hay nada peor que tu padre te diga qué tienes que hacer cuando ya lo sabes, cuando ya te odias a ti misma porque no lo has hecho. Ya pasé el curso de conducción y tengo mi permiso de aprendizaje, pero simplemente no me gusta conducir.

—Pero ¿qué vas a hacer ahí todo el día? —pregunta Tessa por millonésima vez.

—Más de lo que tú has hecho en toda tu vida —contesto de mala gana.

Y sé que mi respuesta no tiene ningún sentido, pero ¿ven lo fácil que es hacer enojar a Tessa? De hecho, ya se está riendo.

—¿Okeeeey?

¿Eso es tener confianza en uno mismo? No lo sé, tengo mis dudas. Por suerte, la cena llega a su fin.

—Y recuerda que estás castigada —dice mamá cuando llevo mi plato al fregadero—: nada de hablar con Heather o Matt.

Me pongo rígida sin darme cuenta. ¿Acaso los padres no saben nada? Heather está en Londres en una excursión que es mitad de estudio, mitad viaje misionero, pero, para ser sincera, a mí no me suena mucho a viaje misionero.

Y Matt, pues... Matt y yo no hemos hablado en dos semanas, cuatro días y alrededor de siete horas. Pero no crean que llevo un registro.

～eee～

No hemos hablado desde El Incidente.

Sucedió en la fiesta de fin de curso de Jayson Applebee. Jayson les dijo a sus padres que solo invitaría a algunos amigos a casa para cenar y ver una película. ¿Le habrán creído o, como son padres exhippies y muy relajados, se dieron cuenta de lo que planeaba, pero confiaron en que podría manejar su propia fiesta solo? Aún no estoy segura. La cuestión es que no estaban en casa, es decir, en la enorme mansión/granja que cuenta con un verdadero laberinto en un campo de maíz. Cuando llegamos, todos se estaban sirviendo helado de una máquina y preparando flotantes con cerveza de zarzaparrilla y cerveza PBR. Mientras tanto, Zoey Kebabian escribía los nombres de todos en los enormes vasos rojos de plástico porque es ese tipo de persona.

Yo había pasado la mayor parte de marzo y abril escuchando a Matt hablar de ella. De hecho, Zoey era la razón por la que estábamos en la fiesta. También es el tipo de persona que participa todo el tiempo en clase, demasiado, tanto que a veces me daba la impresión de que quien nos estaba dando la clase de Anatomía y Fisiología no era la señora Callaghan, sino ella. Cuando hizo su presentación sobre neurotransmisores para la serie de conferencias estudiantiles, incluso tuve que admitir que se veía candente con esas gafas de intelectual y el saco de traje sastre. Parecía la científica sexy que siempre sale en las películas de ciencia ficción. Además, es armenia, lo cual es muy interesante.

Matt estaba nerviosísimo. Desde que papá nos dejó en casa de Jayson empezó a hablar y se negó a beber. Y yo no iba a presionarlo. Es decir, estamos hablando de alguien que con frecuencia me dice que por cada bebida alcohólica que ingieres, las probabilidades de que te dé cáncer de mama aumentan un siete por ciento. Matt no ha bebido una gota en toda su vida, ni siquiera bebe café, a menos de que lo considere absolutamente necesario, o sea, casi nunca.

El plan era que Matt y yo nos acercaríamos juntos a Zoey y luego yo me haría a un lado mientras él estuviera hablando con ella y, al final, le preguntaría si quería salir con él.

Yo también tenía un plan. No quería salir con alguien, solo quería que me dieran mi primer beso. Tampoco me importaba si era especial o no, no necesitaba durar mucho ni ser agradable en particular, solo quería que sucediera para poder pasar ese nivel y dejar este rito de iniciación atrás, como con la licencia de conducción, que todavía no obtengo, pero eso es otro asunto. Por eso mi plan era dejar a Matt con Zoey e ir al laberinto en el campo de maíz para besar a Pratik Desai, quien, durante el receso de primavera, se había transformado gracias a un par de lentes de contacto y un solo de guitarra. De esa manera, si algo no salía bien, de todas formas estaría en un lugar público, pero al mismo tiempo oculta, y eso impediría que la gente empezara a gritar que nos fuéramos a un cuarto.

Estábamos ya en el punto de la fiesta en que yo platicaba con Pratik mientras miraba a Matt por el rabillo del ojo. Zoey le acababa de volver a servir limonada en su gran vaso rojo y él la bebía agradecido... y a tragos desaforados. Estaban hablando de ciencia. Lo sé porque Matt gesticulaba como loco y de repente empezó a buscar una pluma porque le urgía dibujar una molécula, una gráfica de líneas o cualquiera de las cosas que dibujan los científicos.

Entonces Zoey tocó su brazo con su mano por un momento, sonriendo, Matt dijo algo más y ella volvió a reír. Ay, Dios, ¿en serio estarían flirteando? De pronto, un grupo de chicas apareció, Zoey volvió a tocar su brazo y le sonrió de una forma tan comprensiva que me dieron ganas de golpearla en la cara.

Matt volteó a verme con los ojos bien abiertos. Comenzó a reír a carcajadas y de forma incontrolable. Al principio no me sorprendió mucho porque Matt es el tipo de chico que puede reír así cuando se encuentra en estado de *shock*. Sin embargo, alcancé a ver que tenía los ojos vidriosos, como si estuviera a punto de llorar. Por eso dejé a Pratik y la estación de flotantes de cerveza PBR y fui hasta él.

—Entonces… ¿Qué sucedió? —pregunté

—Zoey dijo que lo pensaría y me diría luego.

—Okey. Pensarlo no es un *no* —dije. Él me miró como diciendo *No nací ayer*.

—No es un *no*, pero se le acerca muchísimo.

—¿Te encuentras bien? —pregunté.

—Necesito sentarme un momento —contestó. Estaba a punto de desparramarse en el suelo, lo cual puede ser una gran hazaña para la gente alta como nosotros. Por eso lo ayudé a llegar hasta el tocón de un árbol.

Ahí fue cuando recargó su cabeza en mi hombro y suspiró, y yo alcancé a oler su aliento.

Había bebido como animal.

¡Por supuesto! Zoey Kebabian le sirvió una limonada cargada de alcohol y, claro, Matt sintió que sabía raro. "Muy ácida, muy rara", diría después. Pero solo supuso que era limonada de gente rica, limonada de kombucha o alguna otra bebida burguesa de limón. Y, por supuesto, continuó bebiéndola porque eso es lo que haces cuando la chica que te encanta no deja de servir un líquido extraño en tu vaso durante una fiesta.

Zoey lo embriagó.

Lo obligué a beber dos vasos llenos de agua. Fue tanta que empezó a quejarse y, mientras íbamos caminando, escuché el líquido chapoteando en su estómago.

Qué asco, lo sé.

Nos quedamos mirando un rato el laberinto en el campo de maíz. Estaba tan oscuro que empecé a preguntarme cómo se me ocurrió que me dieran ahí mi primer beso. Ya no me pareció tan romántico.

—Con cuidado —le dije a Matt mientras le ayudaba a llegar a una banca y me preguntaba si deberíamos volver a casa.

Entonces volvió a recostar su cabeza en mi hombro. Quiero decir, en mi hombro de verdad. De pronto sentí su mejilla sudorosa rozar mi cuello, aún más sudoroso.

—Vaya —dije empujando su cabeza hacia arriba con las manos—. Matt, puedes hacer esto, puedes sentarte derecho.

—Hueles bien —dijo.

Yo sabía que quien decía eso era la limonada porque, como ya lo mencioné, mi desodorante no sirve para nada.

—Y tú hueles a alcohol —dije.

Nos quedamos un rato sentados juntos y luego él empezó a desplomarse en la banca. Mierda, ahora tendría que ayudarle a recobrar la sobriedad antes de que el señor Ziegler pasara a recogernos a la fiesta.

Yo no entendía lo que estaba sucediendo. Vi que Matt tenía la cabeza agachada, de lado, pero de pronto tomó mis manos y me plantó un beso al lado de la boca en lugar de en mis labios. Solo sentí su boca pegajosa y, más allá del olor a alcohol, alcancé a oler helado de chocolate.

A pesar de todo eso, por alguna razón fue... ¿agradable? O quizás habría sentido lo mismo sin importar quien me besara. Pero, al mismo tiempo, creo que se sintió muy, muy raro. Durante algunos segundos sentí en el estómago lo que siempre siento antes de hacer una presentación en clase. Mariposas, supongo, pero moviéndose con más intensidad, como abejorros o algo así. Tal vez sea lógico porque ni siquiera puedo soportar cuando mi propia madre me abraza durante mucho tiempo. Supongo que, mucho menos, cuando mi mejor amigo de la infancia se atreve a darme un beso.

Coloqué de inmediato mi mano en el lugar donde me besó y, en efecto, estaba pegajoso.

—¡Matt! —exclamé. No se me ocurría nada más que decir.

—Lo siento, lo siento —dijo y, cuando nuestras miradas se encontraron, se veía muy avergonzado—. Es que, no sé, estoy muy confundido en este momento. Además, guau, vaya, cuando dices que tienes manos sudorosas, no mientes. Casi están chorreando.

Sí, eso último hizo que me dieran ganas de golpearlo en la cara.

—¡La policía! —gritó de pronto alguien que estaba cerca de la fogata, y todos empezaron a dispersarse. Solo los conductores designados permanecieron sentados alrededor, sosteniendo sus brochetas de malvaviscos cerca del fuego como si no pasara nada.

Matt me tomó de la mano, sí, ¡de mi mano sudorosa y pegajosa!, y corrimos hasta el granero. Estaba oscurísimo dentro y olía a gatos y paja. En cuanto entramos escuchamos la paja crujir y voces susurrando y tratando de contener la risa. También escuchamos a los muy responsables Pratik Desai y Max Edelman llamando a la policía para decir que tal vez se trataba de una casa que estaba una calle más allá. En ese momento comprendí que Pratik no me habría podido dar mi primer beso de todas maneras. Matt y yo nos mantuvimos agachados entre fardos de paja todo el tiempo.

Él colocó su cara muy cerca de la mía y yo tuve que ejercer mucho autocontrol para no empujarlo o decirle que se fuera al diablo.

—Em —susurró—. Lo siento mucho, en verdad.

Le di unas palmaditas en el brazo o, más bien, lo golpeé casi como si se tratara de una mosca. Lo que en realidad quería era hacerle ver que no era buen momento para retomar la conversación, pero él no pareció comprender.

—No estuvo bien de mi parte hacer eso. Como dije, estoy muy confundido. Ahora entiendes por qué no bebo nunca. Nunca.

—Solo olvídalo —dije—. Esto no cuenta. No cuenta como mi primer beso.

—Me parece lógico. Fue solo un error.

Aparte del ruido que yo provocaba, también escuché la paja crujir porque tal vez había... algo. ¿Ratones? ¿Habría ratones corriendo por el granero? Era muy probable, pero no estoy muy familiarizada con lo que sucede en las granjas y graneros porque soy una chica más bien urbana.

—Me urge orinar —dijo Matt en ese momento—. Nunca me había urgido tanto.

—Shhh —dije, pero él no se calló.

—Soy muy bueno para aguantarme las ganas mucho tiempo. Lo sabes porque lo has visto en la práctica de natación. Pero en este momento, mi vejiga me está suplicando que la vacíe.

Le volví a decir que se mantuviera callado y me pregunté si la policía estaría inspeccionando el granero. Entonces empecé a contar. Es algo que a veces hago cuando estoy esperando algo.

Ya había llegado a quinientos cuando escuché junto a mí el ruido de una bragueta que se abría y luego el *ssshhh* de alguien orinando. No podía ver nada ni a nadie, pero el sonido venía de donde estaba Matt.

Desearía haber sido la única que lo escuchó, pero no fue así.

Estamos hablando de mi amigo de la infancia, un chico con el que he salido de excursión, así que no me resulta raro escucharlo orinar. Pero ¿qué sucedió después de que se bajó la bragueta? ¿Trató de actuar como si no sucediera nada? Sí, eso fue justo lo que hizo.

No sé cómo los otros supieron que fue él, pero todos se dieron cuenta. Lo escucharon y, al salir del granero, todos lo sabían.

—Ay, vamos, Ziegler, ¿no pudiste esperar cinco minutos más? —dijeron cuando los agentes de policía se fueron—. Al menos pudiste moverte uno o dos metros.

—Ya, déjenlo en paz —dije, pero eso solo empeoró la situación.

—¿Y ahora te va a defender tu novia? —preguntó Jayson Applebee, quien tiene cara de niño explorador, pero en verdad sabe atacarte donde más duele.

El hecho de que no haya hablado con Matt desde entonces indica que lo juzgué tanto como los otros, pero que se haya orinado en el granero, aunque fue bastante malo, ni siquiera fue lo peor. No para mí, al menos.

En cuanto comenzaron las prácticas del equipo de natación, la gente empezó a acercarse a él y a gritar: "¡Matt el orinado trató de ser besado!" porque los adolescentes son las peores personas del planeta. Si alguien como Jayson Applebee hubiese hecho lo mismo, sí, todos pensarían que fue gracioso, pero de una manera muy distinta. Incluso estarían diciéndole: "Dame cinco, dame cinco". La gente respeta a Matt, pero es obvio que no posee el mismo tipo de capital social que alguien como Jayson.

Para este momento me ha dejado un millón de mensajes de voz. Es el único de mis amigos que hace eso, de hecho. Porque los mensajes de voz son la manera en que suele iniciar conversaciones con cosas como: "¿Sabías que Islandia fue el primer país donde se eligió a una mujer como presidenta de forma democrática?" o "¿Sabías que las ventas de queso cottage han aumentado un quince por ciento en lo que va del año?" o "¿Sabías que la gente ha usado la canela desde el 2800 antes de Cristo?".

En el mensaje más reciente, sin embargo, dice: "Qué madura, Em. Ya te dije que lo sentía. Además, necesito hablar de algo contigo".

Sé que me estoy comportando como una idiota y me siento terrible por ello, pero la incomodidad que siento en este momento no se acerca ni un poco a lo que podría sentir cuando volvamos a hablar. Lo cual, por supuesto, sucederá en algún momento, claro. Debería enviarle un mensaje y decir que no hay problema, que no tiene importancia y que podemos volver a ser amigos, pero me besó o, al menos, lo intentó. Y eso cambió nuestra amistad para siempre. Sé que debería ser más madura, pero necesito tiempo para prepararme. Estoy postergando las cosas, he procrastinado la llamada para poder mantenernos en este limbo en el que seguimos siendo amigos y nada ha cambiado. Pero, si volvemos a salir como amigos, ¿tratará de hacerlo de nuevo? ¿Me gustaría que lo hiciera? ¿Incluso un hiperpoquito? Es algo en lo que no quiero pensar. Le he escrito mensajes de texto completos, pero segundos después los borro porque si las cosas llegaran a ponerse raras entre nosotros y nuestra amistad mutara o, Dios no lo permita, terminara, ¿entonces qué haría yo?

CAPÍTULO 3

EL SIGUIENTE VIERNES POR la noche, después de la cena, recibo un mensaje de texto.

> Hola, E. Soy la señora Granucci. La llave estará en la caja de seguridad que te mostré. Entra por favor a la casa y toma cualquier alimento que quieras de la cocina. Asegúrate de que todos los enseres eléctricos estén apagados (desconecta los aparatos pequeños como la cafetera, etcétera). Revisa que la estufa y el horno estén apagados. Todas las puertas deberán estar cerradas con llave. Apaga las luces de dentro y fuera de la casa. Te veré en la mañana.

No sé si me llama E. porque ya nos tratamos de manera casual o porque olvidó mi nombre. Después de todo, en algún momento durante la entrevista me llamó Evelyn. En su mensaje no me dice nada que no sepa ya, como que es ella quien lo escribe, para empezar. Pero bueno, supongo que no tiene nada de malo enviarme un recordatorio de todas formas.

Cuando llego me detengo un momento y contemplo la casa de la señora Granucci para tratar de aclimatarme, de acostumbrarme a la sensación de estar ahí.

Al verla sobre la colina, me parece majestuosa, como una pequeña finca bañada por el cálido resplandor de las luces del pórtico. Me bajo de la bicicleta y camino con ella hasta el patio de atrás. Vivimos en un vecindario en el que es más probable que la gente devuelva una cartera a que robe una bicicleta, pero, de todas formas, tomo precauciones. Si papá estuviera aquí, me diría que la guarde en la cochera y creo que la señora Granucci también toma muy en serio el asunto de la seguridad.

Por dentro, la casa es como me la he estado imaginando: fresca, oscura, silenciosa. Como la señora se encuentra profundamente dormida, siento como si estuviera sola y eso me encanta. Enciendo una lámpara victoriana con una pantalla con flecos. El estómago me ruge. Nadar y pedalear me hacen sentir un apetito voraz. Entro a la cocina y abro el refrigerador.

En la puerta del refrigerador, donde por lo general la gente guarda cátsup y mermelada, la señora Granucci tiene montones de frascos con pepinillos, ya sea completos y anchos, cortados en rodajas dulces, picados en forma de salsa o pequeños y enteros para comerlos como bocadillos. No hay pepinos simples. Lo que encuentro son zanahorias cortadas en rodajas, cebollas moradas cortadas en semicírculos que se ven rosados e incluso champiñones de distintos tamaños y formas. Me decido por los pepinillos enteros para bocadillos que, supongo, son preparados en casa. El frasco no tiene etiqueta, solo la fecha y el nombre "Pepinillos enteros" escritos con marcador. Los como parada frente al fregadero. Mis padres dirían que es demasiado tarde para comer un bocadillo antes de dormir y que los pepinillos no tienen valor nutricional. Me preguntarían por qué los estoy comiendo así en lugar de servirlos en un plato. "Por lo menos acompáñalos con algo, como un trozo de pan", dirían. Por eso disfruto enormemente mi modesto acto de rebelión sin pan. Después me aseguro de que la estufa y el horno estén apagados. Vuelvo a revisar la puerta del frente, la puerta trasera y la lateral que conduce al pequeño jardín. Desconecto todos los aparatos.

Me detengo un segundo frente a las fotografías en la sala. Hay una foto familiar que seguro es de la década de los ochenta. Me encanta el voluminoso peinado de la señora Granucci. Es mucho más grande que el que lleva ahora. Tiene los ojos maquillados con sombra azul platinada. Adoro los calcetines de su hijo: de tubo con rayas en la parte superior, y las enormes gafas cuadradas de su esposo.

Entro a la habitación para invitados. Está junto a la sala. Tiene su propio baño, como una suite de hotel. Me cepillo los dientes y me desmaquillo. No hay lo que yo llamaría toallas, solo unos pequeños paños blancos con borde de encaje. Los inspecciono y me pregunto si debería usarlos, no me gustaría dañarlos. Entonces noto que tienen un monograma bordado: *LHG*.

Diablos, la señora Granucci no podría ser más sureña.

Tomo del baño un ejemplar de *Better Homes & Gardens* y lo llevo a la cama por el simple hecho de que puedo hacerlo. En esta habitación para huéspedes me siento adulta. Es un lugar muy distinto a mi habitación, cubierta de afiches y luces navideñas de colores, y con la planta teléfono que me regaló Matt el año pasado y que no he aniquilado todavía. Este lugar, en cambio, es tan independiente y adulto como los que veo en la revista. Hay una cama blanca individual y suaves almohadas blancas, un espejo de latón de cuerpo entero y un gavetero moderno de mediados de siglo. De pronto, me dan muchas ganas de tomar una fotografía y enviársela a Heather, porque eso es lo que haría si estuviera en un viaje de verdad en algún lugar, si me hospedara en un Airbnb que, en realidad, es justo lo que siento. Luego lo pienso mejor.

Después de olisquear todos los anuncios perfumados de la revista y de echarle un vistazo a otra casa de una celebridad diseñada por ella misma y que incluye cafetera expreso fabricada a la medida y con función de autolimpieza, cierro los ojos y trato de pensar en mi dibujo más reciente. A pesar de que no puedo utilizar el lápiz y el papel en este momento, siento que imaginar el proceso me sirve de algo. Además, @eatsleepdraw, uno de mis artistas preferidos en Instagram, dice que cuando dormimos creamos arte, que cuando despertamos por la mañana podemos ver las cosas de manera distinta y empezar a avanzar, si estamos atorados. Hace un par de noches comencé a bosquejar y, como de costumbre, me tomó mucho más tiempo del que esperaba. Pero es algo que ya no debería sorprenderme porque, después de todo, tener ideas es sencillo, tengo muchísimas. Escribir "mi familia como aves" no es nada complicado. Matt dice que mi lista de ideas es como un bote de reciclaje, es decir, un lugar donde boto las cosas para luego retomarlas y, a veces, darles nueva forma. Lo que en verdad cuesta trabajo es la ejecución. ¿Los miembros de mi familia parecen cacatúas ninfa? Y, de ser así, ¿de qué manera? ¿Cómo son las cacatúas ninfa en realidad? ¿Qué tan grande es su jaula con relación a cómo me vería yo si también fuera un ave en el dibujo? ¿Qué tipo de ave elegiría ser para que no parezca que creo ser mejor que los miembros de mi familia? Luego viene toda la logística e incluso los cálculos matemáticos que la gente no sabe que necesitan hacer los artistas plásticos. Como decidir la ubicación de los elementos, medir cada uno en la hoja para saber cuánto espacio ocupará, asegurarse de que la escala a la que dibuje la jaula sea la correcta. Decidir qué porcentaje de la jaula mostrar para que no opaque a las aves.

Como ahora mi cerebro trabaja a toda máquina, si no escribo por lo menos algo de esto, no podré dormir. A pesar de que Matt dice que eso es justo lo que me dificulta dormir, saco mi teléfono celular y escribo mis ideas en la aplicación Notas hasta que me siento tan adormilada que corro el riesgo de que el teléfono se me resbale de las manos y me caiga directo en la cara.

lll

Por la mañana despierto y me siento alerta mucho antes de que suene mi alarma. Lo primero que escucho es el *tad tad tad* de unas pantuflas pisando sobre los mosaicos del suelo. Es un sonido que me resulta familiar porque, cuando no es verano, mis padres usan pantuflas en casa, y a veces también en verano. Mamá dice que lo mejor es levantarse al mismo tiempo que tus anfitriones o antes de ser posible. Pero yo no soy una invitada, sino una empleada y, tal vez por lo mismo, haya más razón para que me levante temprano. Hago la cama lo más rápido que puedo y salgo de la habitación.

La señora Granucci viste un camisón floral y pantuflas rosas esponjadas. El cabello lo tiene igual que cuando nos conocimos. Es muy probable que haya dormido con sus rulos o, si no, tal vez lleve despierta un buen rato. Sonríe de oreja a oreja y sus ojos resplandecen. Ni siquiera mis padres se emocionan tanto al verme por la mañana. Supongo que se debe a que a mí tampoco me emociona verlos. Ni a ellos ni a nadie.

—¡Emily! —dice la señora como si nos acabáramos de encontrar en el supermercado—. Ya te levantaste. ¿Eres de esas personas que prefieren aprovechar la mañana? ¿De las que se despiertan temprano?

—Para nada —confieso—. ¿Cómo durmió, señora?

—Oh, ¿yo? Siempre duermo como roca.

—¿En serio? —pregunto. Mi abuela, que debe de tener más o menos la misma edad que la señora Granucci, siempre tiene problemas para dormir.

—Te diré un secreto —dice y se inclina un poco hacia mí—. ¡Es por los medicamentos! —dice emocionada, pero susurrando. Entonces señala un pastillero en forma de plátano junto al cuenco de azúcar sobre el mostrador de la cocina.

¿Qué tipo de medicamentos son?, pienso y estoy a punto de preguntar, pero supongo que lo mejor es no parecer entrometida, al menos, no el primer día en un empleo.

—Necesito mostrarte algo muy importante antes de que desayunemos —dice y la sigo por la sala.

Me pregunto si va a recordarme respecto a los zapatos que me urge empezar a usar, pero entonces abre la puerta del frente y salimos al calor de la mañana. Apenas son las siete y afuera ya se siente como si estuviéramos en un horno. Cuando estamos en el pórtico, la señora Granucci se acuclilla con dificultad y, para cuando se me ocurre ofrecerle mi ayuda, ya está de nuevo de pie con la caja de seguridad para las llaves en forma de casita para hadas entre las manos. De nuevo.

—Aquí está el duplicado de la llave. Siempre lo guardo aquí —explica.

Estoy a punto de decir: *Lo sé, esa fue la llave que usé para entrar*, pero algo me lo impide. No quiero sonar irrespetuosa ni pedante. O, ¿será algún tipo de prueba? ¿Me estará mostrando de nuevo la caja para que le diga que recuerdo todos los detalles respecto al duplicado de la llave? En ese momento ella interrumpe mis pensamientos.

—Necesito asegurarme de que lo entiendas, Emily. La llave siempre estará aquí y aquí es donde deberás volver a guardarla.

Bueno, como sea. Es una persona mayor y la gente mayor a veces olvida las cosas. Demonios, incluso a mí se me olvidan de vez en cuando. Como no quiero avergonzarla, no le doy importancia al asunto.

—Comprendo. Aquí está el duplicado. Aquí guarda la llave de emergencia, en la caja de seguridad, siempre en el mismo lugar —digo extendiendo la mano y tomando la caja—. Listo, la tengo —digo y la coloco con cuidado en el suelo.

La señora Granucci da una palmada y su expresión cambia por completo. Parece que, ahora que ve que recuerdo todo sobre la llave, ya no se siente tan inquieta.

—Bien, asunto arreglado. Ahora vayamos a prepararnos algo fabuloso para desayunar.

—Oh, señora Granucci, no es necesario que se moleste, por lo general solo desayuno cereal.

—¿Cereal? —pregunta con los ojos abiertos como platos—. ¡Con razón estás tan delgada! ¡Pareces un lápiz! —dice mirándome de arriba abajo. Me da la impresión de que hará esto con frecuencia—. Y descuida, yo no me molestaré en absoluto porque tú lo prepararás. Ahora dime qué prefieres, ¿café o té?

En casa solo bebo jugo o leche, como si todavía fuera una niña, pero la señora Granucci prepara un café extracargado y lo sirve con hielo, leche, azúcar y canela. Como es algo más que a mis padres seguro no les agradaría verme beber, me sabe aún más delicioso.

—Mis preferidos son los huevos Benny —dice refiriéndose a los huevos benedictinos—, porque la cuestión con ellos es que son un platillo de alto riesgo y, por ende, de recompensas elevadas. Si no los preparas con precisión, pueden terminar mal cocidos o demasiado cocidos, también pueden voltearse por dentro y, por lo tanto, salir disparejos; o podrías terminar con demasiada clara en un solo punto. La salsa también es un desafío, al final te podría salir una incomible pasta amarilla y aguada, y a nadie le gusta eso. En cambio, si preparas la salsa a la perfección, puedes crear un diminuto estanque brillante del color del sol con sabor a... a...

Observo a la señora Granucci con atención y paciencia. Hay algo que me dice que yo no debería empezar a pronunciar palabras para adivinar lo que está tratando de decir, así que solo espero a que me diga a qué sabrá una salsa que se prepara con, bueno, limón y huevos.

—... al primer día soleado tras sufrir la miseria de tres días lluviosos continuos —dice al fin.

Ah, cómo me gustaría preparar una salsa con sabor a eso.

Entonces baja la voz a pesar de que en la casa no hay nadie más que nosotras.

—Por todas estas razones, E, por favor, presta atención a este detalle. Si lo haces a la perfección, también harás bien lo demás, es decir, las otras tareas que formarán parte de tu vida aquí.

Lo que dice me recuerda a la forma en que me habló aquel primer día, cuando nos conocimos. *¿Mi vida aquí?* *Pero es solo un empleo de verano*, pienso, pero no digo nada de eso, por supuesto. Lo que más me preocupa es que, en realidad, no soy el tipo de persona que hace las cosas a la perfección. Esa es el área de Tessa. Yo soy una chica más tipo: "Okey, salió suficientemente bien, *fiuu*". A pesar de todo, en este instante decido cambiar las cosas, decido intentarlo. Porque, si para ella es importante, me esforzaré por hacerlo a la perfección.

—Sí, señora —digo al tiempo que tomo dos huevos de la huevera.

—Antes solíamos comer los huevos Benny solo en ocasiones especiales, como en la mañana de Navidad o los cumpleaños —explica—. Ed los preparaba. Ed era mi esposo. Era en las pocas ocasiones en que le permitía entrar a esta cocina. Cuando por alguna razón él se apoderaba de ella, también me sacaba ¡y se encargaba de todo el proceso! —dice sacudiendo la cabeza—. Pero ahora suelo pasar las fiestas con Robbie, mi hijo, y claro, su familia tiene sus propias tradiciones. Nuevas tradiciones —me cuenta sonriendo—. Y, por supuesto, ¡creo que es algo que deben hacer!

La señora abre un cajón repleto de utensilios de cocina y saca un alfiler con una perla de plástico en la parte superior. Me pide que tome un huevo con una mano y que, con la otra, sujete el alfiler. Luego me dice que perfore la parte superior del cascarón con mucha delicadeza. En cuanto empieza a hervir el agua sobre la estufa, sumerjo el huevo en ella.

—Ahora cuenta hasta diez y sácalo con el cucharón ranurado.

Hago lo que me indica. Me explica que esto aumenta la probabilidad de que el huevo conserve su integridad estructural antes de que se escalfe. Llegó el momento de preparar la salsa.

—Observa el color —dice mientras bato las yemas de huevo con agua y jugo de limón—. Sé que puedes hacer esto, ¡eres una artista! Julia dice que las yemas deben verse espesas y pálidas para estar listas para lo que viene a continuación.

Yo no diría que soy eso, es decir, una artista. Supongo que técnicamente lo soy porque dibujo y pinto como los artistas plásticos. Hago arte, pero nadie me paga por hacerlo. No obstante, escuchar a la señora Granucci llamarme "artista" me hace sentir bien. Me hace pensar que el arte es algo que se debe tomar en serio. Bato las yemas hasta que me duele el brazo, pero ella no despega la mirada del proceso, yo también observo las yemas y veo cómo pasan del color de la tarta china de huevos al de la mantequilla irlandesa. Luego quito la sartén del calor de la estufa, la vuelvo a colocar y repito el proceso hasta asegurarme de que la temperatura sea perfecta.

Solo que... la emulsión no se está mezclando como debería.

—¿Qué sucede? —pregunta la señora—. Dime con exactitud que provocó esto.

Esto le encantaría a Matt. Me recuerda a algunos de los experimentos de química que hicimos el año pasado, solo que este es más interesante y la recompensa es mayor.

—Creo que, tal vez, la emulsión se interrumpió porque no la batí de forma continua —digo—. O, quizá sí batí todo el tiempo, pero se cortó por alguna razón.

—Exacto. ¡Pero esto debería salvarla! —dice la señora Granucci al tiempo que añade una pequeñísima gota de agua. Luego toma la salsa y la bate ella misma a toda velocidad.

En cuanto salva la salsa y los panecillos ingleses están tostados, coloco un huevo escalfado en cada uno. El primero cae bien sobre el panecillo, pero el otro se queda colgando un poco y, como no soy una persona particularmente delicada, uso mis dedos para empujarlo de vuelta. Esto hace que parte de la yema se derrame sobre el plato. Un estanque de luz solar que se solidifica en segundos y forma un estanque de... ¡puaj!

—Caracoles —exclamo—. No soy buena para esto.

—No-no-no-no —dice la señora—. ¡Nada de "no soy buena para esto"! No voy a permitir ese tipo de comentario aquí. Es la primera vez que lo haces. En algún momento lo dominarás. Dite eso a ti misma y continúa. Porque, ¿sabías que tu cerebro escucha todo lo que dice tu boca? —pregunta exaltada—. Ahora, antes de verter la salsa, hay que dar los últimos toques, esto es esencial. Es como añadirle las joyas y el maquillaje a un atuendo. O los zapatos. Porque también comemos con los ojos, ¿no es cierto? Corta estos cebollines en diagonal, en trozos muy finos, y esparce la cantidad adecuada sobre los huevos.

—¿Cuál es la cantidad adecuada?

—Lo sabrás en cuanto la veas.

Hago lo que me dice y, una vez más, uso la vista. Trato de ver el plato de la manera en que vería un atuendo o un dibujo.

Luego muelo pimienta sobre el platillo y espolvoreo paprika ahumada, tanto por apariencia como por sabor.

Es como una obra de arte, necesita un par de colores contrastantes para destacar en verdad.

—Es adorable —dice la señora Granucci—. Todavía no son perfectos, pero puedes volver a intentarlo el próximo fin de semana. Muchas gracias.

Entonces veo que la mirada de la señora se pierde en la distancia. Levanta los platos y empieza a llevarlos a la mesa de la cocina, pero luego se detiene a medio camino. Cuando voltea a verme es como si acabara de recordar que estoy ahí.

—Y entonces, ¿tienes hambre o no? —pregunta—. Es hora de darnos un festín.

Después de que lavamos los platos, la señora sugiere que vayamos a caminar antes de que haga demasiado calor para salir.

—¿No tienes sombrero? —me pregunta cuando ya tengo la mano sobre el picaporte de la puerta—. Emily, si hay un buen consejo que podría darte es este: debes proteger tu piel.

¿Ese es el buen consejo que podría darme esta señora?, pienso, pero no digo nada. Gracias a Matt y al hecho de que casi se cubre con bloqueador solar como si este fuera glaseado y él, un pastel, aprendí que la gente blanca se quema con mucha más facilidad que mi familia, pero no menciono nada de eso porque, en ese momento, la señora me pone en la cabeza un viejo sombrero flexible.

—Ay, Dios, no encuentro mis llaves. Siempre las dejo aquí... —dice colocando su mano sobre mi hombro y cerrando los ojos—. Santo niño Jesús, usa tu fabulosa magia de Dios ¡y ayúdanos a encontrarlas, por favor! —exclama.

He vivido en el Sur toda mi vida y creo que nunca había escuchado una oración como esta, pero parece funcionar porque, unos minutos después, la señora agita el brazo en alto con sus llaves en la mano.

—¡Alabado sea el Señor! —dice.

Luego se asoma al espejo manchado y agrietado de los lados.

—Amo esta cosa —dice—. Es vieja pero hermosa. ¡Como yo! Y, ay, Dios santo, cómo me gusta aplicarme lápiz labial. Una pasadita sobre los labios puede cambiarte la vida. Es esencial.

Y entonces nos vamos. Ambas llevamos una botella de agua helada que empieza a sudar en cuanto salimos de la casa, pero lo único en que puedo pensar es en que espero no encontrarme con nadie conocido porque, con este sombrero, me veo más ridícula de lo habitual.

La señora Granucci mencionó que tenía casi ochenta años, pero camina rápido y, al mismo tiempo, me habla de forma directa y vigorosa. Usa palabras de por lo menos cuatro sílabas para describir todo lo que le encanta: *fantástico, formidable, maravilloso, sobresaliente*. Me da la impresión de que, aunque lleva bastante tiempo viviendo en River's Edge, sigue encontrando muchas cosas que le parecen *fabulosas*. Como la manera en que los gigantes y amplios robles se inclinan sobre la calle; las ardillas regordetas que se persiguen entre sí; los grititos de las chiquillas en traje de baño rosado corriendo bajo el chorro de un rociador en el jardín de una casa; el aroma de la madreselva...

—Aaay, por Dios, ¡huele eso, por favor! ¡Nada como el perfume veraniego de la naturaleza para transformar una caminata en una experiencia celestial!

—Claro —digo, aunque no estoy segura de ello. Si yo tengo este nivel de calor, ella debe estar derritiéndose, pero no se queja. Solo sonríe cubierta por el sudor y se enjuga la frente con su pañuelo. Nos detenemos debajo de uno de los robles para beber agua.

Si le llegara a dar un golpe de calor o algo así, al menos estaré aquí, con ella. Claro, si el golpe no me da a mí primero.

—Oh, Dios —exclama al tiempo que se quita el sombrero y lo usa para abanicarse un poco—. Estos sombreros hacen que te sude el cabello muy rápido —dice antes de volver a ponérselo.

Continuamos la caminata y la señora me cuenta sobre todas las actividades en que está involucrada. Es voluntaria del Comité de la Comunidad de River's Edge y Amiga de la Biblioteca Pública Green Valley; y patrocina el departamento de música de la Escuela de Artes Escénicas Greenwood, lo que significa que algunos de los estudiantes reciben la Beca Granucci.

—No es muy cuantiosa —explica—, ¡pero cada grano de arena ayuda! —También canta en el coro de la iglesia—. Tal vez no sea evidente, pero mi voz se funde bien con las de los otros.

Me da la impresión de que toda la gente del vecindario salió a pasear. Cuando salgo en bicicleta o caminando, la gente me saluda y yo respondo en seguida sin importar si conozco a la persona o no, porque es parte del código de la gente sureña. Pero en el caso de la señora Granucci, las cosas llegan a un nivel muy distinto. Todos la conocen de nombre y, no solo eso, también están enterados de lo que sucede en su vida.

—¡Hola, Leila! ¿Cómo van tus rosales?

—Buenos días, señora Leila.

—Te veré mañana en el ensayo del coro.

La conoce tanta gente, que me pregunto por qué a mí me tomó tanto tiempo encontrarla.

Los vecinos me miran con una sonrisa que conozco muy bien. No dejan de sonreír, pero en su mirada veo lo que se preguntan: *¿Quién es?*

En algún momento, la señora Granucci me da su bolso. Es solo por un segundo, pero, aun así, me cuesta trabajo no sentirme como la sirvienta de color.

Si yo fuera rubia, si mi piel fuera perfecta y tuviera una alegre sonrisa, las señoras no me dejarían en paz, incluso me preguntarían respecto a mis padres, a quienes seguro conocerían del tenis, el golf o la iglesia. Lo sé porque lo he visto antes, créanme. Green Valley es el tipo de lugar en el que la gente lleva generaciones viviendo.

La señora Granucci mejora la situación al colocar su mano sobre mi hombro y presentarme.

—Esta es Emily, ¡mi acompañante! —dice. Me parece que es más agradable cuando la gente te presenta empezando por decir tu nombre en lugar de tu título. Los otros ancianos blancos dicen: "Gusto en conocerte, Emily" porque, por supuesto, la gente es amable si ella me presenta. Las cosas son muy distintas cuando salgo a pasear con mi familia. La gente dice "hola" y pasa sin detenerse. Nadie nos pregunta nada. O, peor aún, nos preguntan cosas estúpidas como: "¿De dónde son?". Los peores tratan de adivinar. "¿Son filipinos?, ¿vietnamitas?, ¿tailandeses?".

Gracias por mencionar todos los países asiáticos, debería yo decir. *¡No sabía que había tantos!*

Ese es el tipo de gente que hace que me den ganas de irme de Carolina del Sur y de todos los estados colindantes. Para siempre.

Cuando volvemos a casa, la señora Granucci dice que es hora del almuerzo. Me pide que prepare un par de platos y, mientras tanto, ella se sienta y pone los pies en una posición elevada. Luego, ambas nos sentamos en la mesa y me pregunta si no me molesta que diga una breve oración.

—En absoluto —respondo. Mi familia no lo hace, pero no tengo problema con que ella lo haga.

—Señor Jesús, gracias por tu vida y tu muerte. Gracias por tu amor por nosotros. Gracias por esta abundante y gloriosa comida, y por las manos que la prepararon. Por favor, bendice esas manos. Amén.

La oración me parece una verdadera exageración, en especial porque solo se trata de sándwiches de jamón y bocadillos de pepinillos, papas fritas sabor sal y vinagre, y limonada. Me gustaría hacer una broma sobre el hecho de que acaba de bendecir mis manos, pero no se me ocurre nada lo bastante rápido.

Después del almuerzo, la señora Granucci dice que necesita mostrarme su porcelana y esto me confunde hasta que camina al comedor y se acerca a un gabinete específico.

—Estos son mis platos para el diario, pero para ocasiones especiales tengo esta adorable vajilla —dice y se inclina hacia mí para susurrar—. Es porcelana Royal Copenhagen. Mi suegra me la regaló el día de mi boda.

—Ooh —digo arqueando las cejas y tratando de sonar impresionada, pero, para ser franca, no veo gran diferencia entre la porcelana fina y sus platos para todos los días, los que tienen pequeñas flores rosadas. Son solo platos blancos, los dos. La porcelana fina solo tiene bordes dorados.

—Y ahora, estos —dice mientras abre otro cajón—: los Wedgewood. Esta vajilla es para ocasiones superespeciales, como las fiestas o cosas similares. O si tenemos una gran reunión, como sucede el Día de Acción de Gracias, o una despedida o un recibimiento —explica. Me toma un momento comprender que se refiere a una despedida de soltera o a un *baby shower*—. En esos casos, tal vez necesitarás usar las dos vajillas, pero no hay problema.

—Ah, ¿sí? —pregunto—. Entonces, yo voy a… ¿servir alimentos en estos platos?

—Pues verás, Emily. Te estoy mostrando todo solo por si acaso.

¿Por si acaso qué?, me pregunto, pero ella ya pasó a las otras piezas de porcelana que hay en el gabinete. Tengo que admitir que no le veo el caso a tener platos solo para exhibirlos, platos que no son para comer, vaya. Pero supongo que cada uno tiene sus costumbres.

Mis padres no tienen vajilla de bodas, no que yo sepa. Entonces me doy cuenta de que esta es solo una de las diferencias entre la familia de la señora Granucci y nosotros.

En ese momento suena el teléfono y la señora se apresura a contestar. Me quedo asombrada porque no conozco a nadie en River's Edge que todavía tenga una línea telefónica fija. Cuando responde, es obvio que se trata de alguien a quien conoce bien, de hecho, me parece que podría tomarle un rato, así que decido caminar un poco por la casa y mirar los cuadros.

Sí, podrían decir que soy un poco rara, pero me encanta caminar y explorar las casas de otras personas porque creo que uno aprende mucho sobre la gente al hacer esto. De pronto, estoy otra vez en la sala mirando los cuadros de cerca.

Veo una naturaleza muerta. Es un cuenco con limones y detrás hay una jarra de la que se desbordan sauces cenicientos. Fue pintada con pintura acrílica. Me agrada la forma en que los elementos forman el conjunto: la brillante y arrugada superficie del limón junto a la lisa y reluciente jarra y los velludos botones de las plantas. Alguien decidió poner juntos esos objetos específicos. La jarra es delicada pero robusta al mismo tiempo. Sin embargo, lo que más me impresiona es que el limón es más *limonesco* que todos los limones de verdad que he visto en mi vida. Es hermosísimo. Después de todo, tal vez eso es lo maravilloso de las naturalezas muertas, que te permiten ver las cosas de una manera distinta, de encontrar la belleza en objetos ordinarios.

—Vaya, pero si estás en trance —dice de pronto la señora Granucci junto a mí y doy un salto como de medio kilómetro. No había notado que estaba ahí—. ¡Llevas viendo este cuadro varios *minutos*! —dice sonriendo—. Y yo he estado todo este tiempo aquí viéndote contemplarlo boquiabierta.

Bueno, después de eso, ya no me siento tan rara respecto a husmear en su casa.

—A alguien le tomó meses o, quizás, años pintarlo. Por eso me pareció que valía la pena pasar algunos minutos mirándolo —digo.

—Tienes razón en eso. La gente debería desacelerar.

—Oh, por supuesto. En los museos, la gente va demasiado rápido. Si uno fuera a un restaurante, no trataría de ordenar todo en el menú, ¿no? Entonces, ¿por qué parece que los visitantes en un museo de arte se fijan como misión verlo todo y rápido?

—Yo no habría podido decirlo mejor —exclama.

Por primera vez en el día pienso en Tessa y en su trabajo en el hospital. A veces siento que mi vida importa muy poco en comparación con eso. Que es muy inútil. Tessa está aprendiendo a salvar vidas y, mientras tanto, yo... Entonces le menciono todo esto a la señora Granucci.

—¡Ah, discúlpame, pero no! ¡Inútil ni de broma! —dice resoplando—. Al menos yo pienso que... y que Dios me perdone... pero estos placeres terrenales ¡son los que hacen que valga la pena vivir! La pintura, la música y la comida deliciosa. Sin mencionar el hecho de que estás cuidando a una anciana. Y eso es un trabajo importante, sin lugar a duda. Cuidar de una vida. Si eso no es relevante, no sé qué lo sea.

Para ser honesta, cuidar a la señora Granucci, si acaso eso es lo que estoy haciendo, no parece difícil, ni siquiera necesario. No es como cuidar a un bebé. De hecho, no parece necesitarme. Creo que más bien estoy con ella para acompañarla mientras hace las cosas que le agrada hacer y, por supuesto, a mí eso no me incomoda. Incluso hace que mi trabajo sea más sencillo.

—Ahora escucha bien, Emily, debes saber que a las cuatro en punto de la tarde siempre bebo una copa de vermut, pero solo una. Después de eso deberás lavar esta pequeña copa azul a mano.

Cuando le pregunto qué es vermut, me dice que debo averiguarlo por mi cuenta.

—Pues parece que se usa principalmente para cocinar —digo tras hacer una breve búsqueda en mi teléfono.

—Sí, aquí en Estados Unidos se usa de esa forma, pero mi familia es italiana, es decir, se trata de una costumbre de Italia: beber una copita de algo dulce antes de la cena. Cuando cumplas veintiún años llámame ¡y beberemos una copa juntas! O tal vez un poco antes —dice guiñando un ojo.

Tomo la botella color ámbar de la parte superior de la alacena. La señora me muestra cómo servir la cantidad perfecta en su copa azul, y luego se la llevo mientras ella se instala en el sofá.

—¿Qué hará mañana, señora Granucci? —pregunto.

—¡Ir a la iglesia, si el Señor lo permite! —contesta—. Maggie Costello vendrá y le daré *ride*. ¿Qué harás tú?

—Pues mi familia es católica —digo— porque, como sabe, mi padre es latinoamericano y me parece que mi mamá conoció a misioneros católicos en Taiwán o algo así.

Por la forma en que lo digo, casi suena a disculpa. No es mi intención, pero es imposible decirlo con orgullo cuando uno vive en el Cinturón Bíblico, es decir, la superconservadora zona protestante del sur del país. Cada semana, por lo menos una persona me dice que nos iremos al infierno por ser católicos. Para colmo, parece que corremos el altísimo riesgo de convertirnos pronto en "católicos que solo celebran Navidad y Pascua".

La señora Granucci abre los ojos como platos.

—Oh, ¡adoro a los católicos! De hecho, técnicamente yo también soy católica —dice al tiempo que se persigna como para probármelo—. Además, me encaaaanta comulgar. A veces incluso hago doble jornada: voy a la misa de las ocho de la mañana y luego asisto a la iglesia bautista.

—Pero ¿por qué necesita ir a ambas iglesias?

—Por los amigos. Para sobrevivir, una chica necesita amigos, Emily. Incluso las artistas solitarias como tú —explica poniendo la mano sobre mi hombro—. Por cierto, puedes llamarme Leila. O si te parece demasiado atrevido, llámame Señora G.

CAPÍTULO 4

ESA NOCHE, CUANDO VUELVO a casa, Tessa se está pintando las uñas de los pies y los tiene sobre mis revistas. Es algo que no debería molestarme tanto. De hecho, no me molestaría en absoluto si Heather lo hiciera. ¿No es una locura? ¿No es increíble que esa agradable y amable persona que uno puede ser fuera de casa se convierta en un monstruo de Gila cuando está de vuelta? Antes solía echarle la culpa al síndrome premenstrual que, sin embargo, aunque sucede con mucha, si no es que con demasiada frecuencia, no pasa a diario. Y esta diferencia es esencial.

—Quita tus pies de mis revistas —es lo primero que le digo en cuanto entro.

—A mí también me da gusto verte —dice Tessa sin siquiera levantar la vista. Se está pintando las uñas de un color verde claro tipo galleta de menta y chocolate que en realidad me agrada bastante. De hecho, es un tono que va mucho más con mi personalidad que con la de ella, y eso me hace enfurecer de pronto.

Respiro profundo. Solo es barniz para uñas, me digo a mí misma. Pero la cuestión es que yo siempre necesito marcar la diferencia entre Tessa y yo, deslindarme de ella. Y lo sé bien porque es algo que he analizado a profundidad con Heather y Matt. Como no puedo competir con mi hermana, necesito ser distinta, y por eso no me pinto las uñas de los colores conservadores que ella elige. Sí, es una nimiedad, pero cuenta. Y ahora, ella está usando *mi* color.

—¡Rillo! —dice papá al entrar de pronto—. ¿Cómo te fue en la casa de esa señora?

—Señora Granucci —aclaro. *La señora G*, pienso—. Me fue bien, comimos cosas muy apetecibles y… —empiezo a contarle, pero de pronto me parece un poco insensible mencionar eso, dado que, como a mamá le duele la garganta por su enfermedad de la tiroides, en casa estamos comiendo, sobre todo, alimentos blandos.

—¿Qué tipo de comida? Espero que no se trate de guisados y cosas fritas.

Por alguna razón, mis padres tienen la idea de que la comida de la gente blanca consiste solo en guisados y alimentos fritos.

Pero antes de que pueda siquiera contestar, papá me interrumpe.

—¿Y qué hiciste todo el día ahí? —pregunta haciendo énfasis en "todo el día".

—Cociné y... —empiezo a decir. Tessa arquea las cejas como insinuando que no soy la mejor cocinera, pero la ignoro—. Aprendí cómo maneja la señora las cosas en casa, ya sabes. Salimos a dar un paseo. Tiene muchos cuadros y muebles hermosos de los que hay que cuidar —digo. Y, de acuerdo, todavía no he hecho nada para cuidar ni los cuadros ni los muebles, pero es probable que lo haga. Además, me parece que suena impresionante. Y se verá muy bien en un currículum para una escuela de arte.

—No te criamos para ser ama de llaves —dice papá.

—¡No estoy haciendo el trabajo de un ama de llaves! —exclamo. Papá se ve triste.

—Casi no te vemos, ¿y lo único que haces es cuidar la casa de esa señora?

—¡Me ven toda la semana! —digo resoplando.

Me voy de casa veinticuatro horas y mis padres actúan como si hubieran pasado años. Y cuando "por fin" nos reunimos, como ellos dicen, no se ven muy contentos de verme.

Además, las investigaciones muestran que tener demasiado tiempo libre es tan dañino como tener muy poco. Lo que no comprendo es por qué mis padres quieren que esté en casa si ni siquiera pasamos tiempo de calidad juntos. No tenemos conversaciones interesantes ni hacemos ninguna actividad como familia. Si estuviera en casa, de todas formas pasaría todo el día encerrada en mi habitación dibujando, así que, ¿de qué se trata?

—¿Recuerdas lo que Tessa hacía en sus veranos cuando tenía tu edad? —me pregunta papá. Demonios, Tessa tenía mi edad el año pasado, pero bueno, como sea—. Todos los días estaba en la biblioteca, desde temprano en la mañana, cuando la abrían.

Llevo cinco minutos en casa y ya me están fastidiando y comparando. ¿Por qué siento que la gente de fuera me escucha y me entiende mejor? Además, las cosas eran distintas para Tessa. Steve la recogía en casa con un frapuccino en la mano. Si a mí me llevara a la biblioteca un novio y me regalara todos los días una bebida de Starbucks, claro que iría con más frecuencia también.

Tessa sigue despatarrada en el sofá. Mueve los dedos de los pies y cierra el barniz de uñas. A veces, por suerte, sabe que más vale quedarse callada que empeorar la situación.

Papá se sienta frente a la computadora de la sala. Ya sé que va a empezar a deslizar la pantalla para enterarse de todos los desastres que han sucedido. Ya sé que está a punto de decirme cuál de todos nos sucederá a nosotros pronto. Me da la impresión de que todos los productos tienen defectos y las empresas tienen que recuperarlos entre los compradores. Parece que todo puede enfermarte o matarte: la lechuga romana, las gotas para los ojos, los cargadores de teléfonos celulares… Papá no siempre fue así. Bueno sí, pero al menos antes les añadía a las noticias una sana dosis de humor. Creo que la tiroides tamaño aceituna jumbo fue lo que empeoró las cosas para él. Le hizo sentir que hay todo tipo de cosas terribles en cada esquina.

—Entonces, la señora te pide que la acompañes a caminar con ella, pero, si puede caminar por sí sola, ¿entonces para qué te necesita?

—Papá... —empiezo a decir tras un largo suspiro.

—Es solo que no quiero que se aproveche de ti. Es una mujer anciana y todavía no entiendo qué haces ahí.

—Nadie se está aprovechando de nadie. Me paga lo justo.

Entonces empieza a hablarme lento y muy claro, como si no fuera capaz de entenderlo si dijera las cosas de otra manera.

—Entiendo que te paga, pero incluso en un empleo pagado el empleador puede aprovecharse del empleado. Además, ella es mucho mayor que tú, hija. Lo único que quiero es que tengas cuidado.

—De acuerdo —digo.

—Anda, ve a pasar algo de tiempo con tu madre. Te extraña.

A veces siento que papá inventa cosas solo para fastidiarme o para hacerme sentir profundamente culpable, pero esa estrategia conmigo no funciona tan bien como con Tessa. Es decir, dudo que mi mamá haya dicho que me extraña. Lo más probable es que, literalmente, haya dicho: "¿Dónde está Emily?", pero entonces papá transformó esta simple frase para obligarme a pasar un rato con ella.

Mamá está en la cocina, aplastando ajos con un cuchillo recostado. Me paro junto a ella y empiezo a pelarlos, diente por diente. Me resulta satisfactorio ver que la cáscara se separa con mucha facilidad.

—Oh, muchas gracias, Emily —dice—. ¿Te parece que cocinas más en casa de esa señora que aquí?

¿Lo ven? Esta es la razón por la que Heather dice que es una típica "mamá tigre" asiática, pero con garras envueltas en terciopelo. ¿Mamá me extrañó? ¿O solo le gusta fastidiarme tanto como papá?

Entonces entra Tessa y empieza a alinear los frascos de las especias, y a sacar cacerolas y sartenes como para mostrarme que ella sí sabe cocinar y que mi ayuda en la cocina no tiene ningún valor porque ella es la que manda ahí.

—Mis niñas —dice mamá colocando las manos sobre nuestros hombros—. Es maravilloso tenerlas en casa conmigo este verano.

Mi hombro suda y casi toca el de Tessa. Ella parece notarlo porque se tensa un poco, igual que yo.

¿Alguna vez se han sentido maravillados por alguien y, al mismo tiempo, enojados con esa persona y celosos de ella? Eso es lo que siento respecto a mi hermana. Nunca he deseado tanto la aprobación de alguien como la de Tessa y, sin embargo, también me enfurece. Nunca he admirado tanto a alguien y, al mismo tiempo, deseado que disfrute de la vida aunque sea un poco.

Las cosas no siempre fueron así con ella, pero no me pregunten qué sucedió porque todo fue muy gradual. Tessa se volvió popular en la preparatoria, yo quería tener una vida propia y, a partir de ahí, empezamos a separarnos hasta que llegó el punto en que solo nos soportábamos porque vivíamos bajo el mismo techo. Todo lo que ella hacía era genial. Cuando estaba en tercer grado y yo en segundo, ganó el concurso de la feria de ciencias con un aparato que pasaba las páginas de un libro mientras lo leías. Es decir, ¿habían escuchado hablar de algo así de fabuloso en el ámbito de los *nerds*? Hasta la fecha, me gustaría ser la amiga de esa niña. En aquel entonces yo no sabía lo que era el resentimiento, solo sabía adorar, tratar de ser un poco más como ella. Hasta que descubrí que no podía. Tessa siempre sería mejor en ese tipo de cosas: las tareas escolares para las que se requiere de atención a los detalles, saber definir estructuras claras y cumplir con fechas de entrega muy cortas. Algunas veces me daba la impresión de que lo único en lo que yo era mejor que ella era en la pintura y el dibujo.

Bueno, y en vestirme. No me malinterpreten, Tessa tiene estilo, pero yo soy más original.

Esta es la manera en que funciona su mente: se dice a sí misma que tiene que hacer algo y lo hace. Yo, en cambio, me digo que debo hacer algo y luego doy media vuelta y hago justo lo contrario. La tarea se queda ahí, esperando y esperando en algún lugar de mi mente. Hasta que desaparece porque se mezcla con una canción que pongo en bucle y escucho mientras leo noticias sobre la banda que la canta porque eso es mucho mejor que empezar mi tarea de geometría. Mi cerebro es como esos instantes en que sacas tu teléfono solo para ver el estado del tiempo y, media hora después, te encuentras inmerso en la descripción de Wikipedia de los tacos.

A veces me pregunto si solo soy así porque así me hicieron, si necesito que me digan que no haga algo para que me ponga a hacerlo enseguida. Tal vez esa es incluso la razón por la que dibujo con tanta frecuencia.

Uno pensaría que algo como la posible enfermedad de mamá nos uniría a Tessa y a mí, pero parece que, al contrario, ha sacado lo peor. Creo que, después de todo, es porque ambas nos sentimos impotentes en esta situación. No hay nada que podamos hacer para cambiar las cosas, aunque a ella le guste actuar como si pudiéramos.

El problema es que yo la admiro mucho todavía. Tal vez no lo parezca, pero así es.

—Qué bueno que estás en casa, así podrás encargarte de las verduras —dice Tessa—. Y, al menos, hacer algo por aquí —agrega hablando en un murmullo.

Dios santo. La admiro, pero solo hasta que dice cosas como esta.

Ella podría cocinar una comida completa de cinco tiempos en lo que a mí me toma hacer una ensalada, no es como si necesitara mi ayuda. Casi me dan ganas de decirle algo como: *Técnicamente, el ajo es una verdura, así que* ya *hice algo*, pero es obvio que está de mal humor.

Casi me avienta las verduras a la barra de la cocina. Solo oigo el ruido sordo cuando chocan con la madera. De la arrocera sale vapor y, junto a ella, hay varios sobres dirigidos a mi hermana, todos provenientes de universidades. Los otros sobres tal vez son facturas. Alguien ya los abrió, pero los dejó ahí para hacerse cargo de ellos más tarde. Junto a la correspondencia veo las zanahorias y el bok choy en bolsas de plástico que brillan por la condensación.

Y lo único que se me ocurre es: Naturaleza muerta con bok choy.

Mientras Tessa empieza a preparar el arroz, yo pelo un par de zanahorias y tiro las cáscaras, luego las rebano en rodajas. Después saco el bok choy y empiezo a acomodar las cosas en la tabla para cortar.

Estoy tratando de crear la impresión de que, aunque todos estos son objetos, hay algo de vida en la escena. Alguna persona, o varias, han estado aquí con estas cosas, acaban de tocarlas. Todo parece un poco desacomodado, inacabado. Los sobres están abiertos con las solapas desdobladas. El temporizador de la arrocera marca los minutos. No, no son los objetos más bellos, pero no se trata de eso, no necesariamente. En una ocasión vi una naturaleza muerta que incluía rollos de papel higiénico, rollos y más rollos pintados con acrílico. La luz solar del final de la tarde entraba inclinada por la ventana del baño. Era una imagen de una belleza peculiar. Me encanta la idea de que eso se le haya ocurrido a alguien.

Cuando Tessa voltea para ver cuánto he avanzado, yo estoy tomando una foto tras otra del bok choy, las zanahorias, la arrocera y los sobres.

—¿Podrías apurarte? —pregunta sin tomarse la molestia de señalar que estoy haciendo algo muy raro.

Después de cenar me encierro en mi habitación para pintar.

Esto es lo que me mantiene animada la mayoría de los días. Me gusta porque, cuando pinto, cuando mezclo los colores con mis dedos y busco la tonalidad perfecta de verde, mi cerebro no empieza a vagar y a mis manos no les urge empezar a jugar con mi teléfono celular. De acuerdo, sé que hace poco dije que no quería dibujar una fruta, pero después de ver aquel limón en el cuadro de la señora G, es decir, después de observarlo a fondo, creo que ahora entiendo un poco más las cosas. Entonces tomo mi teléfono, elijo la fotografía que más me gusta y me reto a mí misma a dibujar una naturaleza muerta. Paso dos horas trabajando exclusivamente con mi lápiz, asegurándome de que todo se vea justo como quiero. Aunque es posible borrar el gis pastel, yo por lo general no lo hago. Prefiero trabajar con el lápiz primero hasta estar segura de que dibujé bien los objetos. Lo hago porque me gusta la sensación de que no hay vuelta atrás.

El siguiente fin de semana, la señora G me pide que me haga cargo del desayuno mientras ella se prepara. En esta ocasión haré *hotcakes* con harina para pastel, harina común de maíz para pan y un poco de polvo de hornear. Por eso salen superesponjosos, o sea, aunque delgados, son como verdaderos pasteles, verdaderos *cakes*. Estoy inmersa en la preparación de los *hotcakes* cuando escucho que algo cruje afuera, frente a la casa o cerca de ahí. Medio me pregunto si habré escuchado bien o si solo fue mi imaginación, pero de todas formas dejo el batidor manual goteando sobre la barra de la cocina. Y no, no lo imagino, vuelvo a escuchar el crujido. Suena mucho como cuando alguien trata de abrir la puerta.

De pronto imagino que las peores pesadillas de papá se vuelven realidad, todos sus miedos respecto a un robo o un secuestro. Imagino a alguien exigiéndonos darle todo nuestro dinero porque, de lo contrario... Y, por supuesto, vendrían a casa de la señora Granucci porque tiene cuadros, joyas y zapatos que cuestan muchísimo.

A diferencia de mi padre, quien siempre está preparado, incluso de más, y es cauteloso en extremo, la señora no tiene sistema de alarma. Y, claro, mi tarea es proteger su casa.

Me apoyo por completo sobre la pared y me muevo poco a poco hacia la entrada, con pasos muy silenciosos, conteniendo la respiración y sin dejar de mirar la puerta.

Pero vivimos en River's Edge y es pleno día. La puerta está bien cerrada y anoche yo misma le eché llave, así que solo camino directo hasta la ventana y me asomo.

Es un chico como de mi edad, pero viste y se ve impecable. A pesar de que estamos a veintiséis grados, va de negro de pies a cabeza. Su camisa también es negra, con las mangas arremangadas un poco. Tiene el cabello castaño y ondulado, y lleva gafas oscuras. Lo segundo que noto es superraro: sostiene a otra persona parada, un hombre con el cabello lacio y caído.

—Eeeh, ¿señora G? —digo por encima del hombro tratando de mantener la voz baja o, por lo menos, de no gritar. No quiero asustarla ni nada que se le parezca.

Sin embargo, el chico ha comenzado a golpear la puerta con fuerza y veo que le cuesta trabajo sostener al hombre. Entonces grito.

—¡Señora G!

La señora viene corriendo. Nunca había visto a una mujer de setenta y tantos años correr tan rápido. Entonces pienso que la próxima vez, aunque espero que no vuelva a suceder, trataré de no asustarla porque podría darle un ataque, literalmente.

En ese momento ve quién está tras la puerta, se detiene en seco, echa la cabeza hacia atrás y ríe de buena gana.

—Ay, Dios mío, Ezra, ¡olvidé por completo que vendrías hoy! —dice la señora al abrir la puerta—, ¡y que traerías a George!

Ezra no deja de dar bocanadas. Se ve cansado de cargar a... George... del automóvil a la casa.

—¿Dónde pongo esto, tía Leila? —pregunta.

—Coloquémoslo en la sala. Así les dará la bienvenida a los invitados y ahuyentará a las ardillas, ¡jajá! —exclama—. También a los intrusos, a los verdaderos intrusos, quiero decir —explica con una voz cada vez más seria.

Ezra lleva cargado a George hasta la sala y lo recuesta rápido a la pared.

—Te tomó mucho tiempo avisar que estaba esperando —me dice el chico—. Esto habría podido derretirse.

—¿Con *esto* te refieres a...?

La señora G me mira horrorizada.

—No es posible, ¿quieres decir que la gente de tu edad no es capaz de reconocer una figura de cera de George Harrison?

Todos nos quedamos mirando a George un segundo. Tiene una camisa con estampado de cachemir y se ve tan real que su piel incluso tiene algunas imperfecciones menores. Tiene un cabello largo y brilloso que le llega a los hombros, como Jesús. Lo siento, no puedo evitar pensarlo. Tiene cejas pobladas, mirada intensa y está frunciendo el ceño.

Cuando veo a Ezra, el sobrino de la señora Granucci, noto que su expresión no es muy distinta de la de George, pero, para ser honesta, la diferencia, además de los hoyuelos en las mejillas y los profundos ojos color avellana, es que él está guapísimo.

Maldita sea.

La señora G y yo lo seguimos a la cocina. Ahí lo vemos tomar un gran vaso y llenarlo de agua helada que bebe sin parar hasta la última gota.

—¿Y tú? ¿Por qué vienes vestido como un enterrador en un día tan bonito como este? —le pregunta la señora poniendo la mano sobre su hombro—. Debes estarte asfixiando con esos *jeans*.

—Es que más tarde voy a tocar con el trío —responde Ezra.

—¿En el museo?

—No, en el centro para retirados. O sea que veré a varios de tus amigos.

La señora G le da un suave golpe en el brazo al escuchar esto.

—Bueno, pues estoy segura de que les encantará escucharte —le dice y gira para dirigirse a mí—. Como seguramente ya adivinaste, Emily, este grosero joven es mi sobrino.

Ezra extiende el brazo y estrechamos manos como si fuéramos ejecutivos en una reunión de negocios en lugar de dos adolescentes conociéndose en la casa de uno de ellos. Aprieta con fuerza y entonces siento su mano grande y aún fresca tras haber sostenido el vaso con agua. No recuerdo cuándo fue la última vez que estreché manos con alguien de mi edad. Creo que nunca lo había hecho.

A Matt le gusta chocar puños cuando conoce a alguien y, aunque siempre me ha parecido que es el pináculo de la personalidad de los bobos, al menos me parece un gesto más cálido que el que acabo de experimentar.

—Soy su sobrino nieto —aclara Ezra señalando a la señora G—. Leila es hermana de mi abuela, así que es mi tía abuela.

—Ay, Ezra es genial —exclama la señora.

—Lo soy —dice él y ella lo vuelve a golpear suavemente en el brazo.

—Me voy a poner un suéter de verano. Conversen entre ustedes mientras tanto. Regreso enseguida —dice la señora mientras ya va subiendo al piso de arriba y me deja sola con su peculiar sobrino.

Perdón, con su sobrino nieto.

Nos miramos. Heather dice que a veces miro de una forma severa que asusta a la gente, pero aquí es Ezra quien en verdad mira profundo.

Me siento en uno de los bancos y él se apoya en la isla de la cocina. Las gafas oscuras le cuelgan del cuello de la camisa. Yo debería hacerme el hábito de traer las mías conmigo. Me ayudarían mucho al andar en bicicleta porque el sol siempre me obliga a entrecerrar los ojos y termino con los párpados casi cerrados o, como diría mi mamá: "pidiendo estrellarme con ganas".

—¿Y qué haces aquí? ¿Los quehaceres domésticos? —pregunta.

Resoplo. Es solo una broma y estoy segura de que lo dijo queriendo verse gracioso, dado que la cocina está hecha un desastre, pero de todas formas toca una fibra sensible.

—Soy la acompañante de la señora G o su asistenta personal, como ella me llama —respondo, y él levanta las manos enseguida como pidiendo paz.

—Lo siento, no fue lo que quise decir —argumenta, pero al mismo tiempo se queda mirando los tacones de mis zapatos—. Demasiado bien vestida para un trabajo dentro de casa, ¿no crees?

—Mira quién habla —digo mirando todas las prendas negras con que viene cubierto—. ¿Alguna vez varías, aunque sea un poco?

—Los músicos visten de negro. Bueno, al menos eso es lo que nos enseñan en la escuela.

—¿Dónde estudias?

—En la Escuela de Artes Escénicas Greenwood —responde—. Ya sabes cuál, ¿no? ¿En el centro de Green Valley? —explica haciendo el gesto de comillas cuando pronuncia *centro* como si el área no mereciera ese nombre.

Me bajo del banco deslizándome y abro el refrigerador. Finjo que necesito sacar algo de ahí.

—He escuchado sobre ella —digo, y volteo a ver la mezcla de los *hotcakes.* Mantengo la voz baja para que no piense que me ha impresionado. La verdad es que, más que impresionada, estoy molesta porque me doy cuenta de que me tendió una trampa para que le preguntara en qué escuela estudiaba y él pudiera presumir.

—Bueno, yo no soy arrogante ni nada así, si acaso eso fue lo que imaginaste.

—¿Es cierto lo que dicen de la escuela?

—¿Respecto al sexo y las drogas?

—Respecto a que todos son superinteligentes y todo el tiempo están estudiando o practicando su instrumento. Bueno, también lo otro.

—Pero ¿qué significa "superinteligente" de todas formas? —pregunta.

Vaaaya. ¿Este será el tipo de conversaciones que tienen en Greenwood?

Enciendo la estufa y él se estira para tomar un bol de la alacena.

—Tú me dirás —contesto, y estoy a punto de añadir "sabelotodo", como me dice mi madre a veces, después de beber una copa—. ¿Y qué estudias ahí? ¿No tienes que elegir una especialidad o algo así?

—Chelo.

—*Hello* —digo sacudiendo la mano. Veo que mi broma lo irrita y eso me complace mucho.

—¡En realidad soy muy bueno tocando el chelo! —exclama—. Violonchelo —añade—. Además, es el instrumento más sexy de todos, y no solo porque te lo pones entre las piernas.

—Qué modesto —digo haciendo una mueca.

Entonces extiende los brazos con el bol entre las manos.

—Tomando en cuenta que eres la asistente de mi tía, ¿crees que podrías asistirla sirviendo un poco de helado en este bol para su sobrino?

Pongo los ojos en blanco. Estoy segura de que incluso Matt, a quien le simpatizan todas las personas, diría que este tipo es de cuidado.

Ezra sonríe y luego solo toma el helado y se sirve él mismo, así que tal vez se da cuenta de sus propias estupideces, lo cual las mitiga un poco. O, ¿acaso será esta su manera de flirtear? ¿Conmigo?

—¡Vaya! —exclama de pronto—. Dime, ¿qué te obliga a hacer mi tía para terminar con los dedos pintarrajeados y así de... coloridos?

Me miro las manos y me doy cuenta de que tengo las yemas, los costados de los meñiques e incluso varias uñas manchadas de verde oscuro debido a que la noche anterior estuve tratando de encontrar las tonalidades correctas para mi dibujo del bok choy. Es muy raro, lavar las manchas que dejan los pasteles en la ropa es bastante sencillo, pero siempre se quedan pegadas en la piel.

—Oh, no, no es tu tía. Estas manchas son por pintar con gis pastel. Yo... hago cosas con ellos.

—¿Haces "cosas"? ¿Con gises pastel? Creo que lo que quieres decir es que te dedicas al arte... como yo —dice, y en ese instante comienza a mirarme de una forma distinta, con más interés quizá. Con más respeto—. Tal vez tú también deberías solicitar el ingreso a Greenwood.

En una ocasión leí respecto a las solicitudes para ingresar a Greenwood, pero me di cuenta de que tendría que renunciar a muchas cosas, como ir a la escuela con Heather y Matt, para empezar.

—No, gracias —digo—. Prefiero no vivir en una escuela.

—¿Y eres buena? —me pregunta—. Quiero decir, ¿eres buena para el dibujo?

—Supongo que... ¿sí? —respondo, pero, o sea, ¿quién va por ahí diciendo que es bueno en algo? Ah, sí, Ezra.

—Si lo haces con suficiente regularidad para que tus manos se vean así... debes de ser buena —dice asintiendo mientras observa las manchas con cierto aprecio.

Entonces camina hasta la cafetera y vierte lo que queda de café en su helado.

En ese momento escucho a la señora G bajar por la escalera.

—¿En verdad necesitas tanta cafeína antes de tocar, Ezra? —pregunta en cuanto entra a la cocina—. Oh, Emily, tenemos que ir a escucharlo algún día. ¡El trío toca hermosísimo!

—Descuida, puedo ingerir cafeína —dice Ezra—. Hemos tocado juntos un millón de veces y, además, el repertorio son solo *hits*, el tipo de música que nada más sirve para complacer a las multitudes.

—¡Desearía que me hubieras avisado! De haber sabido que tocarías hoy, lo habría marcado en mi calendario.

—Pero ¿habrías ido al concierto? Olvidaste que hoy traería al señor Harrison.

Es obvio que solo lo dice para molestarla, pero, al menos por un instante, la señora parece triste.

—No sé qué sucedió —empieza a explicar—. A veces soy tan estúpida, no puedo recordar nada.

—¡Estoy bromeando! —dice Ezra de inmediato—. No te preocupes, tía Leila. Lo lamento, debí recordarte que vendría —dice. Ah, el señor pretencioso tiene buen corazón después de todo. Baja la vista y se queda mirando el lodo que se formó con el helado y el café—. Mira, tía, creo que me preparé un *affogato* de indigente, ¿qué opinas?

Se nota que es su sobrino. A ambos les gustan las cosas buenas.

Antes de que se vaya, Ezra y la señora G se abrazan un buen rato.

—Es un encanto tenerte cerca en el verano —dice ella.

—Emily —dice y asiente a modo de despedida.

—Ezra —digo sutilmente. Demonios, ¿qué somos? ¿Personajes de una novela de Jane Austen? Y, a pesar de todo, la forma en que pronunció mi nombre fue... linda.

La señora G lo acompaña a la salida y luego me llama desde la sala.

—Emily, después del desayuno te enseñaré cómo deberás hacerte cargo de George con exactitud.

De lunes a viernes tengo práctica con el equipo de natación, pero solo por las mañanas, y en las noches, a veces, nos reunimos para nadar. Fuera de eso, los días de verano son largos y necesitamos llenarlos con algo. Algunas personas matarían por tener esta cantidad de tiempo libre, pero a mí, hasta cierto punto, me aterra aburrirme. En los últimos años, todos los veranos me he dicho que este será mi último en el equipo, que renunciaré o, al menos, solo seré salvavidas. Pero la cuestión es que creo que si solo fuera salvavidas me aburriría porque, por suerte, muy pocas veces tienes que poner a prueba tus habilidades y, por lo general, pasa mucho tiempo entre una y otra ocasión. Tal vez la razón por la que continúo yendo a la práctica a pesar de que ya no quiero estar en el equipo es porque me mantiene ocupada. Además, mamá dice que nadar me fortalece.

La entrenadora es Rachel Jackson y la suya es una de las dos familias negras de nuestro vecindario. Nos conocimos hace algunos años, pero no tuvo que ver con la natación. Yo andaba en mi bicicleta con el cabello sudoroso y hecho un desastre y de pronto la vi corriendo con un sostén deportivo color violeta y leggins de colores complementarios. Me pareció que lucía fabulosa. Entonces ondeó la mano y me saludó.

—Hablemos —gritó.

Se detuvo y se quedó ahí con las manos en las caderas. Ni siquiera se veía agitada. Me dijo que su familia acababa de mudarse de Atlanta porque a su padre lo ascendieron a vicepresidente de su empresa y bla, bla, bla... Ella fue la que dijo "bla, bla, bla", no yo, por cierto. Dijo que no podía creer que su familia se hubiera mudado a ese vecindario de blancos donde las únicas personas distintas eran los conductores de las camionetas de Amazon y la señora que hacía el aseo en el 806 de Meadow-Forest Lane. Cómo odiaba eso, maldita sea, dijo, cómo lo odiaba.

—¿Cómo lo haces? —me preguntó—. ¿Cómo lo soportas?

No bromeo, en ese preciso momento una pequeña anciana blanca desaceleró en su automóvil al vernos: dos chicas de color conversando a un lado de la calle en River's Edge.

—Supongo que vas encontrando a tu gente —dije—. Aprendes a quién soportar y quién es simplemente insufrible.

—Yo soy bastante buena para señalarle a la gente sus estupideces —dijo asintiendo muy seria.

—Muchas personas me dicen que vieron a mi mamá haciéndole la pedicure a alguien en VIP Nails o me preguntan si mi papá es el dueño del restaurante mexicano en la Carretera 14.

—Sí. En mi caso, siempre hay alguien que piensa que ando por ahí entregando paquetes —dijo asintiendo—. Las personas como tú y como yo tenemos que mantenernos unidas.

Pero después de eso empezó a asistir a la escuela privada cristiana que sus padres eligieron y, un año después, se fue a la universidad. Como ambas estábamos muy ocupadas, no nos encontrábamos con frecuencia. Luego, un día, fui a la práctica de natación y, ¿adivinen quién era mi entrenadora?

La práctica de natación hace que mis mañanas sean como una montaña rusa. Por lo general paso la hora previa sintiendo un hueco en el estómago por el miedo, pero una vez que llego a la piscina, ya no me importa mucho porque dejo de sentir y de pensar. En cuanto me meto al agua solo comienzo a moverme y, al salir, me quedo parada goteando con un traje de baño de una sola pieza, formada detrás de los otros para volver a entrar a la piscina. En ese momento, solo tenemos tiempo para ver quién se pintó las uñas de los pies o quién trae vello en las axilas y, para ser franca, casi nadie tiene energía para hacer eso. Casi todos aprovechamos para recuperar el aliento antes de la siguiente serie de ejercicios y, al menos, todos sufrimos juntos. Además, con las gafas y las gorras de natación, somos casi irreconocibles.

Estamos nadando para el calentamiento, es decir, hacemos cuatrocientos metros de nado libre. De pronto saco la cabeza para respirar y veo a Matt nadando en el carril junto al mío y, cada vez que respiro, lo veo un poco más lejos de mí. No soy la mejor nadadora, pero él es inútil en el agua. He tratado de decírselo y también los entrenadores lo han intentado. A veces su técnica mejora algunos minutos, pero enseguida vuelve a nadar sacudiéndose. Creo que la única vez que terminó en algo que no fuera quinto o sexto lugar fue cuando nadamos contra Honey Creek, un equipo mediocre, para ser honesta. Matt obtuvo una banda de cuarto lugar. Ah, sí, hubo una ocasión en que llegó en segundo porque solo participaron dos personas en el evento.

Matt está en el equipo de natación porque tiene una noción extrema del deber. Su padre y su madre nadaron en la universidad y, ahora, sus hermanos también lo hacen, el menor en el equipo "pececitos". Por todas estas razones, Matt nada. Algunas personas tienen madres que los inscriben en equipos de fútbol, pero los padres de él son de los que venden dulces o toman el tiempo en las competencias. También son quienes propusieron la iniciativa de River's Edge para juntar y usar composta; por eso Matt siempre me critica y dice que mi familia necesita organizarse para reunir los desechos orgánicos. Por lo que veo, para él es importante involucrarse en las actividades del vecindario de la manera que sea.

A la entrenadora no le agrada que conversemos entre una y otra serie de ejercicios, pero, a pesar de eso, mientras todos esperamos instrucciones para los ejercicios de patada, Matt trata de atraer mi atención.

—Oye, ¡Em! ¡Em!

Claro, después de todo por lo que pasó, no quisiera avergonzarlo frente a todos, así que lo saludo con desgano y trato de hacerle entender con la expresión de mi rostro que hablaremos en otra ocasión.

Entonces volvemos a saltar al agua. Nadamos a la velocidad que lo hacen los manatís y la entrenadora Jackson me grita que mantenga el centro rígido y que solo quiere ver un rastro constante de espuma.

Después de la práctica suelo colocarme la toalla alrededor del cuello y volver a casa en bicicleta, mojada y goteando. Lo hago, en parte, porque pedalear bajo el sol es menos agotador si aún estás mojada y, en parte, para evitar hablar con los otros cuando termina la práctica. La entrenadora me agrada, pero no pienso quedarme a conversar con ella y parecer la adulona del equipo. La otra persona con quien podría hablar es Matt, pero cuando volteo, no lo veo. Es probable que esté cuidando a su hermanito. Reviso mi teléfono y, por supuesto, ya me envió un mensaje. *Mamá volvió a dejarme con Russel otra vez. ¡Llámame en cuanto veas este mensaje!* Aún mojada, me dirijo a la rejilla para bicicletas cuando, de pronto, escucho una aguda voz femenina.

—¡Emily!

Volteo y veo a Zoey Kebabian. ¿La vi en la práctica? Tal vez. Creo que, como todos, tenía gorra y gafas para nadar, así que solo vi su cara sin pensar.

Me sonríe y veo sus impecables dientes: blancos, cuadrados y bien alineados. Pienso que debería preguntarle qué pasta dental usa, pero tal vez solo se ven así porque contrastan con su piel bronceada.

—¡Hola! —dice dando saltitos y en tono amable.

Le devuelvo el saludo y, sin darme cuenta, miro alrededor de nuevo en busca de Matt.

—¿Qué tal va tu verano? ¿Bien? —me pregunta como si fuéramos buenas amigas a pesar de que apenas nos conocemos.

—Ajá. En general sí.

—Adoro el verano. Es como si todo se iluminara en esta época, ¿no te parece? La gente se siente más libre y feliz.

No podría estar más en desacuerdo. De hecho, leí un artículo en el que decían que a la gente le da depresión de temporada en el verano porque el calor nos pone a todos de mal humor y nos vuelve irritables. Además, a veces creo que hay demasiada presión en esta época. Estás presionado porque quieres hacer todas las cosas que no puedes hacer el resto del año. Tienes que transformarte en una persona nueva antes de que empiecen las clases, pero no puedes hacer ejercicio fuera de casa ni dormir bien por la noche porque el calor es insoportable. La carga de trabajo disminuye y, aunque la gente dice que es más feliz cuando no trabaja, la verdad es que tal vez todos necesiten estructuración para mantenerse cuerdos. Por eso siento que dibujar me hace tanto bien. Cuando dibujo o pinto, el tiempo pasa volando. Siempre tengo que encontrar la manera de solucionar algo. Siempre hay algo nuevo que necesito descubrir. Por eso, creo que soy de las pocas personas que siempre se sienten aliviadas el primer día de otoño, esa primera mañana tan fresca que te tienes que poner suéter.

—No tener que ir a la escuela es agradable, sí —digo. También es agradable tener más tiempo para dibujar, pero no necesito decirle eso a Zoey Kebabian—. ¿Y qué tal va tu verano hasta ahora?

—Pues muy bien, ¿sabes? Además, con mi nueva relación… —empieza a decir, pero luego su voz se va apagando.

—Ah, ¿sí? —pregunto—. ¿Estás saliendo con alguien… nuevo? —Esta conversación es muy rara. Todo en ella es raro. Que Zoey quiera hablar conmigo de cualquier cosa para empezar es extraño, pero resulta aún más perturbador que me hable de su vida amorosa.

Vuelve a sonreír. En esta ocasión me da la impresión de que la hice sentir incómoda, no sé por qué.

—Bromeas, ¿verdad? —dice.

No sé qué responder, solo pienso que su cabello es, por naturaleza, muy bonito. Lo trae un poco húmedo, pero es largo, oscuro y ondulado. No es una jungla de rizos. Tiene, más bien, ondas civilizadas, como si las hubiera peinado, pero sé que no lo hizo porque no creo que se haya levantado antes de las siete de la mañana para estilizar su cabello y luego ponerse una gorra de natación. Y la verdad es que es tan agradable, que ni siquiera puedo odiarla.

—Lo siento, creo que no comprendo —digo preguntándome si debería de haber visto algo en redes sociales. Entonces trato de recordar con quién ha salido Zoey antes, si es que ha salido con alguien, claro. Nuestra escuela es tan grande, que cuesta trabajo mantenerse al día con estas cosas. Por un segundo, saber que sale con alguien me hace sentir mal por Matt.

—¿Matt no te ha dicho? —dice haciendo una mueca.

—¿Matt? —repito como tonta y me le quedo mirando.

—Oh, por Dios, ¡lo siento mucho! ¡Debí dejar que él fuera quien te diera la noticia!

—¡Oh, yo...! —Empiezo a comprender, pero no estoy segura de qué pensar al respecto. Sobre todo, me siento conmocionada. Tal vez Matt me iba a contar aquel viernes por la noche, cuando iba camino a casa de la señora G y lo ignoré. O tal vez iba a, no sé, ¿hacer el gran anuncio mientras esperábamos formados las indicaciones para hacer los ejercicios? Habría sido algo incómodo, pero no me habría sorprendido en absoluto. Ahora entiendo por qué tenía tanta urgencia en que lo llamara.

—Ajá —digo—. Creo que Matt ha querido decirme, pero por una u otra razón no hemos podido hablar. Empecé en un nuevo empleo y, además, llevo varios días castigada.

Lo único en que puedo pensar ahora es, *guau, Matt consiguió a la chica*, y no solo eso, consiguió a una chica inteligente, agradable y linda. A menudo pienso que Matt debería agradar a más chicas, de la misma forma que me parece que a más chicos debería gustarles Heather, pero francamente no me esperaba esto. Supongo que cuando Zoey dijo que lo pensaría, en verdad lo pensó.

—Pues, genial, me alegro por ustedes.

Esto es lo correcto, lo que debo decir. No es lo que siento, pero ¿con qué frecuencia digo en voz alta lo que en verdad siento? La cuestión es que ni siquiera estoy segura de mis sentimientos. Estoy sorprendida, sobre todo. Hace tiempo, cuando Heather salió con Jared Watkins, me sentía enfadada porque su relación le dejaba menos tiempo para vernos. Y, aunque parezca raro, también me sentía un poco lastimada porque, de pronto, fue como si Heather me hubiera contratado para escucharla hablar de lo maravilloso que era Jared y eso me hizo sentir remplazada. ¿Será lo mismo que siento ahora?

Zoey sonríe, es decir, sonríe de verdad, de oreja a oreja. Su felicidad es tan palpable que casi me enfurece a pesar de que sé que no estoy siendo racional.

—Pero ¿te puedo preguntar algo? —dice inclinándose hacia mí.

Lo veo venir, Zoey ya descubrió algo desagradable acerca de Matt. Que de su boca salen a chorro estadísticas sobre el hecho de que los desechos alimentarios son una causa importante del cambio climático, que se siente meteorólogo porque conoce los nombres de los distintos tipos de nubes, o que siempre que participa en alguna competencia académica pierde los estribos a un punto tan vergonzoso que crees que está bromeando, pero luego te das cuenta de que no es así. O que puede ver sin parar decenas de videos sobre la trasquila de ovejas, por ejemplo, y que luego te obliga a ver los mismos videos incluso si no les encuentras nada de fabuloso, o que continúa viéndolos él porque lo impresionan y le encantan.

A pesar de todo, estoy preparada para defenderlo porque, en efecto, son hábitos desagradables, pero son los hábitos desagradables de *mi* amigo y, aunque me cueste trabajo admitirlo, la trasquila de ovejas es algo bastante interesante.

Así pues, me quedo esperando este tipo de quejas, pero Zoey me sorprende.

—Ustedes han sido amigos por tanto tiempo que... —dice, pero su voz se va apagando otra vez.

—¿Que qué? —pregunto.

—Pues, solo quería asegurarme de que... —dice y sonríe, y me doy cuenta de que no lo hace para congraciarse conmigo, sino porque se siente incómoda—. Lo siento, me cuesta trabajo hablar de ello —explica, pero antes de que yo pueda decir algo, las palabras salen como borbotones de su boca—. A ti no te gusta Matt, ¿cierto? Porque me contó lo que sucedió, ya sabes, cuando se emborrachó con limonada, y creo que ustedes no han hablado en algún tiempo y por eso solo quería cerciorarme de que... —se detiene, pero no necesito seguir escuchando para comprender lo que quiere decir. Y no. No, no, no pienso ser a quien le tengan lástima. ¿En verdad Zoey se está asegurando de que a mí no me guste Matt?

Esto es un desastre en todos los sentidos.

Y, al mismo tiempo, no me siento genial al respecto, pero no sé explicar por qué. ¿No debería estar superfeliz por mi amigo? Sin pensarlo más, me obligo a sonreírle a Zoey.

—Matt y yo hemos sido amigos mucho tiempo —digo—. No necesitas preocuparte por mí para nada.

CAPÍTULO 5

—AHORA SOY YO QUIEN tiene una gran idea —dice la señora G el siguiente sábado por la mañana—. Deberíamos ir a algún lugar fabuloso para el *brunch*.

—De acuerdo, ¿a dónde quiere ir?

—A Sandy's Sunny-Side o al White Moose —dice pronunciando *white* como *watt*.

—¿Dónde está el White Moose? —le pregunto.

—¿Nunca has ido al White Moose? —exclama ella—. Ay, ¡por Dios! ¡Sus pastelillos de limón con coco y almendra son deliciosos!

En primer lugar, los pastelillos de limón no me parecen algo que uno debería comer en un *brunch*. Y, en segundo lugar, los postres de limón no son mis preferidos. ¿Por qué existen siquiera? Yo con cualquier cosa de chocolate seré feliz. Pero, de acuerdo, estoy dispuesta a probar todo por lo menos una vez.

Busco el restaurante White Moose en Google Maps y entonces comprendo, nunca he ido porque está en la zona oeste de Green Valley. En una ocasión, fui con mi familia a comer ahí, pero en otro restaurante. Cuando terminamos e íbamos caminando de vuelta a nuestro automóvil, mamá empezó a cruzar la calle porque tiene el hábito de caminar varios pasos delante de nosotros y, de repente, en la esquina apareció un automóvil avanzando a toda velocidad con las ventanas abajo y cuatro tipos blancos con cara de malvivientes.

—¡Angie! —gritó papá al tiempo que la haló para quitarla del camino.

—China estúpida —escuché a uno de los tipos vociferar mientras el auto se alejaba.

Y, en efecto, tal vez no debamos evitar toda una zona del pueblo porque sucedió eso, pero fue una experiencia que nos marcó, ¿saben? Algo que nos hizo sentir que no era nuestro lugar. Y no es que la zona este de Green Valley sea nuestro lugar tampoco, o que nuestro vecindario lo sea siquiera, pero al menos, ni aquí ni en el este han tratado de atropellar a mi mamá.

No importa, si voy con la señora G, puedo correr el riesgo. Aunque seas una persona que se ve diferente, si vas acompañado de alguien blanco las cosas son muy distintas que cuando vas con tu familia y todos se ven diferentes.

¿Me inquieta viajar en un automóvil que conducirá una mujer de casi ochenta años? Mmm, no, porque creo que, a veces, es aún peor viajar con Heather: me sorprende y alegra que no se haya involucrado en un accidente hasta ahora. Además, la señora G conduce para ir a cualquier lugar donde necesite ir. Conduce para ir a la iglesia y también al supermercado, cuando Ezra no le trae sus víveres. También conduce para ir a hacer aeróbicos en el agua los miércoles por la mañana. Así pues, nos subimos a un Lexus gris fulgurante y con asientos tapizados en cuero color crema.

A veces es un poco lenta al dar las vueltas y, mientras avanza por las calles de River's Edge, en un par de ocasiones se coloca en medio de los dos carriles, pero en general me parece que lo hace muy bien para su edad. Además, estoy convencida de que adora conducir con sus gafas oscuras color rosa pálido y sus aretes de perlas resplandeciendo bajo la luz del sol. Salimos volando del vecindario y, cuando digo *volando*, lo digo en serio: la señora G, feliz de la vida, me muestra lo mucho que puede acelerar en unos cuantos segundos, así que pasamos de estar casi estacionadas a avanzar a sesenta kilómetros en solo unos segundos.

—¡Adoro este auto! —exclama—. Investigué mucho sobre él antes de comprarlo. Por supuesto, Robbie me ayudó un poco, pero al final, yo fui quien lo eligió. ¡Así que nunca me digas que las mujeres no saben elegir un auto!

Al ver a la señora G moverse en su Lexus con tanta facilidad y felicidad, me dan unas ganas enormes de conducir. El problema es que odio todo al respecto: practicar con papá que, aunque trata de permanecer en calma, con el solo hecho de estar en el auto me pone nerviosa, tener que estar todo el tiempo alerta de lo que hacen los otros automóviles y el hecho de que, incluso si haces todo bien, alguien pueda llegar del lado izquierdo y golpearte. Siempre que acaban las sesiones de práctica y nos detenemos en la cochera sin un rasguño, *siempre*, me siento aliviada.

Matt solo negó con la cabeza cuando le confesé todo esto.

—Em, en esta época es tan fácil conducir un auto, *tan* fácil. ¿Por qué empiezas a imaginar que tienes problemas con otros conductores si ni siquiera ha sucedido nada? Hasta mi abuela conduce y tiene como noventa años. Además, solo puedes controlar las cosas sobre las que tienes control y, en la mayoría de los casos... eso puede ser bastante, aunque te parezca sorprendente. Puedes frenar, puedes tocar el claxon. En serio, creo que necesitas relajarte respecto a conducir.

Esta es la razón por la que, en cuanto termine la preparatoria, estoy decidida a mudarme a algún lugar donde no necesite automóvil para moverme. Si pudiera elegir, francamente haría que Tessa me llevara a todos lados. Así, al menos, mientras ella mirara el tráfico y prestara atención, yo podría sentarme, relajarme y dejar de pensar en todo mientras me llevan del punto A al punto B.

Estar en el automóvil de la señora G y verla conducir me impresiona mucho.

—¡Y... aquí estamos! —exclama.

Entramos al restaurante y de inmediato me doy cuenta de por qué le agrada tanto. No solo es un lugar para hacer el *brunch*, también es una tienda de cosas usadas. Los techos tienen elegantes molduras y los pisos están cubiertos de mosaicos blancos y negros. La señora G empieza a decir maravillas de todo: el vestido de terciopelo color azul marino que tiene en las manos, la lámpara con pantalla floral que cuesta siete dólares, las diminutas tazas de té... Al entrar a la zona del café vemos un nutrido grupo de mujeres mayores. Vienen juntas, tal vez de un hogar para ancianas. Tienen el mismo corte de cabello y, entre todas, las tonalidades van del gris al blanco intenso. De pronto empiezan a ocupar las mesas y gabinetes para dos y cuatro personas.

Por fin nos sentamos, y en ese momento veo nada más y nada menos que a Matt. Lleva un montón de tazas y platos sucios y se dirige a lo que supongo que es la cocina del White Moose.

Me sorprende a pesar de que no debería, ya que hace meses me dijo que había solicitado empleo en un café con mucha onda en la zona oeste. Además, a él siempre le han gustado las antigüedades. En su casa, sus padres reproducen sus discos de vinilo en un tocadiscos de verdad.

En un instante, lo veo en nuestra mesa.

—Buenas tardes, señoras —dice con una gran sonrisa mientras coloca dos vasos con agua fresca en la mesa—. Me llamo Matt y hoy me tocará atenderlas.

—¡Buenas tardes! —dice la señora G muy emocionada.

—No puede ser —digo yo.

—¿Qué puedo traerles? ¿Tal vez nuestras deliciosas y mundialmente famosas galletas de la Abuela Mabel?

Matt es bueno haciendo esto, es como si estuviera imitando a un mesero.

La señora G se ve encantada.

—¡Ay, Dios mío! Necesitamos probar esas galletas, ¿no te parece que suenan espectaculares? —me pregunta dando una gran palmada.

—No lo sé —digo—, porque los adjetivos que usó el joven en realidad no me dicen nada sobre las galletas.

—Dije "Abuela Mabel". La nostalgia debería resultarte atractiva. Es una estrategia de *marketing* probada y comprobada.

—Mi abuela nunca horneó galletas —señalo—. Los asiáticos no hornean pasteles ni galletas —digo y Matt se ríe entre dientes.

—Oh, por supuesto. Salvo por el pastel de frijoles rojos que prepara tu madre para el Año Nuevo Lunar. ¿Y qué me dices de los pasteles de luna? ¿Y de las enormes bolsas de pastelillos que traes cuando viajas a Atlanta?

La señora G se reclina en la silla y nos mira a ambos.

—¿Ustedes dos se conocen?

—Desde cuarto grado —dice Matt.

—¡Oh, qué agradable sorpresa! —exclama la señora G—. Yo pediré la limonada de ginebra y la *omelette* especial

White Moose. Ah, y vamos a compartir una orden de las galletas de la Abuela, por favor.

—Excelente elección —dice Matt—. ¿Y para ti, Em?

—Café helado, por favor.

—¿Descafeinado?

—Regular.

Con un gesto exagerado, Matt mira su reloj.

—¿No es un poco tarde para eso? La vida media de la cafeína es...

—Ay, por favor —digo—. Necesito mi sacudida del final de la mañana, así que solo tráeme esa cafeína.

—Por supuesto —dice Matt—. El cliente siempre tiene la razón. Es solo que no quisiera que te desvelaras mirando tu teléfono.

—¡Qué buen servicio! —exclama la señora G—. ¡Mira que se preocupa por nuestra salud y toda la cosa!

—Ah, es un placer —dice Matt sobreactuando aún más su papel de mesero.

Después de eso, ordeno salchicha, huevos y queso con *hash browns* en un *croissant*.

—Clásico —dice Matt—. En un momento vuelvo con sus bebidas. Sus alimentos estarán listos poco después.

—Qué agradable joven —dice la señora G.

—No siempre es tan adorable como parece —confieso entre dientes.

—¡Habla más alto! A tu madre no le hablarías de esa manera, ¿cierto?

Por desgracia, esa es justo la manera en que hablo con mi madre la mayor parte del tiempo.

—Lo lamento —digo—, no dije nada importante.

La señora frunce los labios. Estoy segura de que está a punto de sermonearme con la parte del Código de las Damas Sureñas que habla sobre que todo debo decirlo como si fuera trascendente o algo así, pero solo baja la voz y se inclina hacia mí sobre la mesa.

—¿Acaso este joven hizo algo horrible? Porque, de ser así, podemos irnos o solicitar que nos atienda otro mesero.

—Oh, aprecio mucho su sugerencia, señora —digo negando con la cabeza—, pero no, no es nada. Él... —No estoy segura de cómo describir lo que Matt hizo sin contar toda la historia. Porque sé que si le contara todo, la señora G incluso estaría complacida. Ya la imagino diciendo: *¡Bueno, al menos alguien trató de besarte!*—. Él en realidad no hizo nada.

—Escucha, Emily —dice la señora G asintiendo—, cuando llegas a mi edad o cuando empiezas a ser cada vez mayor de lo que eres ahora, le vas permitiendo cada vez menos inmiscuirse a la gente. Pero también, menos gente te permite inmiscuirte en su vida. Así son las cosas. Cuando envejecemos, ya no vamos a la escuela ni formamos parte de equipos de natación, y entonces hacer amigos se vuelve más difícil. No obstante, nos sentimos más felices cuando estamos con otros, y eso les sucede incluso a los misántropos autoproclamados como tú. Lo que quiero decir es que, si lo que ese joven hizo puede perdonarse, no sería mala idea que hicieran las paces.

—Lo pensaré —digo asintiendo.

—Bien. Yo todavía extraño a Sheila Mather, mi mejor amiga de la preparatoria. Era una chica maravillosa. Cómo desearía no haber perdido el contacto con ella.

—¿No podría buscarla por internet?

—Oh, estoy segura de que ella no querría saber nada de mí —dice descartando la idea con la mano—. Solo recuerda que no es fácil encontrar buenos amigos.

Matt vuelve y coloca nuestras bebidas en la mesa.

—Esto es definitivamente medio descafeinado —digo tras beber un sorbo de mi café helado.

—¿Cómo dijiste? —pregunta la señora G.

—Matt sabe preparar café mitad regular y mitad descafeinado —explico negando con la cabeza—. Como él no bebe café, no entiende que eso cambia por completo el sabor.

—Bueno, mi limonada sabe deliciosa. Me sorprende que no hayas venido antes a este lugar. No es solo para los viejitos locos como yo, ¿sabes?

Respiro profundo y me pregunto si debería decirle lo que le sucedió a mamá. Contar esta anécdota es como lanzar una moneda al aire, casi siempre sale cruz. Nunca sé si hablarle a una persona blanca sobre el racismo que enfrento en la vida. ¿Debería arriesgarme a que las cosas se vuelvan incomodísimas solo por permitirme ser vulnerable?

La señora G prueba mi café y dice que no puede distinguir si solo la mitad tiene cafeína, pero le impresiona que yo sí pueda hacerlo. En ese momento, Matt llega con nuestros alimentos y yo decido contarle lo sucedido a ella. Me escucha y toma pequeños trozos de *omelette* con aire pensativo. Al final, sacude la cabeza para hacerme sentir que me comprende.

—Eso es terrible, terrible —dice. Habría sido genial que solo hubiera dicho eso, pero entonces añade—: A mí me encantan los asiáticos. Son gente trabajadora, inteligente y resiliente.

No me esperaba eso y no sé cómo corregirla.

Cuando la gente dice cosas así, me dan ganas de golpearla en la cara.

Pero no hago eso con la señora G.

—Y a mí me encantan las personas blancas y ancianas —digo lo más impávida posible—. Son tan lindas, dulces y amables.

Se me queda mirando como sin saber qué pensar, pero de pronto empieza a asentir con la cabeza.

—Comprendo. Lo lamento, no debí decir eso —dice.

—Disculpa aceptada.

Para ser franca, viniendo de alguien tan viejo como ella, ni siquiera fue un comentario terrible. Es decir, no me dijo "oriental" ni nada parecido.

—Yo no debería catalogar a la gente con base en estereotipos. Mi propia familia se mudó a Estados Unidos en una época en la que la gente no quería mucho a los italianos. Éramos una familia numerosa y terminamos hacinados en una casa de ladrillos en Brooklyn, los seis —dice orgullosa.

—Pero su apellido es Granucci, ¿quiere eso decir que se casó con otro italiano o solo decidió no cambiarlo? —pregunto y, en cuanto la veo arquear las cejas, me sonrojo y añado—. Lo siento, es una pregunta grosera.

Mamá dice que no tengo ningún filtro, que algún día mi bocota me va a meter en problemas. Lo dice como si ese "algún día" fuera muy lejano, como si no me hubiera metido en suficientes dificultades ya. Tessa, en cambio, es una persona distinta por completo cuando trata con los maestros. Dice que actuar así es normal, pero yo me pregunto, ¿por qué no ser sobre todo uno mismo la mayor parte del tiempo? Creo que así se gasta menos energía. Actuar o fingir me parece fatigante. A pesar de todo, la señora G sonríe.

—¡Pensé que nunca lo preguntarías! —dice.

Entonces me muestra una fotografía de Ed Granucci en su teléfono.

—Muy guapo —digo, y no solo por cortesía. Con ese cárdigan, los zapatos elegantes y sus gafas cuadradas, en verdad se ve como uno de esos refinados abuelos que uno encuentra a veces en las librerías. Tiene el cabello totalmente blanco, pero es muy abundante, como el de Steve Martin. Sonríe y sus ojos brillan. Es decir, para ser un señor mayor, me parece muy atractivo.

—Y por dentro era incluso más guapo —dice la señora—. Cuando conversabas con él, te prestaba toda su atención, incluso antes de que existieran estas malditas cosas —dice levantando su teléfono—. Era un rasgo difícil de encontrar en la gente. Dicen que uno no debe responsabilizar tanto a su cónyuge, es decir, no debes esperar que sea tu mejor amigo, pero con Ed así eran las cosas y nunca fue algo que planeáramos. Solo sucedía de una manera natural. Y bueno, ¡es que fuimos amigos muchos años antes! Siempre teníamos curiosidad en lo que pensaba el otro, en lo que sentía. Y no nos daba miedo llamarnos la atención entre nosotros, decirnos las cosas tales como eran. De hecho, sigo hablando con él todos los días y sabe todo de ti.

—Espero que a Ed le parezca que soy buena compañía.

—Le da gusto que tenga a alguien alegre a mi lado. ¡Eso me mantiene joven!

—¿Cómo se conocieron? —pregunto.

—Oh, ya sabes, antes todos nos conocíamos en la escuela o el vecindario.

—¿Entonces fueron novios en la preparatoria?

—Oh, para nada, ¡Dios me ampare! Ambos salimos con otras personas, pero frecuentábamos los mismos círculos.

Termino de beber mi café casi descafeinado y ambas limpiamos nuestros platos y los dejamos relucientes.

Cuando Matt vuelve, sacamos nuestras respectivas billeteras.

—¡Sho, sho! —exclama la señora haciendo la mía a un lado con la mano—. Eres mi muy especial asistente personal. No voy a permitir que gastes por mis caprichos.

—Ah —exclama Matt mirándome—. Conseguiste un empleo muy bueno, Em.

La señora G y yo nos ponemos de pie y decidimos echar un vistazo a las cosas en la tienda. Vamos por ahí levantando joyas antiguas, artículos *vintage* para el hogar y discos de vinilo. Estoy segura de que cuando regrese de Londres y vengamos, a Heather le encantará.

—¿Necesitan ayuda? ¿Buscan algo en especial? —pregunta Matt, aunque yo apostaría a que su trabajo solo consiste en atender las mesas.

—¿Qué tal una bebida con cafeína al cien por ciento? —pregunto—. Te voy a dar una mala reseña en Yelp.

—Ah, ¡pero mi servicio fue impecable! Y, ¿a quién le creerá la gente? ¿A mí, el mesero amigable al que adoran, o a ti, la clienta necia que no puede demostrar que le preparé una bebida con solo la mitad de café con cafeína?

—¿Cuándo pensabas contarme sobre Zoey? —pregunto—. ¿Lo ven? Ahí estoy yo de nuevo, sin filtro. Creo que pude preguntar de una forma más sutil.

—¿Cuándo pensabas devolverme las llamadas?

De acuerdo, tiene razón.

—Es solo que desearía no haberme enterado por ella —confieso.

—Ajá, eso también yo lo lamento, quería dar mis buenas noticias yo mismo.

—Me da gusto por ti. —Puaj, ¿por qué sigo diciendo eso si no es lo que en verdad siento?—. Es ge… nial que estén juntos —digo y Matt sonríe de oreja a oreja.

—Gracias, tal vez algún día podríamos salir los tres juntos.

—Sí sería divertido —digo, pero de inmediato siento una especie de ataque de celos. Es decir, ¿Zoey remplazará a Heather? Porque "los tres juntos" siempre significó nosotros tres.

—Em —dice poniéndose serio de pronto—. No estoy seguro de lo que sucedió, o sea, supongo que sucedieron muchas cosas, ¿verdad? En la fiesta —añade enseguida como si yo necesitara la aclaración—. Pero ambos podemos olvidarnos de ello, ¿no? Y dejarlo en el pasado, ¿verdad? En especial ahora que Zoey y yo somos novios —dice. Entonces echa un vistazo a las mesas y se da cuenta que, desde una de ellas, una pareja con dos niños lo mira impaciente.

—Ajá —me fuerzo a decir—. Podemos olvidarlo.

Solo necesito un poco de tiempo para asimilar lo que está sucediendo. Porque será muy extraño, ¿no? Que él salga con alguien y yo no. Aunque, bueno, supongo que no tiene por qué serlo. No tiene que cambiar nada, Matt puede salir con Zoey y seguir siendo amigo mío. Y yo puedo olvidar el sudado beso sabor a helado porque, de cualquier forma, estaba ebrio.

¿No?

Además, como me recordó la señora G, encontrar buenos amigos no es nada fácil.

Más tarde, ese mismo día, la señora me dice que George Harrison es el Beatle subestimado.

—¿Qué hay de Ringo? —pregunto.

—Pfff, la gente adora a los bateristas —dice como si eso explicara todo.

Paso toda la tarde del sábado haciéndome cargo de George. Peino su cabello falso, me aseguro de que le caiga sobre la frente, desempolvo su cara y en especial su nariz porque ahí es donde se acumula el polvo. También ajusto y enderezo su corbata cuando es necesario. La señora G dice que soy una persona que observa los detalles. Le cambio la corbata que traía por una con un estampado más atrevido y veo un tutorial en YouTube para aprender a hacer el nudo. Luego, con todo el cuidado del mundo, le cambio la chaqueta.

Y en ese momento escucho a la señora G hablando con alguien por teléfono con el altavoz activado.

—Ah... oh, fue un almuerzo encantador —dice—. Sándwiches. Ensalada de pollo con arándanos rojos y nueces. Lo que no fue nada encantador fue el pan rozándome el paladar.

Me quedo paralizada. No comimos encantadores sándwiches de ensalada de pollo, ni siquiera comimos pollo. Debo admitir que me impresiona la facilidad con que inventa todo, incluyendo el detalle de los arándanos y las nueces, y, sobre todo, del pan duro. Luego respiro aliviada al pensar que tal vez la señora comió eso hace poco y por eso lo tiene más fresco en la memoria que nuestro *brunch*. Tal vez en verdad se equivocó y no está tratando de ocultar que no recuerda lo que comimos.

¿Podría preguntarle? No quisiera avergonzarla.

Tal vez no tenga importancia, mucha gente olvida lo que comió apenas horas antes, pero recuerda el mejor pollo rostizado que comió hace años.

—Yo también te quiero, Robbie —dice—. Oh, debo irme. Ezra está tocando en la puerta —agrega y se despide.

Los escucho intercambiar una ráfaga de saludos y abrazos.

—Eeeeeeeeemily —dice la señora canturreando—. Ven, estamos en el cuarto de lavado.

—¡Enseguida! —digo y cierro la chaqueta de George, pero solo hasta la mitad del pecho.

Al llegar al cuarto de lavado veo a la señora G haciendo muecas.

—Emily, tendrás que ver la ropa interior de una anciana. Y lo siento, pero no me avergüenzo, estoy demasiado vieja para eso.

—Comprendo —digo—, no hay problema. —Y no lo hay, me puedo lavar las manos al terminar. A mamá le daría un ataque si supiera que voy a encargarme de la ropa de alguien más cuando bien podría lavar y doblar con más frecuencia la mía en casa, pero claro, no se enterará de esto.

Ezra levanta una camiseta sin mangas que parece confeccionada con una especie de tela muy costosa como casimir, lo cual me resulta incomprensible. ¿Para qué querría uno ponerse una camiseta de una tela caliente? Pero supongo que si uno es como la señora G y mantiene la casa y el automóvil superfríos todo el tiempo, es posible usar estos suéteres en colores pastel.

Ezra ya está separando algunas de las prendas.

—Entonces, ¿qué fue lo que te trajo aquí en verdad? —me pregunta—. ¿Solo necesitabas un empleo de verano?

—Ajá, ¿qué hay de malo en ello? —pregunto. ¿Por qué estaré un poco enfadada con él, pero al mismo tiempo me parece superdulce que nos ayude a lavar la ropa de su tía abuela?

—Es decir, no sé cómo son tus amigos, pero la mayoría de los míos terminan trabajando en lugares como supermercados o cafeterías de moda...

—Oh, ¿entonces no todos son pedantes intérpretes de música clásica que dan conciertos todo el tiempo?

Para mi sorpresa, Ezra se ríe entre dientes, lo que me permite ver el hoyuelo que se le forma del lado izquierdo de la boca y la manera en que se reacomoda un rizo de cabello que le cae en la frente.

—Lo que quiero decir es que es inusual, ¿no te parece? ¿Ser acompañante de alguien en su casa? —dice.

—¡Emily estaba tratando de escapar! —dice la señora G guiñando.

Pero no, para nada, no pienso decirle a este chico que estudia en una costosa preparatoria privada que...

—La castigaron por un problema en la escuela, ¿no es cierto? —termina de explicar—. ¡Pero la escuela está sobre-valorada!

—En la universidad puedes hacer aquello en lo que en verdad eres bueno y eso es lo único que importa —dice Ezra.

—Pfff, trata de explicarles eso a mis padres —mascullo.

La buena noticia es que mi castigo termina el lunes por la mañana; la mala, que no sé cuánta diferencia hará eso dado que Heather está de viaje y Matt... está con Zoey ahora. Todavía me resulta raro pensar que tiene novia.

De lo que sí tengo ganas es de hablar con Heth.

—Fue por la clase de psicología. Obtuve C+ —explico y, no sé por qué, pero decirlo en voz alta me produce la misma vergüenza y culpabilidad que sentí el día que me castigaron.

—¡Pero, Emily! —exclama la señora G.

—Lo sé, señora —digo—. Ya me han reprendido bas-tante al respecto, así que por favor no continúe. Ya sé que no estoy aprovechando todo mi potencial, que puedo hacerlo mucho mejor, que tal vez debería ir a un centro de psicología infantil y juvenil para que me hagan estudios y verificar que no tenga algún problema con la función ejecutiva del cerebro y bla, bla, bla... —digo, pero entonces la señora empieza a sacudir la cabeza con vigor.

—¡No, no! Al contrario, lo que te iba a decir era que... ¡pensé que había sido algo mucho peor! Yo creí que estabas en verdaderos problemas.

—¿Verdaderos problemas?

—Oh, sí, como que hubieras transgredido una regla importante de conducta en la escuela o algo parecido. Nunca imaginé que solo se tratara de una nimiedad tal: una calificación. Obtener una calificación un poco baja me parece parte del comportamiento normal de todo adolescente.

Cuando la señora dice *calificación*, siento que despoja al asunto de muchísimo del peso que tiene. Me gustaría escuchar esa palabra de la misma forma que ella la pronuncia todo el tiempo, como si nada.

—Y, en efecto, dicho lo anterior, siempre deberías tratar de hacer tu máximo esfuerzo, pero ¿sabes?, yo ni siquiera fui a la universidad —exclama, casi como si lo estuviera presumiendo—. ¡Y sobreviví! ¡Salí muy bien! Solo teníamos lo suficiente para enviarme a California un año y ¡eso fue todo para mí! De todas formas, logré aprender muchas cosas, solo que no fue en un entorno escolar formal —dice y separa las manos como diciendo: "Y ahí la tienes", una solución fácil y rápida envuelta para regalo y con moño.

No puedo evitar sonreír. Si se pone a dar sermones, al menos sabe cuándo detenerse.

—En fin —dice y señala la ropa—. Los dejaré encargarse de esto mientras yo hago algunas tareas en la cocina.

Ezra también se va. Me parece que sabe que puedo hacerme cargo sola. En cuanto sale trato de convertir la tarea en un juego. Empiezo a doblar tomándome el tiempo con mi cronómetro para ver si puedo acabar con toda la carga en menos de diez minutos. Pero entonces escucho el sonido de un violonchelo que viene desde la sala. No sé nada sobre música clásica, pero suena celestial: una melodía rica, dulce y apacible. Asomo la cabeza por la puerta y echo un vistazo a la sala. Ezra toca con los ojos cerrados. De vez en cuando su cabeza se mueve con el pulso mismo de la música y su cabello salta un poco. Se encuentra inmerso por completo en la belleza que está creando y, de acuerdo, lo admito, se ve muy sexy. Tal vez así me veo yo cuando pinto, pero no podría decirlo. En todo caso, espero que así sea.

ece

—*Sé* que puedes aprender este material. Sé que eres inteligente —dijo el señor DeVaney el día que me devolvió mi examen. Y me quedé esperando que terminara diciendo: *Lo sé porque tu hermana estuvo en mi clase y obtuvo las mejores calificaciones*, porque eso es lo que dicen todos. Él, sin embargo, no la mencionó para nada.

La gente me dice eso con mucha frecuencia, que soy inteligente y talentosa, pero siempre me pregunto si no lo dirá porque soy asiática. A veces desearía ser rubia solo por esa razón. Si eres rubia, nadie da por hecho que eres inteligente y, en ese caso, puedes mostrarles que se equivocaron. Siendo lo que soy, en cambio, siento que paso demasiado tiempo tratando de demostrar que no soy tan especial.

Bajé la vista y miré el examen. Vi la enorme F roja dentro del círculo en la esquina superior derecha de la hoja, como si necesitara todo eso.

—Emily —continuó hablando—. Sé que tu familia pasa por un momento difícil. Si sacaste esta calificación porque tuviste un mal día, puedes volver a hacer el examen al final del verano y te pondré la nueva calificación.

Pero la verdad es que no tuve un mal día cuando hice el examen. Más bien, llevaba todo el año desenfocada y estoy segura de que el señor DeVaney lo sabía y solo estaba tratando de ofrecerme una salida. Justo antes del examen, mientras mis compañeros de clase se llenaban la cabeza de datos de último minuto respecto a la cognición y el colectivismo, yo estaba en la biblioteca hojeando ediciones antiguas de *Teen Vogue*, tratando de inspirarme para mi siguiente dibujo. Puedo esforzarme, pero a veces siento que la escuela no importa en realidad. Ya no me sorprendía lo perezosa que podía ser, así que tampoco me sorprendió terminar con una C+ en Psicología Especializada. El señor DeVaney insiste en que no debo decir que soy perezosa, que "tu cerebro escucha todo lo que dice tu boca". Y supongo que tiene razón, puedo ser productiva, puedo enfocarme. Puedo pasar horas en el salón de arte de la escuela trabajando en un dibujo, tratando de que encontrar el color perfecto sin que nadie me distraiga. La cuestión es que, a veces, uno no sabe cuál es el color correcto hasta que no lo ve. Solo tú puedes descubrirlo, nadie más te dirá cuál es. No es algo que ni Tessa ni mis padres comprendan.

Matt también dice que sabe que puede irme mejor en la escuela, que solo voy pasando las materias con B porque me da miedo el éxito, me da miedo lo que podría suceder si empezara a ser una estudiante destacada. Sin embargo, la labor de Matt como amigo mío no es decirme qué hacer con mi actitud respecto a la escuela, por eso se conforma con solo regañarme un poco cuando se lo permito, y me viene bien, pero si no quiero, no se lo permito. Además, piensa que si ahorro todo ese tiempo y energía para pintar, entonces no hay problema, pero siempre y cuando sea para dedicarme al arte. Matt está convencido de que podría conseguir una jugosa beca para estudiar en alguna de las escuelas de arte, pero no creo que se dé cuenta de lo competitivas que pueden ser. No importa, parece que lo que lo hace feliz es "encender una fogata en mi trasero" para hacerme reaccionar, como él dice. A veces me he preguntado si podría pedirle su ayuda para terminar mis proyectos y poner mi portafolio al día y que se vea impecable. Porque ese es mi principal problema: no acabo lo que empiezo. Siempre siento que puedo hacer más. Cuando habla de terminar una pintura, @eatsleepdraw dice que cuando en verdad acabes una, "sentirás que sale de ti, que te abandona". Debo admitirlo, hace mucho que no tengo ese sentimiento, incluso las cosas que mostré en la exhibición de arte de la escuela en primavera, aún las siento inacabadas.

Sigo pensando en todo esto mientras separo y doblo la ropa, pero de pronto escucho un grito agudo proveniente de la cocina: mi nombre dividido en tres partes:

—¡E-mi-ly! —grita la señora G y el chelo se deja de escuchar en ese instante.

El corazón se me encoge, corro a la cocina esperando encontrar un desastre, pero no veo nada quemándose ni nada roto, y ella no se ve lastimada ni nada parecido.

Le pregunto a la señora qué sucedió y de pronto lo veo: espuma goteando del fondo del lavavajillas y extendida sobre todo el piso.

—Soy una idiota —dice—. ¡Usé el jabón equivocado! ¡Coloqué jabón normal para lavar trastes en el lavavajillas!

—De acuerdo, de acuerdo —digo al tiempo que apago el lavavajillas y trato de caminar alrededor de la espuma.

—Soy tan estúpida, Emily —exclama—. No estaba pensando con claridad.

—Señora, mucha gente ha cometido este error, se lo aseguro. Mire, al menos el piso quedará reluciente y rechinará de limpio —digo tratando de sonreír.

—¿Qué haría sin ti, Emily? —me pregunta. Su voz no se escucha ni tan brillante ni tan confiada como de costumbre. Se pone la mano en la frente y, odio admitirlo, pero suena un poco... patética.

Ezra aparece y se pone en acción de inmediato. Toma vasos y empieza a levantar el agua jabonosa con ellos.

—¡Es muy frustrante! —dice la señora G—. Bueno, cuando uno llega a mi edad y tienes notas Post-it por todos lados, en algún momento las notas dejan de adherirse.

Ezra se ríe y coloca su mano sobre el hombro de su tía. Me parece que es... ¿lindo? ¿Supongo? ¿Cómo puede ser escéptico y gruñón un momento, pero luego sabe reaccionar de forma ideal cuando se le necesita? Creo que esa habilidad es lo que hace de él un buen músico. Y un buen sobrino.

—Sí, es frustrante, señora —digo—, pero es la primera vez que le sucede y yo puedo recordarle cómo hacerlo o incluso hacerlo por usted de aquí en adelante.

—Tienes razón —dice al tiempo que coloca la mano sobre mi hombro—. Bueno, para eso fue para lo que te contraté después de todo —admite, pero sus ojos se ponen vidriosos de pronto.

—Vaya a relajarse un momento —le digo—. En realidad, no es un gran problema. Ezra y yo limpiaremos la cocina.

—Emily tiene razón, tía Leila —interviene él—. Nosotros nos encargaremos.

Cuando la señora sale de la cocina, Ezra me mira.

—Es como si estuviéramos en *Stranger Things*: una mortal espuma blanca sale arrastrándose del lavavajillas —dice riendo.

—¿Sabes? En realidad, no comimos sándwiches de ensalada de pollo hoy.

—¿De qué estás hablando? —dice y me mira perplejo.

—Esta tarde... —empiezo a explicar mientras respiro profundo—, la escuché hablando por teléfono con Robbie. Le preguntó qué habíamos comido y ella dijo que sándwiches, pero no es verdad. Creo que olvidó lo que comimos. Solo me pareció que debías saberlo.

—A mí todo el tiempo se me olvida lo que comí —dice encogiéndose de hombros. Luego deja caer un montón de toallas de papel sobre el piso.

—Sí, pero... —Primero fue el *brunch* y ahora esto. ¿Qué pasará si las cosas empeoran?—. De cualquier manera, tal vez deba preparar yo misma el lavavajillas a partir de ahora —digo—. Incluso tal vez necesite esconder en algún lugar el jabón para el lavado regular.

Caracoles. ¿Por qué sonaré tanto a papá? La señora G no es ninguna niña, pero mi impulso por protegerla me hace sentir como si lo fuera.

—Ay, por favor —dice Ezra—. Fue solo un error aislado, una de esas cosas que a veces pasan. No se va a beber el jabón líquido ni nada...

—Uno nunca sabe —interrumpo—. ¿No te acabo de decir que inventó lo que comimos?

—¡Lo hizo una vez! —exclama resoplando, pero de cualquier forma toma el líquido para lavar los trastes y lo coloca en los gabinetes sobre el refrigerador, en un lugar alto donde la señora G no podrá alcanzarlo.

—Tú sí podrás alcanzarlo —dice—. Eres bastante alta.

Más tarde, cuando Ezra se va, le sirvo a la señora G un vermut en el vasito azul y a mí me sirvo una limonada con muchos cubitos de hielo.

Resulta extraño, pero afuera sopla una peculiar brisa, así que nos sentamos un rato en el pórtico. Nunca me había sentido tan sureña.

La señora G coloca su mano en mi hombro.

—Emily, ¿qué haría sin ti? —dice. Se siente bien que lo necesiten a uno de esa manera—. ¿Sabes qué? Deberás pedirme que te haga una carta de recomendación para la universidad. Me dará mucho gusto escribir una carta para alabar tus múltiples virtudes.

No podría decir que alguno de mis maestros me haya dicho eso.

CAPÍTULO 6

LA MAÑANA DEL LUNES suceden dos cosas: mi castigo termina oficialmente y tendremos noticias sobre la biopsia que le hizo el médico a mamá. Tessa, como siempre, hace todo un teatro al cuidar de ella antes de que salgamos de casa. Le prepara un té y programa un temporizador para hacer la infusión, descarga y recarga el lavavajillas y no deja de preguntarle a mamá si tiene todos los documentos necesarios.

Vaaaya, déjanos algo que hacer al resto.

Papá nos hace salir de casa con una anticipación de cuarenta y cinco minutos a pesar de que siempre tenemos que esperar por lo menos diez cuando llegamos. En el trayecto, vamos en silencio hasta que papá habla.

—Rillo, ¿cuánto tiempo planeas continuar trabajando para la señora Granuja? ¿El resto del verano?

Aunque se supone que en esta salida deberíamos concentrarnos en mamá, la atención siempre vuelve a mí, y nunca de manera favorable.

Hablo en serio cuando digo que no sé si papá cambia el nombre de la señora a propósito o si en verdad volvió a olvidarlo. Le doy el beneficio de la duda, de cualquier forma, siempre repito su nombre correcto.

—Granucci —digo.

—Granucci —imita él—. Granucci —dice enrollando la *r* de tal forma que suena a un tipo de pasta. *¿A mí me puede traer el granucci a la boloñesa con queso, por favor?*

—Sí, eso planeo —digo—. Es decir, se trata de un empleo de verano, así que dura todo el verano —explico y, desde el asiento de atrás, veo en el retrovisor a papá frunciendo el ceño.

—¿Por qué? Es una pérdida de tiempo, solo vas a su casa y no puedes estudiar nada, ni siquiera nos ayudas a cuidar de mamá.

Todo mi cuerpo se tensa, no quiero tener esta discusión ahora, a las siete de la mañana, cuando todavía estoy medio dormida.

La cuestión es que, en este momento, no hay casi nada que podamos hacer para cuidar de mamá. Esa es una de las razones por las que el cáncer de la tiroides es una mierda. Creo que, hasta cierto punto, todos lo sabemos y lidiamos con ello, cada uno a su manera. Tratamos de ser superamables con mamá y comer lo mismo que ella porque cualquier cosa es mejor que admitir que nos sentimos y nos seguiremos sintiendo inútiles hasta que el médico no le extirpe la tiroides.

—Jorge —dice mamá dándole una palmada en el hombro a papá—, olvídalo.

Cuando estamos en la sala de espera, veo todo tipo de personas. La mayoría son mayores de edad y están sentadas en sillas de ruedas o apoyándose en sus cónyuges para sostenerse. Tienen distintos tipos de cabello canoso y algunos llevan gorros o bufandas que envuelven sus cabezas para ocultar la calvicie. Pienso que mamá no se ve como si tuviera cáncer, al menos todavía, y eso me reconforta un poco. De hecho, no puedo entender cómo podría tenerlo porque ni siquiera ha cumplido cincuenta años y todos los días bebe té verde y hace yoga. No se ve como una persona enferma. Su cabello lo mantiene impecable con su corte cuadrado de costumbre, siempre usa aretes brillantes, se cuida tanto la piel que se le ve radiante, en fin, todo eso.

Nos sentamos y esperamos.

Bueno, las tres nos sentamos. Papá camina de ida y vuelta frente a nosotras como si eso sirviera para que el tiempo pase más rápido o mamá se sienta mejor.

Mamá, por su parte, es la que más tranquila se mantiene. No sé cómo lo hace. Está sentada leyendo y subrayando en su libro frases que le gustan, también encierra en un círculo las palabras que piensa buscar más tarde en el diccionario.

Tessa mira su aplicación de Notas. Está escribiendo las preguntas que le hará al médico. Ya van dos veces que se acerca a la recepción para preguntarles montones de cosas y, de vez en cuando, le da a mamá palmaditas en el brazo.

Y yo, yo leo respecto a las ventajas y las desventajas del delineador de gel contra el líquido, pero al mismo tiempo miro de reojo a todas las personas en la sala preguntándome un millón de cosas más, como *¿cómo?* ¿Cómo terminó Matt saliendo con Zoey después de todo y tan rápido? ¿Qué sucedió o no sucedió en la fiesta?

¿Qué tal si ella lo lastima?

O peor aún, ¿qué tal si ella no lo lastima y siguen siendo novios para siempre? O sea, ¿incluso después de que nos graduemos?

Debería estar feliz por él porque, además, ¿no es esta la solución a nuestros problemas? Y, si eso es verdad, ¿por qué me siento tan rara al respecto?

Entonces me siento mal por pensar en Matt cuando debería concentrarme en mamá, pero enseguida pienso que él mismo me absolvería diciendo que preocuparme todo el tiempo por ella no sirve para nada. Que, de hecho, pensar en otras cosas y mantener mi salud mental me ayudará a ser más feliz y, por lo tanto, a cuidar mejor de otros.

De pronto aparece una enfermera.

—¿Angela Chen-Sanchez? —dice en voz alta.

Las tres nos ponemos de pie, Tessa ayuda a mamá a pararse a pesar de que no hay duda de que puede hacerlo sola.

La recepcionista nos mira escéptica.

—¿Van a entrar todas las tres?

Odio, odio cuando la gente habla mal.

—Sí —interviene papá—, vamos a entrar todos juntos.

—Esta es una cita de información. No necesitan estar todos —dice mirándonos de arriba abajo de nuevo—. Son muchos.

—Ellas son nuestras hijas y están pasando el verano en casa, así que quisiéramos entrar juntos.

Por supuesto, cuando no es verano también estamos en casa, pero vamos a la escuela como todos los chicos, es solo que papá tiene una manera especial de decir las cosas para obtener siempre lo que quiere.

La recepcionista suspira como si se le fuera a acabar el aire y actúa como si estuviera haciendo una tremenda excepción con nosotros. Nos dirigimos todos al elevador y subimos.

Entramos al consultorio y nos encontramos con la doctora Jessica Kim, quien es competente, coreana y apacible. En serio, entrar a su consultorio es como entrar a un salón de meditación o a una clase de yoga, pero con alguien que necesita asegurarse de que sepas a la perfección cómo hacer las posturas y cómo deberás continuar trabajando en casa por tu cuenta. Me agrada que se tome su tiempo, o sea, no parece tener prisa por atender al siguiente paciente.

En una ocasión le pregunté a mamá por qué todos los asiáticos que conocíamos en el pueblo tenían una tienda, un restaurante o eran médicos. *Dímelo tú*, fue su respuesta.

A veces, mamá puede ser exasperante.

Al menos, creo que estamos en el mejor lugar posible. Es muy reconfortante entrar a un edificio completamente esterilizado e iluminado con luces fluorescentes y saber que te rodean profesionales médicos competentes cuya misión es curarte, o al menos eso espero.

La doctora Kim nos saluda a todos de nombre y a mí me cuesta trabajo no notar que parece haber logrado todos los objetivos de belleza: tiene piel tersa y ojos rasgados muy hermosos, como los de un gato. El volumen de su cabello no parece ser producto del esfuerzo. Me pregunto si se hará la permanente. Lo sé, no debería estar pensando en la apariencia de la cirujana de la tiroides de mi mamá, pero es que en este pueblo no hay mucha gente que reúna todas estas características de belleza. Cuando uno vive en un lugar donde nadie voltea a verte, a veces ni siquiera sabes del todo cómo sentirte respecto a tu apariencia.

—Bien —dice la doctora Kim abriendo las manos y extendiéndolas—. Me gustaría poder darles noticias reales, pero en este punto, la biopsia continúa siendo no concluyente a pesar de que, claro, este tumor tiene una apariencia sospechosa. Tendremos que hacer la cirugía porque, hasta que no entremos y estemos ahí, no podremos saber.

—Entonces, ¿le cortarán... el cuello? —pregunta papá.

Todas escuchamos el miedo en su voz y le permitimos que él sea quien haga sonar todo dramático, pero incluso yo tengo que admitir que suena bastante mal. Me da miedo pensar en un bisturí cerca del cuello.

—En efecto, haríamos una incisión en la parte frontal del cuello —explica la doctora—, pero le puedo asegurar, señor Sanchez, que tenemos un excelente equipo en este hospital. El mejor del estado. Extirparemos el tumor y una porción de la tiroides, la mariposa del lado izquierdo, si acaso esta imagen le ayuda a imaginarlo —explica señalando un diagrama de la tiroides que tiene en la pared—. Después de extirpar, haremos un análisis y volveremos a hablar.

—Y, obviamente, le quedará una… cicatriz —dice Tessa.

—Sí, pero intentaremos que sea lo más sutil posible —dice la doctora—. Después de algún tiempo ni siquiera la notarán. Se puede usar vitamina E para ayudar a borrarla.

Mamá asiente con la cabeza, con una actitud estoica, de confianza.

La doctora Kim estudió en la Escuela de Medicina de Harvard. No sé cómo terminó en un pueblo como Green Valley. Cuando la encontramos, papá no dejaba de mencionar sus logros académicos, Princeton, Harvard, una residencia en Wake Forest y una beca de investigación en la Universidad de Chicago. No dejaba de recitar la lista como si se tratara de su propia hija y no de una desconocida.

Tal vez por eso a veces siento que la doctora Kim es una especie de prima de más edad con la que mis padres me comparan de manera constante.

Lo único en lo que puedo pensar ahora es que una cicatriz en el cuello no es algo que se pueda cubrir con facilidad, no como una en tu abdomen o incluso en las piernas. Tu cuello está ahí, a menos que te pongas una bufanda o algo similar, y en Green Valley la gente no anda por la calle con bufandas.

Tal vez mamá será menos vanidosa después de esto, pienso.

Y enseguida me odio por pensarlo. Siempre me pasa lo mismo, pienso cosas y me arrepiento de inmediato. Lo bueno es que los sentimientos son solo eso, sentimientos, es lo que siempre dice el señor DeVaney. No puedes odiarte por tenerlos, solo te queda dejarlos pasar.

Pero sigo trabajando en ello.

—No debería tomar mucho tiempo —dice la doctora Kim—. No necesitará pasar la noche en el hospital. Toda la familia puede esperar aquí mientras se realiza la cirugía.

No sé cómo, pero la doctora logra mostrarse superprofesional y, al mismo tiempo, hacernos sentir algo de la hospitalidad sureña. Lleva aretes de perlas solitarias y habla con mesura, es paciente con las muchas, muchas preocupaciones y preguntas de papá. Seguramente trata con gente preocupada todos los días y por eso está acostumbrada a apaciguarla. Me gustaría tener ese nivel de calma.

Sería bueno aprender a ser así con la señora G si llegara a presentarse otro desastre con el lavavajillas o algo peor.

—Cuidaremos muy bien de ella —nos dice.

La cirugía está programada para dentro de un par de semanas. Volvemos a entrar todos juntos al elevador.

Lo único que imagino es a mamá caminando sin cabello. Ella es quien siempre nos dice que debemos disfrutar del nuestro porque es oscuro y grueso, pero no siempre será así, y ahora es ella quien debió de disfrutar del suyo en lugar de obsesionarse por cada cana que le salía. Pero este es solo el camino que toma mi tren de ideas porque, en realidad, la doctora Kim ni siquiera mencionó la quimioterapia.

De acuerdo con el sitio de Internet de la American Cancer Society, noventa y ocho por ciento de la gente con cáncer de tiroides se cura por completo cinco años después.

¿Pero qué hay del dos por ciento restante?

$\sim\ell\ell\varrho\sim$

En casa, el día se divide en comidas. Ya desayunamos y es demasiado tarde para el almuerzo. Papá se tomó el día para poder estar con nosotras en caso de que las noticias fueran malas, pero tal vez esto es peor, no tener noticias, tener que esperar más. Todos tratamos de ocuparnos en algo. Tessa llama a Steve para ponerlo al día y recibir sus consejos médicos, y luego vuelve a descargar el lavavajillas.

Mamá hojea un nuevo libro de texto con el que dará clases en el otoño y papá lee las noticias en su iPad. Yo deslizo todas las fotografías de Londres que Heather ha publicado en Instagram y luego le envío a Matt un mensaje de varios párrafos con las noticias sobre mamá, la señora G y Ezra. Necesitamos recuperar el tiempo perdido, ponernos al día. Después de eso me encierro en mi habitación con mi dibujo más reciente, el de las aves.

El problema es que ahora siento que es incorrecto trabajar en él. Me parece autocomplaciente. Lo que debería hacer es dibujar a mamá en un jardín con maleza creciendo a su alrededor, y a todos nosotros impotentes, incapaces de hacer algo al respecto. Pero no tengo ganas de empezar algo nuevo y ninguno de los bocetos inacabados que podría reciclar me parece adecuado tampoco.

Se supone que dibujar es mi escape o, al menos, mi manera de procesar las cosas. El problema es que ahora siento que me hace afligirme más por lo que sucede en mi vida real.

Tomo mi teléfono de nuevo porque es a lo que siempre recurro, pero, como dice Matt, no me hace sentir mejor. Solo es un escape diminuto en una caja, una manera más sencilla de distraerme en lugar de concentrarme y pensar en qué pintar. Todavía no recibo respuesta de él, tal vez porque no es tan adicto al teléfono como yo.

O tal vez está con Zoey y no verá mi mensaje en varias horas. Antes de ella, tal vez habría venido a mi casa en cuanto hubiéramos regresado del hospital o habríamos salido a andar en bicicleta juntos después de cenar, sin hablar, solo para pedalear por ahí a una hora lo bastante fresca para salir y moverse.

Ay, odio a Zoey Kebabian.

Me pongo los audífonos y empiezo solo a mezclar colores, lo único que quiero es usar mis manos, sentirlas sobre el papel. No tengo ningún propósito, solo mezclo para crear las tonalidades que me parece que la música produce. Los colores que me hace ver. En una ocasión leí sobre esto, sobre la sinestesia. Traté de forzarme a tenerla, me puse a asignarles colores a los sonidos, pero obviamente no funcionó. Solo me cansé y muy rápido. Ahora, sin embargo, cubro toda la hoja con tonalidades de morado: berenjena, lavanda, arándanos, y eso parece calmarme. Salvo que, de repente, pienso en algo que me enfurece unos diez horribles segundos. ¿Por qué la señora Granucci puede llegar a tener casi ochenta años sin que le dé cáncer y mamá lo tiene a pesar de que es una mujer de cuarenta y ocho?

En la práctica de natación tengo este problema entre muchos otros: parece que nunca puedo colocarme bien las gafas. O me quedan demasiado apretadas y me dejan aros rojos alrededor de los ojos incluso varios minutos después de que acaba el entrenamiento, o me quedan flojas y se llenan de agua. Son muy pocos los días en que el ajuste parece ser perfecto. Uno pensaría que, después de ajustarlas en el punto ideal, se quedarían ahí, pero no, no es así. Es como si cobraran vida propia en cuanto me meto a la piscina.

En fin, eso es justo lo que sucede la mañana siguiente, en el calentamiento. Estoy nadando pecho a un buen ritmo y de repente el lente del lado izquierdo empieza a llenarse de agua. No suele suceder tan pronto. Por lo general, solo soporto la molestia y continúo nadando hasta llegar al final del carril, pero hoy estoy de mal humor, así que me quito las gafas, las aviento, grito "¡Maldita sea!" y me quedo parada en mi carril. Detrás de mí, muy cerca, Ava McClintock saca la cabeza del agua para respirar y la vuelve a meter, repite la operación y solo nada a mi alrededor. No importa, es lo que yo haría si fuera ella.

Esto no se ve nada bien. Sí, estoy estresada, pero creo que otros adolescentes viven cosas mucho más terribles. Como la hermana de Jonathan Weller. Ella misma tiene cáncer y de todas formas va a clases. Qué valiente.

Por ciertas biografías que he leído sé que hay padres mucho, mucho peores que los míos. Los míos ni siquiera merecen que los mencione en una biografía porque, en el gran panorama de la vida, ni siquiera son tan malos.

No creo que sea útil comparar de esta forma. Es decir, ni que esto fueran los Juegos Olímpicos del Sufrimiento o algo por el estilo.

De cualquier forma, estoy molesta.

—¡Chen-'chez! —grita la entrenadora—. Estás obstruyendo el carril. Empieza a moverte o sal de la piscina.

Salgo de la piscina.

—Necesitamos hablar —dice.

No puedo evitar preguntarme si los entrenadores se reunieron a discutir y decidieron que la única entrenadora de color lidiara con Emily Chen-Sanchez. Porque ya me imagino el diálogo: "Esa chica es demasiado" y a Trey, otro de los entrenadores, diciendo: "Tiene muy mal carácter".

Bueno, he visto a la entrenadora Jackson hablando con varias de las chicas, así que tal vez no se trate de una cuestión racial. O tal vez sí. De ser así, por mí está bien porque me parece agradable tener una entrenadora mujer y de color.

—Siéntate —me dice—. Descansa un momento y déjame ver tus gafas.

Se las entrego, las ajusta y me las devuelve para probarlas. No sé cómo lo hizo, pero me quedan perfectas, como si lo hubiera hecho un optometrista especializado en nadadores.

—Puedes expresar tu enojo en la práctica deportiva, en especial si se trata de deportes sin contacto como la natación. Eso no me causa problema. Sin embargo, necesito verlo en tu brazada, en tu esfuerzo por presionarte a ti misma. No te desquites con tus gafas. Es como si un programador se enfureciera con su computadora. A todos nos ha sucedido, pero no nos sirve de gran cosa, ¿o sí?

Tú a estas gafas no les importas ni un tantito. Tu cuerpo, en cambio, lo puedes controlar.

—Sí, señora —digo, y me vuelvo a meter a la piscina. Que otra adolescente me diga que puedo controlar mi cuerpo... Bueno, no juzgo, pero tengo mis dudas.

De cualquier forma, lo que me dice me ayuda. Cada vez que doy una brazada, me fuerzo a cansarme hasta no poder más, trato de adormecer los pensamientos que me atemorizan, trato de sentirme agradecida por este tiempo fijo en el que mi única misión es empujarme a mí misma para avanzar en el agua. A pesar de que a mi alrededor hay muchas personas, me siento sola, pero de una manera agradable. En el agua no hay ninguna Tessa superándome, ningún papá abrumándome. No hay ninguna madre por la que me tenga que preocupar. Resulta irónico, pero parece difícil sentir pena por ti mismo cuando estás casi sin aliento y te duele todo, todo el cuerpo.

Mientras espero en el agua la siguiente serie, patada de crol con tabla, en mi opinión la peor, Matt se acerca a mí.

—¿Estás bien? —pregunta.

—Sí, gracias —digo y continúo nadando.

Al terminar la práctica viene de nuevo y me vuelve a preguntar lo mismo.

Supongo que si tuviera un amigo cuya madre tal vez tiene cáncer, yo tampoco sabría qué preguntar.

—En verdad lo lamento —dice—. Es una porquería lo que te está sucediendo—dice. Fue lo mismo que me escribió ayer cuando por fin me envió un mensaje. Pero tener un buen amigo que sabe por qué te sientes de la mierda, es agradable, incluso si no puede hacer gran cosa al respecto.

A unos metros de distancia veo a Zoey secándose el cabello suavemente con una camiseta. Lo leí en algún lugar, que es mejor usar una camiseta que una toalla, pero nunca creí que hubiera gente que en verdad lo hiciera.

—Bueno, pero al menos las probabilidades son buenas, ¿no? —continúa Matt hablando—. Mi tío tuvo cáncer de pulmón, las probabilidades de supervivencia eran de solo cuarenta por ciento y lleva años libre de la enfermedad. Además, también sabes que podría no ser nada, a fin de cuentas, ¿verdad? Si resulta no ser nada de importancia, ¿no sentirías que perdiste energía obsesionándote de esa forma?

A menudo, Matt me ha dicho que soy la persona más relajada y a la vez más ansiosa que conoce. Según él, me presento como si fuera muy tranquila, pero por dentro siempre estoy a punto de enloquecer.

Respiro profundo y le digo que no es necesario que sigamos hablando de esto.

—¿Qué haces estos días? —dice asintiendo—. Voy a ir a Ayer Gardens para conseguirle un amigo a Skippy.

—¿Skippy?

—Skippy, mi bonsai. Espera, ¿en serio no te he presentado a Skippy?

—No, creo que no me has "presentado" a tu bonsai —digo entrecomillando con los dedos en el aire.

—Bien, pues al principio me sentí decepcionado porque se veía muy distinto a todos los que había visto en internet, pero me ha llegado a gustar mucho. Sus raíces parecen piernas, ¿sabes? Ese chico es una cosita muy linda.

—¿Tu planta es un chico?

—Em, el padre de una planta sabe de estas cosas —dice levantando las manos.

No sé por qué, pero pienso en Ezra. A pesar de que de vez en cuando riega las plantas de la señora G, no parece el tipo de persona a la que le gustaría ensuciarse las manos.

De pronto aparece Zoey y le da a Matt una fuerte palmada en el hombro.

—Es adorable, ¿no es cierto? Nunca había conocido a un chico tan interesado en las plantas como Matt.

—Sip —digo—. Adorable.

Zoey sonríe de oreja a oreja.

—Voy a conseguir semillas de flox rastrero, ¡se verán superlindos colgando de nuestro pórtico del frente! Todo arreglo floral debe tener plantas colgantes como espuela de caballero o, por lo menos, hiedra o parra. ¿No crees?

—Eh, no tengo una opinión sólida al respecto —digo. No sé lo que es el flox rastrero, pero no suena nada bien.

Además, no tenía idea de que a Zoey también le gustaba la jardinería.

De pronto le da un ligero golpe a Matt en el brazo.

—Y tal vez también le compremos por fin unos guantes de jardinería nuevos a este hombre.

—¿Por qué necesita guantes nue...? —empiezo a decir, pero Matt grita en ese momento.

—¡De ninguna manera! Estos son mis guantes de la suerte —dice y me sonríe—. Em me comprende —continúa—. En fin, ¿quieres acompañarnos?

Por lo general me gustaría ir, pero la palabra *acompañarnos*, en plural, me pone muy de malas. En primavera, cuando Matt hacía sus planes para el verano, solía ir con él de compras y de paso aprendía a propagar suculentas, a plantar algodoncillo para las monarcas, y me enteraba de los beneficios de plantar por lo menos dos tipos de frambuesas. Sabía que nunca usaría esos conocimientos, pero siempre es agradable ver a un amigo apasionado por algo y, además, era un excelente pretexto para andar por ahí caminando en invernaderos y oler todas esas plantas que no dejaban de crecer.

Pero ahora Zoey está aquí y, sin importar desde qué perspectiva lo vea, me parece que salir con Matt de compras no será tan divertido como antes. Porque, o andarán por ahí tomados de la mano y yo haré de chaperona, o trataré de que las cosas con Matt continúen siendo como antes y ella me volverá a preguntar si me gusta, o terminaré hablando con él más que ella, o con Zoey más que con Matt, y creo que todas esas situaciones me harán sentir demasiado incómoda.

Entonces se me ocurre una idea genial.

—No puedo —digo—. En realidad, tengo una cita. Sí, una cita.

No sé por qué digo eso. Pensé usar la carta del cáncer para zafarme de la invitación, pero me parece incorrecto y, además, no necesito que Zoey Kebabian sienta pena por mí.

Matt abre los ojos como platos.

—¿Tienes una cita? —pregunta como si fuera imposible—. ¿Te puedo preguntar con quién? —dice. Y antes de que pueda siquiera abrir la boca, añade—. ¿Es con el sobrino de la señora aquella? ¿El tipo medio arrogante? ¿El que toca el chelo?

Ay, demonios, suena bastante bien y, técnicamente, no es una mentira, ¿cierto? Porque, Ezra y yo, en efecto, pasamos mucho tiempo juntos y, además, creo que él como que flirtea conmigo.

—Una vez que lo conoces, no es tan malo como lo describes.

Zoey extiende los brazos y me abraza del cuello, lo que, para ser franca, me parece una exageración porque, aunque sale con mi mejor amigo, no la conozco lo suficiente.

—¡Eso es genial, Emily! —exclama.

El rostro de Matt se contorsiona hasta que parece que también sonríe.

—Sí, sí, genial —repite—. Espero que te diviertas con el señor Chelo —dice. Luego nos despedimos y ellos se van tomados de la mano.

Debería sentirme bien respecto a mí misma, pero como acabo de mentirle a mi mejor amigo y está feliz por mí, me siento bastante mal.

CAPÍTULO 7

ESA NOCHE, EN CASA, ponemos la mesa para cinco porque Steve, el novio de Tessa, vendrá a cenar con nosotros. Quiere venir a mostrarle su apoyo "en este momento difícil".

En la escuela hay algunas chicas que adoran a los novios de sus hermanas mayores, pero no soy una de ellas. No me malinterpreten. Steve es muy respetable e incluso tiene toda su vida planeada: irá a la escuela de medicina (idealmente con Tessa), en algún momento será médico y se especializará en cirugía de mano, y luego se casará con mi hermana. De hecho, ya la está cortejando. Su forma de ser novios es la siguiente: él llega a la casa, habla con mis padres en la puerta un momento y luego se va con ella a cenar. Es como si no se le ocurrieran otras maneras en que podrían pasar tiempo juntos. Steve forma parte del equipo de carrera a campo traviesa, una actividad que me agrada porque no me parece que los corredores se esfuercen demasiado en atraer la atención como sucede con quienes practican futbol o baloncesto. Supongo que eso cuenta a su favor. Mamá y papá lo adoran, pero en mi opinión, Tessa podría conseguir algo mejor.

Steve llega a casa e incluso toca el timbre como si nunca hubiera venido.

Heather y Matt, por ejemplo, simplemente entran por la cochera, que es la forma en que todos lo hacemos. Se lo permiten porque les dije que podían hacerlo y porque, ¿qué sentido tiene tocar el timbre de la puerta principal de esta manera tan ceremoniosa?

Tessa abre la puerta y ahí está Steve con un buqué de flores en la mano. Sí, en efecto, ha cenado aquí varias veces y, de todas formas, siempre que viene trae algo. Mi familia tiene todo un ritual para estos casos. Tessa lo abraza efusivamente y en ese momento aparece mamá y dice:

—Oh, Steve, qué detalle, ¡no era necesario que trajeras nada!

Por supuesto, el día que llegue con las manos vacías, ella será la primera en decir: "¿Se dieron cuenta de que Steve no trajo nada?".

—¿*Āyí, nǐ hǎo ma*? —le pregunta Steve a mamá. Siempre encuentra la manera de hablar un poco de mandarín y presumir delante de nosotros. Como es de esperarse, a mamá se le ilumina el rostro porque lo adora.

Así de perfecto es Steve para Tessa y para nuestros padres: habla mandarín en casa y está tomando clases de español avanzado.

—¡Esteban! —dice papá al tiempo que estrechan las manos y tienen una breve pero completa conversación en español.

Durante la cena, Steve corta su filete con mucho cuidado, le quita la grasa y la empuja a un lado del plato como si estuviera haciendo una especie de disección científica en el nombre de Dios.

Tessa nos cuenta todo sobre su trabajo, a pesar de que acabamos de estar en un hospital y no es como si yo quisiera escuchar lo que sucede en el que ella trabaja y, mucho menos, mientras tratamos de comer. La mayor parte es aburrida. Solo habla de cómo prepara a los pacientes para los análisis y cómo se comunica con los médicos.

Mamá le sirve más arroz a Steve. Hay que ser cauteloso porque eso es lo que hace siempre que nota un espacio vacío en tu plato. Lo llena de algún alimento y espera que lo comas. Luego, cuando te vuelve a ver, no le causa ningún problema decirte que subiste de peso.

Todo en la cultura china es un delicado baile en el que dices "no" una y otra vez a pesar de que en realidad quieres decir "sí". Por eso, cada vez que Steve viene a cenar, ella le ofrece comida para que lleve a casa y él dice: "Ayayayayay, es demasiado", "Āyí bùyào, bùyào" y ella continúa llenando recipientes de Tupperware que, a veces, Steve ni siquiera se lleva.

En una ocasión, mamá incluso lanzó uno por la ventana de su automóvil justo antes de que se fuera.

Mientras comemos, papá le da a Steve toda la información que tenemos hasta ahora respecto a la posible situación de mamá y le pregunta qué opina. El tipo ni siquiera ingresa todavía a la escuela de medicina, pero mis padres creen que lo sabe todo.

—Bueno, aunque la palabra sea atemorizante —dice sin siquiera atreverse a pronunciar la palabra *cáncer*—, un diagnóstico de este tipo puede significar muchas cosas en estos tiempos. La investigación ha avanzado muchísimo. Tan solo en los últimos cinco años, se sorprenderían cuánto. Además, estoy seguro de que esta mañana se enteraron de que, aunque suene raro, el de la tiroides es uno de tipo "bueno", ¿cierto? Es decir, si a uno le va a dar, este es el tipo que elegiría.

Papá asiente sintiéndose impresionado y reconfortado y luego le pregunta a Steve en qué universidad va a solicitar admisión, a pesar de que aún es verano y en realidad no tendría por qué tener una lista completa. No obstante, Steve nombra de un tirón unas doce universidades, pero con aire avergonzado: la lista incluye todas las del circuito Ivy League y algunas que quisieran ser Ivy League, como Middlebury y Wesleyan.

—¡Oh, son muchas! —exclama papá.

Steve levanta las manos mostrando las palmas.

—Solo estoy tratando de lanzar una red amplia en caso de que ninguna me aceptara —explica.

Pfff. Ay, sí, por favooor.

—Apuesto a que ustedes están muy entusiasmados por la presentación de Tessa al final del verano —continúa—. ¡Estoy seguro de que será un éxito! —dice, y mi hermana le resta importancia al comentario sacudiendo la mano.

—Oh, no es nada trascendente, es solo una actividad que tenemos que realizar como parte del internado —dice, pero por la forma en que se iluminan sus ojos, estoy segura de que no es verdad—. Estoy haciendo un proyecto de investigación sobre cómo podemos mejorar las salas de emergencia —nos explica—. Lo difícil es saber en qué enfocarse y luego cómo presentarlo para que sea a la vez interesante y accesible para personas que no tienen nada que ver con la medicina.

—Estoy seguro de que te irá bien —dice papá.

Steve cambia de tema y dirige la conversación hacia mí, lo cual sería un detalle amable de su parte, de no ser porque tengo que hablar después de lo que ha dicho Tessa.

—¿Estás saliendo mucho con Ziegler este verano? Ah, ese chico es muy inteligente.

Puaj, incluso la forma en que habla de Matt es insoportable, usando su apellido para referirse a él como si se conocieran bien.

—Pues, Matt tiene novia ahora, así que no lo he visto mucho.

Ni siquiera sé por qué me tomo la molestia de explicar esto. Mi padre, mi madre y Tessa me miran sorprendidos.

—¿En serio? —exclama papá, al tiempo que mamá dice—: Ah, qué bien —y que Tessa insinúa—: Supongo que eso implica una sacudida para tus planes.

Solo me le quedo mirando. Desde que Matt y yo nos conocimos, ella ha insistido en que somos novios.

Steve tiene suficiente gracia conversacional para preguntar qué he hecho y le digo que sigo yendo a nadar y le menciono mi trabajo con la señora G.

—Acompañante de una señora mayor, ¿eh? —exclama y, para ser franca, en verdad suena impresionado—. Es un empleo excelente si logras conseguir uno. Muchos hospitales necesitan gente capaz de hacer eso y tú tienes una personalidad adecuada.

—¿Ah, la tiene? —pregunta Tessa.

—Por supuesto que sí —dice Steve—. Emily no soporta las tonterías de nadie y las personas mayores aprecian esa actitud. Llevan todo el tiempo del mundo aquí, ¿no? Pueden detectar la insinceridad como nadie.

Eso sin duda es cierto respecto a la señora G, pero solo Steve usaría una palabra como *insinceridad* a la hora de la cena. De cualquier forma, esta es, quizás, una de las cosas más lindas que alguien haya dicho de mí en esta mesa o en toda la casa.

Volteo hacia Tessa y le sonrío de oreja a oreja, pero ella solo asiente mirando a Steve como si fuera el ser más maravilloso del planeta.

ce

Para cuando acaba la cena, es demasiado tarde para llamar a Heather. Creo que es horrible que tu mejor amiga esté en otro huso horario. Envío un mensaje diciéndole esto y pregunto si podemos ponernos al día mañana u otro día de la semana.

—¡¡¡Emmmm!!! —escribe e incluso puedo escucharla pronunciar las letras con su voz aguda y desbordante de emoción—. ¿Cómo estás? ¿Cómo está tu mamá? ¿Cómo está Tessa? ¿Cómo está Matt? ¡¡¡Envíame tus dibujos más recientes!!! ¡Cuéntame todo!

Los padres de Heather son creyentes renacidos que no la dejan hacer nada. Por eso, (A) a veces pareciera que está a punto de gritar muy fuerte y (B) nos llevamos tan bien, porque nos entendemos.

Cuando le pregunto cómo es Londres, solo escribe: "Está llena de perras británicas que se conocen entre sí. Es muy difícil llegar a formar parte de un grupo de amigos, pero muy gratificante en cuanto a la excursión con misión. Te extraño, y también a Matty".

Me siento mal por ella, debe ser difícil estar tan lejos de casa y que no te agrade la gente con quien tienes que convivir. Al mismo tiempo, debo confesar que me da un poco de gusto, pero no se lo diré a nadie: al menos mi mejor amiga, quien está en una glamorosa capital europea, me extraña mientras yo soporto mi no tan glamoroso verano estadounidense.

El siguiente fin de semana, Green Valley parece incendiarse. Incluso después de que oscurece el aire se siente espeso y húmedo. La señora G me dijo que no era necesario que estuviera en su casa desde el viernes, que podía llegar el sábado en la mañana y, por supuesto, mamá y papá se pusieron muy contentos a pesar de que lo único que hicimos fue cenar juntos. Después de la cena Tessa no deja a mamá ni respirar. Le pregunta si necesita algo todo el tiempo y guarda en recipientes los restos de la comida.

Luego saca el gran cajón de verduras del refrigerador.

—Em, ¿me puedes ayudar a cortar el kale?

—Acabamos de comer verduras en la cena —digo.

Por supuesto, papá se pone como loco y dice que acabamos de cenar y de limpiar la cocina y le pregunta qué hace, por qué saca cosas del refrigerador de nuevo. Tessa dice que tiene todo bajo control y que solo usará una tabla para cortar, un cuchillo, un colador, la licuadora y un vaso. Quiere hacer un batido verde. Vio la receta en un sitio de Internet sobre tratamientos holísticos para el cáncer.

Empiezo a arrancar los tallos del kale y luego ella los licúa con arándanos azules, jugo de limón y jengibre.

—Estos jugos, ¿no son el tipo de cosa que previene el cáncer? —pregunto. Porque estoy segura de que sé cómo funciona el sistema inmunitario. Tessa me dice que me calle, y ella y mamá beben sendos vasos de batido mientras volvemos a ver un episodio de *Ted Lasso* porque es el único programa en el que el gusto de todos coincide.

Después de todo eso, empiezo a subir las escaleras para ir a dibujar. Cuando estoy trabajando, nadie viene a mi habitación, lo cual me parece genial porque para mí es muy importante sentirme sola en ese momento.

—Ay, vamos —dice Tessa—. Es viernes por la noche.

—Pero ¿en verdad importa que sea viernes? Literalmente, hacemos lo mismo todas las noches —argumento. ¿Tendremos esta discusión una y otra vez a lo largo del verano o de toda nuestra vida hasta que ambas vayamos a la universidad?

Tessa resopla e insiste. No comprendo. Es obvio que no disfruta estar cerca de mí, pero de todas formas quiere que me quede. Ella no para de hablar y yo solo continúo subiendo las escaleras, y eso la hace enojar aún más, pero tengo un límite y no puedo seguir participando en una discusión que no tiene ningún sentido. Ni siquiera mis padres insisten.

Al día siguiente, como a las 7:30 de la mañana, le envío un mensaje de texto a la señora G para decirle que estaré ahí en un rato. No me responde, pero imagino que se debe a que es muy temprano.

—Envíanos un mensaje para ponernos al tanto —dice papá mientras yo me atraganto comiendo huevos—. Solo quiero asegurarme de que estés bien.

Tessa desayuna avena cocida a pesar de que el calor veraniego es una crueldad. De su cuello cuelga la tarjeta de identificación con su nombre a pesar de que todavía está en casa, y yo francamente no lo comprendo porque conduce sola en su automóvil hasta llegar al hospital. Nadie va a leer su tarjeta.

Tengo muchos deseos de ver a la señora G, de beber su limonada agria, de comer las deliciosas nueces y los huevos encurtidos, así como el *bagel* con salmón ahumado de las once de la mañana. Me da gusto no tener práctica de natación, no solo porque no estoy de humor para nadar todas esas vueltas, sino también porque así evito ver a Matt y a Zoey. Todavía no puedo creer que ella me haya preguntado si Matt me gustaba. ¿Le habrá preguntado lo mismo a él? ¿Qué le habrá dicho, si acaso le preguntó? ¿Que no?

A pesar de todo, estoy un poco enojada y me ofende que Matt me haya olvidado y haya pasado a otra cosa tan rápido.

Mientras pedaleo en mi bicicleta veo que es una mañana tranquila. Todavía no son las ocho y solo hay algunas personas afuera, regando sus jardines antes de que haga demasiado calor.

Entro a la casa como de costumbre, pero esta vez no tengo que ser tan silenciosa.

—¿Señora G? —pregunto. Desde la sala se escucha ópera a todo volumen, pero creo que no es nada raro.

Me quito los zapatos y me siento agradecida al sentir el aire acondicionado en mi rostro, pero antes de que pueda ponerme los zapatos de tacón, escucho su voz, también desde la sala.

—Emily, hoy no necesitaré de tu ayuda —me parece escuchar, aunque la música suena tan fuerte que no estoy segura.

Entro a la sala y la veo acurrucada en el sofá.

—¿Señora G? —pregunto de nuevo.

Ella abre los ojos un instante, pero es como si no me viera.

—Hoy no te necesito —repite—, así que por favor vete.

—Bueno, ¿qué puedo hacer por usted? ¿Debería... llamar a alguien? —en mi mente visualizo la lista de contactos de emergencia en la puerta del refrigerador. Nunca creí que tendría que usarla, pero al menos está ahí—. ¿Quiere que le traiga algo? —pregunto.

—Emily —dice suspirando muy hondo—, estoy atravesando un dolor emocional, no físico. Sucede de vez en cuando porque, después de todo, soy una anciana. En mi larga vida he acumulado muchas cosas por las cuales sentirme en duelo.

Caracoles.

—De acuerdo, bien, entonces podría traerle un vaso de agua. O una taza de té —le ofrezco. Cuando me siento indispuesta, mamá me ofrece agua y siempre parece ayudar. Trato de pensar en algo que en verdad le gustaría a la señora.

—¿Qué le parece si salimos a algún sitio? Podríamos ir juntas a hacernos la manicura.

Vuelve a abrir los ojos, que se ven como pequeñas ranuras azules. Tiene la boca empequeñecida, fruncida.

—No hay nada que puedas hacer, Emily. Necesito lidiar con esto yo sola.

Tal vez no debería preocuparme tanto. Matt diría que es una cuestión de catarsis, que es normal. Él es quien siempre le asegura a Heather que no necesita una razón para sentirse triste, que a veces sucede y eso es todo. A mí me dice lo mismo cuando enfurezco. La diferencia es que, en lugar de llorar, yo golpeo mi almohada.

Empiezo a alejarme y de pronto escucho la voz de la señora G.

—Fui egoísta —dice y volteo enseguida.

—¿A qué se refiere? ¿De qué habla?

—Ed y yo habríamos podido reunirnos antes, pero yo no quise irme de la ciudad. Sabía que casarme con Ed

Granucci significaría dejar de vivir en Nueva York y empezar una familia, y que ya no sería sobrecargo.

La señora gira un poco en el sofá y se incorpora.

—Por eso le dije que no cuando me pidió que me casara con él. La primera vez que lo hizo.

Llámenme *insensible* si quieren, pero no me suena tan mal.

—Él no podía entender por qué lo rechacé si estábamos tan enamorados. Tenía muchos deseos de que estuviéramos juntos por el resto de nuestra vida, de que iniciáramos una familia. Por eso no nos hablamos en dos años. Yo estaba volando por todo el mundo y él echando a andar su propio negocio.

La señora G juguetea con las borlas de un cojín del sofá.

—Empezó a ver a Sheila Mather, mi mejor amiga en ese entonces. Yo también salí con otras personas. No eran cosas serias porque nadie quería tener una relación con una persona que siempre estaba viajando, que la mitad de la semana ni siquiera se encontraba en el mismo estado.

—Suena lógico —digo—. Es decir, ambos salieron con otras personas en la preparatoria, ¿no es verdad? —pregunto, pero es como si no me escuchara para nada.

—Luego se comprometieron y yo lo permití —explica cubriéndose la cara con las manos—. Oh, Dios, fue horrible. Ya habían enviado las invitaciones de la boda y le habían echado el ojo a una casa, pero luego volví e hice que rompieran. Mi querido Ed, el único verdadero amor de mi vida y mi querida Sheila, a quien también amaba mucho, mucho. ¿Cómo pude hacerles eso? ¿A ambos? Sheila y yo no volvimos a hablarnos jamás. ¿Por qué fui tan estúpida, Emily? ¿Me puedes decir?

Me quedo paralizada de pie en la sala. Durante algunos segundos solo nos miramos, hasta que me permito hablar.

—No fue estúpida, señora —digo en voz baja. No puedo creer que me encuentre en esta situación, consolando a mi empleadora, a una señora mayor, respecto a algo que ha quedado enterrado en el pasado. Pero bueno, este verano han sucedido muchas cosas increíbles.

—Emily, me permito decirte esto porque sé que no me juzgarás, porque puedo confiar en ti y me siento muy cómoda contigo.

Vaya, eso no me hace sentir mejor.

La señora G extiende su brazo y me muestra su mano, su sortija. La banda es de oro y tiene una perla en el centro. Es fulgurante, una esfera perfecta rodeada de diamantes diminutos.

—Después de romper su compromiso con Sheila, el mismo día, Ed vino a mi casa, me puso esta sortija en el dedo y dijo: "Finalmente". Le perteneció a su abuela, viene desde Italia. Nos casamos en el juzgado del ayuntamiento porque no queríamos dejar pasar más tiempo siendo falsos el uno con el otro, y con nosotros mismos.

Dios, tengo la sensación de que me atropelló un camión o algo así, de que necesito alejarme de esto. Esta historia se siente abrumadora y adulta, como algo que no se supone que yo deba saber. No es para nada uno de los dramas románticos de los que me entero en la preparatoria South Lake y a los que estoy acostumbrada.

—Eh, voy a… prepararle una taza de té —digo.

Cuando llego a la cocina programo el temporizador para hacer la infusión y, poco después, escucho que alguien toca a la puerta.

Es Ezra, que viene cargando dos bolsas llenas de víveres.

—Sirve de algo, amiga artista —me dice—: hay dos bolsas más como estas en el automóvil.

Resoplo. No sé si debo sentirme complacida o molesta, pero voy por las bolsas porque, al menos, eso es algo que sí puedo hacer por la señora G.

Cuando vuelvo a la casa, Ezra indaga cómo se encuentra su tía. A diferencia de mí, él está junto a ella, acuclillado a su lado como si conversara con un niño de dos años, hablándole con calma y suavidad. No escucho lo que le dice, pero parece ayudar porque ella empieza a asentir, una respuesta que, al menos, es más positiva que las que yo recibí.

Mientras arreglo la cocina, Ezra desempaca todo. Hoy no viene vestido con su ropa negra de concierto, sino con *shorts* y una camiseta verde de Trampled by Turtles, lo cual lo hace ver más normal. Y bueno, también más guapo. Mete algunas cajas de pasta en la alacena y reacomoda otras de alimentos secos. Por lo general, yo tendría más qué decir, pero sigo en *shock* por lo que me dijo la señora G, así que me siento agradecida de que Ezra no pare de hablar, de explicarme dónde va cada cosa, y de pasarles un trapo a las repisas y las superficies.

—Desearía saber con precisión por qué se siente tan molesta —dice Ezra—. Tengo ciertas... teorías. Bueno, una en particular.

—¿No sabes por qué está molesta?

—Diablos, no, para nada. Esto solo sucede de vez en cuando.

Ah, qué... in-te-re-san-te. Entonces la señora G me dijo la razón de su inquietud a mí, pero no a su sobrino nieto.

Ezra continúa hablando mientras acomoda duraznos y nectarinas en el cuenco de la fruta.

—¿Alguna vez has roto tu relación con alguien creyendo que hiciste bien, pero luego, un mes después, escuchas una canción cuando ya oscureció y todos los demás duermen, y tú simplemente, no sé, te derrumbas?

Me pregunto si hablará por experiencia propia. Suena a que sí, pero ¿qué tipo de chica saldría con Ezra? Tendría que ser alguna tan serena como él. O quizás, ¿alguna un poco más ruda sería más útil? Porque, después de todo, los opuestos se atraen.

Digo que no, pero sigue hablando. Parece que no me escucha o, tal vez, lo que yo diga no es importante.

—Creo que eso es lo que le sucede a tía Leila: algo detona un recuerdo en ella y ese recuerdo se desborda, se convierte en pena y, en pocas palabras, se empieza a comportar de la misma manera que lo hizo en los meses subsecuentes al fallecimiento de tío Eddie.

Me estremezco por dentro. No me imagino lo que sería sentirse así de mal durante meses, pero por supuesto, sería lo que me sucedería si, por ejemplo, mamá falleciera.

Aún no puedo creer que la señora G me haya contado cómo inició su matrimonio. Debe de ser su mayor arrepentimiento, pero si no le dijo a Ezra ella misma, estoy segura de que yo no debería ser quien le cuente. Voy al baño para rociarme un poco de agua fría en la cara y recobrar la compostura.

Al regresar a la cocina veo a Ezra deslizando los últimos bocadillos en la alacena. Incluso yo tengo que darle crédito por la meticulosidad con que opera: primero guarda el helado y los alimentos perecederos, luego las verduras y, al final, los alimentos y artículos secos.

—¿Qué vas a hacer ahora?

—Supongo que iré a casa —digo y él arquea la ceja.

—Bueno, técnicamente todavía estás trabajando, así que vamos a dar un paseo en automóvil.

En cuanto lo escucho, pongo mala cara. No porque no quiera ir, sino porque ¿quién sale en automóvil a solo dar un paseo?

Sin embargo, él ya tiene las llaves en la mano, colgando del dedo índice.

—No mentiré —dice—: parte de la alegría de tener un automóvil es que puedes encerrarte en una cápsula con aire acondicionado para ir de un lugar con aire acondicionado a otro lugar con aire acondicionado. Si eso no es un lujo, no sé qué lo sea.

Considero mis opciones: aburrirme hasta morir encerrada en casa. La posibilidad de toparme con mis padres mientras viajo en el automóvil de alguien más es demasiado baja y, además todavía estoy en mi horario de trabajo y hablar con Ezra es, de cierta forma, parte de mis labores.

Eso es. Me parece que tengo razón.

Vamos a la sala y Ezra se despide de la señora G con un beso en la mejilla. Cuando ella voltea a verme, siento que ahora hay algo que ambas comprendemos, que ahora compartimos un secreto.

Me subo al automóvil de Ezra. Es un Camry verde oscuro. No es un Lamborghini ni nada que se le parezca, pero no está nada mal. Es un automóvil limpio y de un color bonito. Para empezar, ¿me parece sexy que tenga un automóvil? Claro. Debo admitir que así es. Como nunca he viajado sola en un automóvil mientras maneja un chico guapo, me parece que debería estar entusiasmada. Ambos nos ponemos nuestras gafas oscuras y nos preparamos para partir.

En cuanto enciende el automóvil empiezan a funcionar el aire acondicionado y el radio. El aire está a toda potencia y la música es una pieza orquestal.

—Será un paseo épico —digo. Tengo que gritar un poco porque el volumen de la música es demasiado alto.

Ezra asiente y levanta un dedo para indicarme que debo callar, y yo pongo los ojos en blanco: lo hago con demasiada frecuencia cuando estoy con él. Entonces escucho los violines aumentar el volumen y a él tarareando. Luego, de la nada, dice algo que no me esperaba en absoluto.

—No te preocupes, mi tía te pagará el día. No es culpa tuya que ella no pueda recibir tu ayuda hoy.

Su comentario me hace retraerme incluso.

—Ni siquiera había pensado en eso —exclamo. ¿Acaso pensará que en verdad necesito el dinero o algo así?

—Lo siento —agrega—. Como quiero ser músico profesional, es algo en lo que no puedo dejar de pensar.

Luego se calla y ajusta el volumen, pero el cambio es imperceptible. Juguetea con la perilla del volumen y luego con la de las frecuencias bajas. Es de lo más raro que he visto, como si nuestra conversación fuera solo una nota al margen, no a lo que en verdad le está prestando atención.

—Bueno, y ¿qué estamos escuchando? —pregunto cuando por fin la música se calma un poco.

—Es la *Sinfonía número 3* de Beethoven, la *Heroica*. Lo más genial de todo es que comienza con una sorpresa.

Entonces reinicia la canci... la sinfonía desde el principio. Escucho las dos explosiones de sonidos, una pausa y luego el inicio de una melodía con un carácter por completo distinto al de las cuerdas que abren.

Ezra vuelve a reproducir el inicio de nuevo. Y luego otra vez.

—Es magnífica, ¿no? —exclama—. De acuerdo, tal vez no aprecies tanto esto, pero en el quinto compás va a Do sostenido, ¡lo cual es una completa locura cuando estás en clave de Mi bemol mayor! O bueno, al menos lo era cuando Beethoven compuso la sinfonía. De cualquier forma, creo que sigue siendo genial hasta nuestros tiempos.

Ezra conduce rápido y, a diferencia de mí, no tiene problemas para incorporarse a la autopista.

Yo me recuesto y escucho la música. Naturalmente, no la percibo de la misma forma que él, pero sin duda, el sonido me transmite emoción y aventura. Si lo transformara en color, sería un montón de anaranjados ocre y amarillos fulgurantes explotando en el cielo.

Salimos de la autopista en alguna parte y de pronto pienso que deberíamos ser cautelosos, que incluso debería inquietarme mucho. Mamá y papá dirían que esta es una decisión estúpida, subir sola al automóvil de un chico al que apenas conozco. Sin embargo, un chico que cuida a su tía abuela y estudia música clásica en una escuela privada no podría ser tan malo. ¿O sí?

Paseamos por caminos secundarios, pasamos al lado de tierras de cultivo, bosques y pequeñas casas sin vecinos a la vista durante kilómetros.

—¿A dónde vamos? —pregunto.

—A ningún lugar en particular —contesta Ezra encogiendo los hombros—. Conducir por aquí es agradable. Casi no hay tráfico, puedes ir rápido y las únicas criaturas vivas alrededor son ardillas y alguno que otro venado —agrega.

Empezamos a bajar por una colina y serpenteamos al lado de un lago, me queda claro por qué a alguien le gustaría conducir en esta zona. Por un buen rato solo escuchamos la sinfonía y contemplamos este día de verano teniendo la fortuna de pasear en medio de todo este fresco verdor y luz solar sin tener que soportar el calor y el sudor.

Entonces pienso que Matt diría que lo que estamos haciendo no es nada favorable para el medio ambiente.

—Y, ¿con qué frecuencia sufre estos episodios la señora G? —pregunto después de un rato.

—Pues tú la viste, cuando salimos ya parecía sentirse mejor, ¿no?

—Pero, no sé, ¿por qué… no habla al respecto? ¿Por qué no ve a un profesional para hablar del problema?

—¿Te imaginas a mi tía en terapia? —dice riendo a carcajadas—. Es una dama sureña tradicional y, pues no sé, tal vez habla con sus amigas sobre esto… No, en realidad no creo que lo haga. Mi tía es, no sé, una mujer dura, ¿sabes?

Quiere que las cosas parezcan solo lo que son y eso la incluye a ella. Es muy reservada respecto a su dolor.

Y en ese momento, aunque sé que es una locura, que es irracional, desearía ser tan cercana a la señora G como Ezra lo es. Mis tías y tíos abuelos viven demasiado lejos y, además, tenemos la barrera de la lengua. Entonces me veo a mí misma a los treinta o cuarenta años con hijos propios y todavía tartamudeando en mi mediocre *Spanglish*, con un nivel tan bajo que resulta imposible tener una conversación significativa. La imagen me estremece. Por eso me esforcé mucho en aprender español en la escuela. Además, cuando te apellidas Chen-Sanchez necesitas ser de las mejores en la clase de español porque, de lo contrario, empezarán a criticarte.

—Entonces —dice Ezra de pronto—, ¿por qué pintar con pasteles? O sea, ¿por qué no arcilla, fotografía o cualquiera de los otros medios con que ustedes, los artistas plásticos, hacen cosas?

Oookey. Admito que me agrada que me llame *artista plástico*. Me hace sentir que toma en serio lo que hago.

—En el primer año de la preparatoria intenté con la escultura y la fotografía. Los disfruté, pero los pasteles son muy vívidos y ricos. Me gusta también que sean flexibles, me facilita experimentar con ellos y siento que soy como una niña jugando con gises. De todos los medios que probé, este fue en el que sentí que podía trabajar durante horas. Aunque tal vez esa no sea razón suficiente.

—Por supuesto que lo es —exclama—. Es lo mismo que yo siento cuando una sesión de estudio se desarrolla bien. Los minutos se van volando.

—El otro día… fue agradable escucharte tocar el chelo.

—Eeh —dice haciendo una mueca—. Todavía estoy trabajando los detalles de esa pieza. Necesita de mucho trabajo. Es decir, la transición a la exposición podría ser más sutil y siempre siento que mi acompañante va delante de mí cuando llegamos al cambio de tonalidad.

No tengo idea de lo que habla, pero no importa porque la jerga de la música clásica me parece algo… sexy. Candente.

Por fin volvemos a la autopista y poco después ya estamos de nuevo en River's Edge y dando vuelta en Rock Road. Al detenernos en casa de la señora G, Ezra se quita sus gafas oscuras porque ya estamos en la sombra y yo hago lo mismo.

—¿Quieres que te lleve a casa? —pregunta—. Puedo guardar tu bicicleta en la parte de atrás.

Me quedo pensando. Hace un calor del demonio, como diría la señora G, pero si papá me viera bajándome del automóvil de un chico al que no conoce, se pondría como loco.

—No, está bien, puedo volver en bicicleta. Pero gracias por el paseo.

Estoy a punto de abrir la puerta y Ezra se acerca a mí. Coloca su mano sobre mi brazo desnudo y, al sentir su tamaño y su calor, se me pone la piel de gallina. Creo que podría acostumbrarme a sentir esto.

—Emily, espero que... no te incomode que te pida que no le menciones a nadie los problemas de memoria de mi tía, ¿de acuerdo? Es decir, no es algo que cause problemas, son nimiedades, cuestiones muy comunes. Además, la conozco y sé que si la gente se enterara y ella lo notara, se derrumbaría. Es una mujer muy orgullosa.

—¿A quién podría decirle? —le pregunto porque es cierto. No podría decirles ni a mamá, ni a papá ni a Tessa. La única persona con quien me gustaría hablar de ello es Matt, pero ¿podría él hacer algo más de lo que yo puedo?

—Debes agradarle mucho a mi tía porque sé que no contrataría a cualquiera.

Trato de evaluar si está siendo sincero porque, en general, los chicos sureños que hablan con dulzura me causan desconfianza.

—Gracias —digo.

Luego nos quedamos mirando por casi demasiado tiempo. Creo que debería salir del automóvil. En este momento. Es decir, ¡ahora mismo!

—Gracias por el paseo —repito tratando de sonar casual mientras accidentalmente cierro la puerta con seguro. Lo quito y luego de algunos segundos logro abrir la puerta por completo finalmente.

Y durante todo el tiempo que me toma volver a casa en bicicleta voy pensando: *¿Habrá sido eso una cita?*

CAPÍTULO 8

EL FIN DE SEMANA parece escabullirse. Pero peor
que el aburrimiento es la espantosa tristeza que siento.
Creo que esto se debe, en parte, al peso de lo que la señora G me contó sobre su esposo, mezclado con nervio-
sismo y, quizás, euforia por haber paseado en el auto de
Ezra, por el deseo de volverlo a ver. Me muero de ganas
de hablar con la señora G sobre lo que me dijo, o con alguien, pero tampoco me necesita el domingo. Empiezo
un nuevo dibujo: solo la parte superior de la cabeza de
la señora G, con sus grandes rizos rojo-anaranjados y,
luego, hago algo que nunca he hecho. Escribo unas palabras alrededor de su cabello: *Mi querida Sheila, a quien
amé*. Me toma mucho tiempo perfeccionar la tipografía,
delineando las palabras en un color apenas más oscuro
que su cabello, para que pasen desapercibidas si no miras
con atención. Cuando termino, parece el póster de una

película vintage, pero probablemente no lo incluiré en mi portafolio de la escuela de arte. Es solo un proyecto paralelo para desahogarme.

Hablando de eso, realmente necesito terminar mis dibujos. Son tantos que ya ni siquiera me resulta divertido.

Acabamos de cenar, apenas es lunes por la noche, pero siento como si hubiera pasado *toda* una semana. Mamá toca la puerta de mi habitación y luego solo entra sin esperar a que yo responda porque así son mis padres a veces.

—¿Qué haces? —pregunta.

—Nada —respondo. Sé que es la respuesta más irritante del mundo, pero estaba teniendo otro "lapso temporal" con mi teléfono. En varias ocasiones Matt me ha dicho: "Tu teléfono te está quitando años y años de vida y ni siquiera te das cuenta". Él incluso pone la pantalla del suyo en escala de grises para que el solo hecho de mirarlo le cause repulsión, pero a mí no me sirvió hacer eso porque, después de todo, uno puede continuar leyendo en blanco y negro, e incluso viendo fotografías. La comida y la ropa no resultan tan atractivas, pero aun así me gustan porque tienen una apariencia *vintage*.

Este lapso en particular se debe a que estaba buscando de forma obsesiva el lápiz de labios rojo anaranjado perfecto, el que cambiaría mi vida para siempre. Tengo varios labiales que son de más o menos la misma tonalidad, pero por alguna razón, siempre estoy en busca del santo grial del color, ¿por qué? Creo que se debe a que el producto de belleza perfecto es el que te transforma en la persona que quieres ser.

Respecto a los lápices labiales, me parece que la señora Granucci tiene razón: "una pasadita sobre los labios puede cambiarte la vida".

—Bien, si estabas buscando algo que hacer —me dice mamá usando una de sus frases consagradas—, puedes bajar y descargar el lavavajillas.

Y eso es lo que hago, pero no sin antes suspirar muy profundo.

Una vez que estoy en la cocina, apilo los platos como si fuera mesera, con la misma rudeza.

—Emily, no hagas eso, por favor —dice mamá—. No tenemos ninguna prisa. En lugar de poner varios platos a la vez, puedes hacerlo de par en par.

—¡No queremos accidentes! —grita papá desde la sala.

—¿Todo bien, Em? —pregunta mamá mientras acomodo los cubiertos—. Te ves muy cabizbaja.

Bueno, o sea, podrías tener cáncer y, para colmo, estoy aburrida, una de las peores sensaciones que puede haber.

—Solo me inquietan ciertas cosas, eso es todo. Estaré bien.

—¿Quieres hablar de ello?

Ay, por favor, ya le dije mucho más de lo que quería.

—Bueno, ya sabes, la señora Granucci es una persona mayor y, no sé, a veces es un poco gruñona.

Mamá sabe de lo que hablo. La he escuchado tratando de aplacar a Ama o colgando el teléfono exasperada tras hablar con ella.

—Si no quieres hablar al respecto, no hay problema, pero no permitas que su mal humor te afecte. Yo tuve que aprender a evitar eso a la mala.

—¡Recuerda que es solo un empleo! —dice papá desde la sala—. Si la señora no te trata bien, ¡siempre puedes renunciar! ¡No le debes nada! No tienes ninguna obligación con ella.

—¡Está bien! —contesto—. Solo ha sucedido una vez.

—Renuncia —insiste papá.

Respiro muy hondo y mamá coloca su mano sobre mi hombro.

—Ya conoces a papá, solo quiere lo mejor para ti, eso es todo. En algún momento me encantaría conocer a la tal señora Granucci. Por lo que dices, parece que es todo un personaje.

—¡Yo no! Yo no necesito conocerla —dice papá y su comentario nos hace reír a mamá y a mí—. Esa mujer solo logra estresarte.

—Nos hemos divertido bastante en varias ocasiones —digo.

Yo debería ser quien reconforte a mamá. Después de todo, ella es quien podría tener cáncer. Pero no, en lugar de eso, ella me escucha hablar de una anciana a la que, ahora que lo pienso, conocí hace solo un mes. Supongo que mamá no es tan mala en realidad.

ೂ

Al día siguiente, mientras me estoy secando el cabello después de la práctica de natación, veo la pantalla de mi teléfono encenderse. Es una llamada. Son muy pocas las personas que me llamarían de la nada; de hecho, solo son dos: mamá y papá. Mis amigos, los compañeros de la escuela e incluso Tessa saben que uno debe evitar las llamadas lo máximo posible y, si te ves forzado a llamar a alguien, primero debes enviar un mensaje de texto para preguntar en qué momento le convendría que le marques. Las llamadas telefónicas me provocan ansiedad porque parecen algo urgente. De pronto, vez tu teléfono encendiéndose y zumbando, y el nombre y el número de la persona parpadeando con impaciencia, como si fuera una emergencia.

Miro la pantalla y veo la emergencia: es la señora G.

Ahora en verdad no quiero responder la llamada.

¿Qué tal si llama porque quiere hablarme más de lo que sucedió con Ed? Tal vez para ella sea terapéutico contarme, pero debo ser honesta: no quiero enterarme. O, ¿qué tal si me llama para decirme que no vaya el viernes a su casa? Es muy extraño, no quiero saber nada más sobre su oscuro pasado, pero, al mismo tiempo, quiero pasar la noche en su casa. O sea, los pepinillos agrios son deliciosos. Y, además, ahí veo a un chico guapo.

Dejo que mi teléfono siga sonando. Si en verdad necesita hablar conmigo, volverá a marcar.

Varios segundos después, veo que tengo un mensaje de voz. Esta es otra de las cosas que nadie de mi generación hace, excepto Matt. ¿Por qué tendrías que obligar a alguien a sostener el teléfono junto a la oreja para escucharte treinta segundos diciendo lo que necesitas? ¿No bastaría con enviar un texto?

—Hola, Emily —me dice la señora G al oído—. Lamento mi comportamiento del otro día. Solo estaba teniendo... ¡uno de esos malos días! —dice en un tono de voz tal vez demasiado alegre—. Bueno, eso es todo lo que quería decir y, por supuesto, me encantaría verte a la hora de costumbre. Estoy segura de que pasaremos un agradable fin de semana juntas.

No es una disculpa del todo y, para colmo, no menciona nada sobre todo lo que me dijo. Tampoco se disculpa por haberme hablado innecesariamente sobre asuntos personales y hacerme sentir muy incómoda, incluso ahora, pero supongo que con eso tendrá que bastar. ¿Estará teniendo lo que algunos llaman "resaca de vulnerabilidad"? ¿Estará fingiendo que nuestra conversación nunca tuvo lugar? Envío un mensaje de texto enseguida.

> ¡Hola, señora G! Gracias por su mensaje de voz. Descuide, acepto su disculpa. ¡La veo el viernes!

Los signos de exclamación hacen que el mensaje suene más alegre de lo que me siento, pero eso es mejor que nada.

eee

Esta semana, volvemos a ir juntos al hospital para la cirugía de mamá. Tessa, mamá y yo nos sentamos en la sala de espera. Papá no deja de caminar de ida y vuelta.

Mamá se mantiene estoica como de costumbre; no sé cómo lo hace.

Cuando llega el momento, todos la abrazamos y la besamos, le murmuramos que la amamos y, después, se la llevan en una silla de ruedas. Para pasar el tiempo bajamos a la cafetería a pesar de que nadie tiene hambre.

Somos el tipo de familia que ordena agua si acaso llegamos a comer en un restaurante, pero hoy hago un gran coctel con agua Seltzer, Coca Cola sabor cereza, ponche de frutas y Gatorade azul. De postre pido un pudín de plátano pequeño porque, ¿con cuánta frecuencia come uno en el hospital mientras operan a su madre? Papá se da cuenta de lo que sucede y paga sin quejarse.

—Tenemos que mantenernos positivos —dice mientras trata de cortar su pechuga de pollo con tenedor y cuchillo de plástico—. Todo está en la mente. Si nos mantenemos optimistas, podremos enfrentar lo que sea.

Pero yo sé lo que sucederá si nos mantenemos optimistas: nos sentiremos destruidos cuando nos den malas noticias. Por eso prefiero no esperar demasiado.

La doctora Kim tenía razón: para cuando papá recibe la llamada para avisarle que la cirugía terminó y que podemos reencontrarnos con mamá en su cuarto, parece que solo nos dio tiempo de comer el mediocre almuerzo de la cafetería.

Al entrar vemos a la doctora Kim de pie con su pijama quirúrgico color verde menta. Demonios, desearía ser ella, ¡se ve tan competente y espectacular!

Mamá está recostada con los ojos apenas abiertos. Tiene una especie de tubo en el cuello y cables por todos lados, pero logra sonreír un poco, lo cual me reconforta de inmediato.

—Al menos lograron extirpar la aceituna tamaño jumbo —susurra.

Mis padres nunca organizan reuniones familiares, no creen en este tipo de formalidad. La familia de Heather, en cambio, se reúne una vez al mes y hablan de todo, desde las rivalidades entre hermanos hasta los quehaceres del hogar, e incluso deciden dónde comerán los fines de semana.

Siempre empiezan y terminan con una oración: por la familia, por cada uno de los hijos, por nuestro pueblo, el estado y el país. Nuestra familia no es tan democrática, pero hoy, un día después de la cirugía, papá nos sienta a todos en la sala y anuncia que él y mamá tienen algo que decirnos. Se quita las gafas y se frota las sienes un momento. Eso nunca es buena señal.

—Es cáncer de tiroides —dice.

A pesar de que su propio novio nos dijo que las probabilidades son más que buenas, Tessa empieza a llorar en cuanto escucha la palabra, solo porque así es ella. Da la impresión de que si no llora, las noticias no son reales. Llora por todo, como aquella ocasión en que volvió a casa sollozando porque golpeó a una ardilla con su automóvil. Ahora se enjuga las lágrimas con un pañuelo y se asegura de hacerlo con cuidado para que el rímel no se le corra y le manche la cara. Porque incluso cuando se entrena a sí misma para lidiar con el dolor prematuro, a mi hermana le preocupa que se le corra el maquillaje. Yo nunca he sido el tipo de persona que llora, no creo que se logre mucho con ello.

Naturalmente, Matt estaría en desacuerdo. Él dice que llorar libera endorfinas, que contener el llanto solo empeora las cosas. (*Pero no lo estoy conteniendo*, siempre tengo que recordarle). Los Ziegler son así, cada semana caminan por la sala y hablan sobre cómo se sienten y por qué, y se piden perdón entre ellos. Creo que si esas cosas te funcionan es una situación ideal. Me resulta muy fácil imaginar a Tessa teniendo gran éxito en casa de los Ziegler. Yo, en cambio, solo me quedaría sentada en un sofá sin querer hablar de cómo me siento o sin siquiera sentir lo que estoy sintiendo.

Mamá le dice que deje de llorar.

—Si lloras por esto, ¿qué harás el día que algo malo de verdad suceda? —le pregunta.

Es el tipo de cosa que dice como si nada. Es superfuerte, mi madre. Y, a pesar de todo, pocas noticias son peores que esta: uno de tus padres tiene cáncer. Estoy segura de que está en el primer lugar de las cosas malas que podrían suceder. Cuando Tessa llora porque un proyecto escolar la hace sentir frustrada o cuando empieza a derramar lagrimitas por un comercial de Amazon Prime, ahí sí me parece insufrible.

—Estamos juntos en esto —dice papá—. Mamá se someterá a otra cirugía en la que le extirparán toda la tiroides. Después le darán un tratamiento con yodo radioactivo, RAI: eso debería eliminar el resto de las células cancerosas —explica.

De inmediato me imagino a mamá caminando en un planeta, rodeada de científicos vestidos con ropa blanca protectora que los cubre por completo —incluyendo las manos y la cabeza— con máscaras, a punto de inyectar en su cuerpo esas ondas radioactivas color verde neón.

Pero no, así no funcionan las cosas.

Para someterse al tratamiento RAI, mamá tendrá que comer una dieta baja en yodo durante al menos dos semanas porque, de otra manera, el yodo que ya vive en su cuerpo y al que, muy acertadamente, le llaman "yodo residente", dificultará que las células cancerosas absorban la sustancia radioactiva. Mis padres son gente que siempre va más allá de su meta, así que harán la dieta durante tres semanas. Papá nos muestra una lista que les dieron en el hospital de todas las cosas que mamá no podrá comer. ¿Saben cuántas cosas no se pueden comer cuando uno se somete a un régimen bajo en yodo? No se puede comer sándwiches, *pizza*, chocolate ni pastel. Tampoco camarones ni tacos de pescado. No se puede comer helado, queso, leche ni mantequilla. Y definitivamente no se puede comer las crujientes y doradas tiritas de pollo de Sharky's. Como somos familia, nos someteremos a este mismo régimen con ella a partir de la semana próxima. Suena a una versión más simple del régimen de carne y tres, salvo por el hecho de que es más bien carne y uno.

Luego mamá entrará al sótano del hospital, donde se encuentra el Departamento de Medicina Nuclear, e ingerirá una pastilla. Después de eso necesitará aislarse de nosotros cinco días durante los cuales podría sufrir una serie de efectos secundarios.

Tessa respira profundo por la nariz y luego exhala como si estuviera lanzando aire hacia una flauta. Sin duda, es una técnica que aprendió en algún podcast sobre cómo calmarse uno mismo. Respira dos veces más de esa forma y, por alguna razón que no comprendo, me siento orgullosa de ella.

Pero luego su rostro se desencaja y empieza a llorar de nuevo. Lo siento, pero Tessa siempre se ve muy graciosa cuando llora, por eso tengo que hacer un gran esfuerzo por no mirarla. Si lo hago, estallaré en carcajadas.

Ahora Tessa abraza a mamá y le dice que la ama mucho. Yo nunca he sido el tipo de persona que abraza; ella, en cambio, es el tipo de persona capaz de gritarle: "¡Las amo!" a un automóvil donde viajan todas sus amigas. Yo soy más del tipo que gritaría: "Hasta pronto, perras".

Mamá sabe todo esto, pero a pesar de ello se pone de pie y me abruma con su abrazo, que hace que mi rostro se encaje justo en la blusa Talbots que consiguió con cincuenta por ciento de descuento en la venta después de Navidad. La cercanía me permite oler el carísimo champú seco con que Tessa se rocía el cabello los días que no se lo lava.

—Mis niñas, las amo tanto —dice mamá—. Todo va a estar bien.

⁓

Matt ya me envió un mensaje de texto y, como el gran amigo que es, dice que me enviará buenas vibras y que me traerá botanas con un alto nivel de yodo para que las coma en secreto.

La señora G me molestó varias veces respecto a que tal vez mis mejores amigos no existen y toda la semana voy contando los días que faltan para volver a hablar con Heather. Creo que, con todo lo que está sucediendo, el simple hecho de escuchar su voz será muy agradable. Por la tarde mi teléfono zumba y me anuncia una videollamada por WhatsApp.

—Hola, Heth —digo. Las palabras apenas alcanzan de salir de mi boca cuando ella interrumpe.

—¡Eeeemily, mi reina! —dice con su aguda voz.

Como en Londres son las diez de la noche, la imagino en pijama y hablando en voz baja en su habitación.

La veo en la pantalla y, por alguna razón, me parece que se ve distinta y mayor. La veo maquillada... bien, ¿supongo? La base de maquillaje hace que su piel se vea supertersa y no estoy segura de que me guste su apariencia, pero bueno.

—¡¿Cómo estás?! —pregunta alzando la voz y entonces me doy cuenta de que lo hace porque hay otras personas en la habitación con ella. También se escucha música proveniente de algún lado, no podría decir con exactitud qué canción es, pero sé que es uno de esos himnos sobre el poder de las chicas que canta Katy Perry o alguien así.

—Bien, bien —respondo. Quiero contarle sobre mamá, sobre la señora G, sobre Matt y Zoey, pero siento que no es adecuado darle todas las noticias de golpe al principio de la conversación. Incluso cuando hablas con tu mejor amiga es necesario ir diciendo las cosas con sutileza y por partes, en especial si se encuentra en un lugar lleno de desconocidos—. ¿Qué tal Londres? —pregunto sonriendo de oreja a oreja para sonar emocionada.

—Oh, todos son "taaan pedaaantes, *darling*" —exclama con un falso acento británico—. Pero me encanta este lugar. Las cosas han cambiado mucho desde la última vez que hablamos, por eso me costó tanto trabajo encontrar un momento para conectarnos. Bueno, la diferencia de horarios tampoco ayuda. Vivo con tres chicas y las adoro. Nos llevamos genial —explica.

—Ah, ¿sí? ¿Ya no son perras británicas?

—¿Cómo? —pregunta casi gritando.

—Olvídalo —digo.

—Ayer vimos una obra de teatro en El Globo. ¿Te imaginas?

Sí, creo que puedo imaginarlo porque en primer año de preparatoria hicimos una maqueta del teatro El Globo para la clase de Inglés Especializado, pienso.

—¿Qué viste? —le pregunto, pero ella no me escucha.

—Y hoy, a medianoche, Lexi se encontrará con un chico italiano en el Big Ben.

Una de las personas que están con Heather da un grito, supongo que es Lexi.

—Ah, me suena sospechoso —digo.

—Tenía el presentimiento de que dirías eso —dice Heather riéndose y luego acerca el teléfono lo más posible a su cara—. Mira esto: Lexi me maquilló.

Tengo la sensación de que Heather no está siendo por completo ella misma durante nuestra llamada debido a que está rodeada de gente y eso me dificulta a mí ser yo misma también.

—Qué lindo —digo.

—Oye, Em, escucha esto: he estado... ¡bebiendo! No creas que demasiado, pero pues, no sé, como que es parte de la cultura de aquí, ¿sabes? Los chicos empiezan a beber con sus padres desde que están en primaria, creo.

Yo no estaría tan segura de eso, pero ¿Heather? ¿Bebiendo? Cuando estaba aquí ni siquiera iba a fiestas. Tal vez esa es la razón por la que me está costando trabajo hablar con ella.

—Bien, solo... ten cuidado y bebe mucha agua todo el tiempo. —En los siete años que llevamos de ser amigas, nunca se me ocurrió que yo terminaría siendo la más prudente de las dos.

Heather se ríe de nuevo a pesar de que yo hablo muy en serio.

—Oh, sí, claro, porque tú sabes todo lo que hay que saber respecto a beber mucha agua. Por cierto... —dice, pero la interrumpo de inmediato porque sé a dónde se dirige.

—Escucha, me gusta mucho mi nuevo empleo —digo.

—Ah, claro, la señora de la casa española, ¿cierto? ¿Todo va bien? —me pregunta. Hace apenas un mes esta información habría sido valiosísima para Heather, pero ahora está en Londres, así que, ¿por qué una de las casas misteriosas del vecindario tendría que parecerle importante? En los mensajes que nos hemos enviado traté de hablarle sobre la señora G, pero es difícil hacerle justicia a su personalidad en solo algunos textos.

—La señora G, oh, sí, es fantástica. —Ay, no, aquí voy de nuevo. Estoy usando un adjetivo de por lo menos cuatro sílabas como lo hace ella—. Es difícil de explicar, pero creo que en verdad me comprende.

—¿Ajá? —dice Heather, pero me doy cuenta de que no me está escuchando realmente, algo o alguien en la habitación le preocupa más. Y, al parecer, mis noticias no se comparan en nada con el pedante Londres o con encontrarse con italianos a la medianoche en el Big Ben. A pesar de ello, continúo.

—Su casa es hermosa —digo— y pasamos mucho tiempo comiendo postres y... —Quiero decirle lo más importante, que la señora G me pidió que recordara cosas respecto a su vida, pero por alguna razón siento que eso es algo secreto, sagrado. No es el tipo de cosa que podría explicar en una llamada por WhatsApp a alguien que está distraído. Comparado con lo que está sucediendo en la vida de Heather, todo lo que digo suena aburrido y tal vez forma parte de una conversación demasiado adulta que no conviene tener ahora. Tratar de contarle sobre George Harrison sonaría estúpido.

—¡Suena divertido! —dice—. Bueno, pero ¿qué pasa con Matt? —dice, y en ese momento escucho a una chica en su habitación: "Ooh, ¿problemas con un chico?". La otra chica trata de mirar y aparecer en la pantalla, pero Heather mueve su teléfono—. ¿Está disfrutando de su relación con Zoey Kebabian o todavía sigue estúpidamente enamorado de ti?

De pronto me siento irritada y furiosa. Heather nunca me había dicho algo así, pero claro, tampoco me había prestado tan poca atención como ahora.

—A Matt y a Zoey les va genial —digo. ¿Y ahora qué? ¿Voy a defender a Zoey?—. Y él no está enamorado de mí, por Dios, ¿qué te pasa?

Entonces, a pesar de que ella es la que se comporta como una verdadera idiota, me siento mal por hablarle con rudeza. En efecto, Heather ya me ha molestado antes con comentarios como: "Ay, ya sabes que tú y Matt terminarán juntos como Anne y Gilbert", y otras cosas por el estilo, pero hace meses que no lo hacía.

—Lo lamento, Em, solo estaba molestándote. O sea, ya sabes que Matt se aferra a ti a veces, pero, espera, ¡¿QUÉ?! —dice y, de pronto, lo que veo ya no es ella, sino unos zapatos brillantes y puntiagudos. Matt no se ha "aferrado a mí" desde hace tiempo. Desde que Zoey apareció en el panorama, de hecho. Heather vuelve a aparecer en la pantalla—. Oh, lo siento, es que nos estamos preparando para salir.

—Pero ¿vas a salir tan tarde en la noche? —pregunto como una verdadera estúpida.

Entonces noto que está pasando lo que Matt siempre predijo. Siempre bromeábamos diciendo que por culpa de la familia sobreprotectora y ultraconservadora de Heather, ella sería la que más locuras haría de los tres. Pero esperábamos que sucediera en la universidad, no mientras estábamos todavía en la preparatoria.

—¡Heeethiiiiie! —grita alguien—. ¡Nos vamos! ¡Cuelga ese teléfono ya!

¿Hethie?, qué espantoso y tonto sobrenombre. Si ni siquiera acorta su nombre original, ¿qué caso tiene cambiarlo?

Heather se ríe. Lo hace de una forma que no le había escuchado nunca, casi suena coqueta.

—Lo siento, Em —dice cuando vuelve a aparecer en la pantalla—. ¡Hablaremos más en otra ocasión! El problema es que durante el día estoy en clases y luego hago el voluntariado, y solo puedo hablar contigo cuando tengo WiFi aquí en el dormitorio. Más tarde, después de la cena, todos salen a pasear y yo no quisiera perderme nada…

—Comprendo —digo—. Ve a divertirte.

—Ay, por Dios, muchas gracias por entender, eres la mejor. Pero todo está bien, ¿no? Fue genial verte, aunque sea unos minutos.

Si no menciono a mamá ahora, ya no lo haré, pero la atmósfera y el momento no me parecen apropiados… para nada.

—Sí —digo—. Fue bueno verte a ti también, Heth.

CAPÍTULO 9

PARA CUANDO REGRESO A la casa de la señora G ese fin de semana, es como si no hubiera sucedido nada el sábado anterior.

Cada vez que entro a la casa española parece que me vuelvo una persona distinta. De hecho, me agrado mucho a mí misma cuando estoy con la señora G. Ella no sabe quién soy en la escuela y cree que soy muy inteligente y original, a diferencia de todos los demás, que creen que solo soy... rara. En cuanto me pongo los zapatos azules dejo de sentirme ansiosa como en mi casa. Desearía sentirme igual de cómoda cuando estoy con mi familia, pero no puedo. Cuando estoy con la señora G ni siquiera recurro a mi teléfono con tanta frecuencia. Me he dado cuenta de que solo es un reflejo, que ni siquiera lo pienso, que solo miro y me pierdo en la pantalla como si la tecnología fuera a salvarme de la realidad.

Se trata sobre todo de que en la casa española nadie me juzga, ¿no es verdad? Eso debe de ser. La señora G parece apoyar de forma incondicional todo lo que hago, en tanto que mi familia solo me critica... también de forma incondicional.

El sábado por la mañana entro a la cocina y la encuentro muy activa: huele un manojo de hierbas aromáticas y luego se limpia las manos en su delantal.

—¡Oh! —exclama en cuanto me ve—. Ahí la tienes.

A pesar de que su disculpa pareció más bien una manera de barrer lo sucedido y esconderlo bajo la alfombra, al verla mirarme y referirse a mí de una forma tan fulgurante y positiva, y con tanto orgullo, me cuesta trabajo guardarle rencor.

—Entonces, señora G, ¿se siente mejor? —pregunto.

—¡Me siento mucho mejor! —dice con las manos en la cintura y mirando a varias partes de la cocina para ver qué más necesita hacer—. Y, ¿sabes qué, Emily? Eres una persona con mucha calidad humana. Manejaste muy bien la situación. Fuiste benévola y no tuviste miedo. Lo aprecio mucho.

—Descuide, señora G, no hay problema —digo. En realidad, estuve a punto de perder los estribos, pero eso no lo menciono—. Entonces va mejor, *mmm*. —Ni siquiera sé bien qué decir, no quiero recordarle el suceso porque, ¿qué tal si eso le desencadena un nuevo episodio? Por eso solo digo—: Me alegra que también se sienta mejor respecto a lo que me dijo.

—Ay, Dios —exclama y minimiza la situación ondulando la mano—. Cierto, ¡lo que te dije sobre cuánto extraño a Ed! Sí, lo extraño todos los días, ¡todos! —dice sacudiendo la cabeza—. Eso es aflicción, luto, ¿no es verdad? A veces se siente tan a flor de piel como el día que sucedió.

El estómago se me revuelve. ¿Estará tratando de evitar hablar del asunto? ¿De actuar como si nuestra conversación no hubiese tenido lugar?

¿O no recuerda lo que me dijo?

—Si algo sé bien —continúa— es que nunca podría ser una de esas personas que van al White Moose como parte de un gran grupo, en manada. Yo vivo por mi cuenta y no quisiera terminar nunca, *pero nunca*, viviendo en un asilo para ancianos. Si no estoy bien por alguna razón, pues no estaré bien, pero quisiera mantener mi dignidad intacta.

Respiro hondo. Entonces no recuerda. Pero yo sí, y ahora siento como si supiera demasiado sobre su pasado, lo cual no me encanta. La veo inclinar la cabeza hacia mí.

—Estás muy callada hoy, E. ¿Qué sucede? —pregunta, pero antes de que pueda contestarle siquiera, chasquea los dedos y se dirige a la cocina—. Sé lo que necesitas —dice mientras camina—: ¡un café helado! ¡Y ya sabes que yo no lo preparo descafeinado como ese guapo amiguito tuyo!

Ese fin de semana como todos los alimentos sabrosos y crujientes que no podré comer en casa. La señora G y yo nos servimos pepinillos agrios con tenedores diminutos y *bagels* de cebolla que tostamos tanto que casi se queman. Encima les ponemos queso crema con cebollinos, salmón ahumado y alcaparras, que son unas diminutas bombas saladas. Rompemos huevos encurtidos rosados y calientes sobre pan tostado y luego adornamos todo con mostaza, que hace que nos ardan las fosas nasales.

—Si un alimento no hace que mi boca se frunza, ¡no me interesa! —dice la señora G. Aunque la mezcla está sobre la estufa y nosotras en la sala, la receta de su madre para curtir verduras produce un olor tan acre que tenemos que apretarnos la nariz y aguantar la respiración un momento hasta que comienza a hervir.

—Mi madre pensaba que siempre debíamos llevar un regalo cuando visitábamos la casa de alguien y, por lo general, lo que llevábamos eran estos pepinillos. A mí me avergonzaba. Un día le dije que nosotras éramos las únicas que llevábamos algo y me dijo: "Bueno, si queremos que nos acepten, tendremos que esforzarnos un poco más que los demás". Yo no entendía por qué tenía que importarnos tanto lo que los demás pensaran de nuestra familia, pero ahora comprendo. Mamá tenía miedo. Quería o tal vez necesitaba agradarle a la gente, que los otros la aceptaran. Lo hacía para asegurarse de que a sus hijos no los dejaran fuera de esos círculos de sureños.

"Desde que murió, siempre me aseguro de llevar un regalo cuando me invitan a algún lugar y, ¿sabes?, eso me hace sentir más cerca de ella.

—Oh, lo lamento —digo—. ¿Cuándo falleció su madre?

—Oh, por Dios, yo solo tenía treinta años. Mi madre sufrió en secreto durante un buen tiempo, meses quizá. Yo me había alejado de ella, pero de pronto volví queriendo conocerla y saber que las cosas estaban bien entre nosotras, en verdad bien. Fue entonces que... —dice, pero de pronto hace una pausa.

Coloco mis manos sobre las suyas, es algo que nunca había hecho. Me sonríe agradecida y el momento me recuerda el día que supe que Heather y yo seríamos mejores amigas, cuando me dijo que no le permitían escuchar a Taylor Swift en casa y nos quedamos mirándonos un segundo antes de empezar a cantar a todo pulmón: *We're happy, free, confused, and lonely at the same time!* Tal vez porque así nos sentíamos: felices, libres, confundidas y solas al mismo tiempo. Entonces supe que siempre que estuviéramos juntas podríamos ser nosotras mismas.

—Todavía escucho a mi madre diciéndome: "Oh, Leila, esa falda iría mejor con tal blusa y ese mantel es el que deberías poner en la mesa cuando tengas visitas". Ya sabes, todas esas decisiones que parecen triviales —dice la señora negando con la cabeza—. Nunca conocí a nadie más que le imprimiera tanto cariño a cada detalle.

A mí no me suena a cariño, de hecho, suena como el tipo de cosas que hacen ciertas personas que están obsesionadas con las redes sociales y quieren que todo se vea bien. Pero ¿quién soy yo para criticar a la madre de la señora G?

—Mamá podía... —en ese momento parece tragarse su propia voz— criticarme tanto. ¡Yo era la única chica en una familia de varones! Ahora, sin embargo, me doy cuenta de que solo quería que yo estuviera bien porque sabía lo complicado que era ser mujer en este mundo.

Me pregunto si esa será la razón por la que mamá me critica tanto a mí. Si lo hace por protegerme, para asegurarse de que me vaya bien. Pero tal vez soy más valiente de lo que ella cree. Quizás, incluso si la gente me trata con dureza, estaré bien de todas formas. Tal vez, es algo que solo necesita aprender.

De repente, los ojos se me inundan de lágrimas y tengo que mirar en otra dirección. Empiezo a parpadear furiosa y la señora G voltea hacia mí y acerca la cabeza.

—¡Emily! ¿Qué sucede? —me pregunta estupefacta.

—Es... —empiezo a decir—. Se trata de mi mamá.

La señora Granucci me mira por encima de sus gafas.

—¿Tu mami está enferma?

La manera en que dice "tu mami" casi me hace reír.

—¿Por qué no me lo dijiste? —pregunta.

Frunzo los labios, pero decido decirle la verdad.

—No quería que sintiera lástima por mí. No quería simpatizarle más ni que me tratara distinto por esto.

Tal vez la señora G y yo somos más similares de lo que pienso. Tal vez, ambas somos discretas respecto a nuestro dolor.

—¿Que te tratara distinto? ¿Pero cuándo he sentido lástima yo por alguien? —pregunta.

Le cuento los detalles del diagnóstico y le hablo del tratamiento y las probabilidades, que son bastante buenas.

—Llorar por esto me hace sentir estúpida —confieso.

—¿Estúpida? ¿Por qué?

—Porque las probabilidades de que mamá esté bien son elevadas y, además, llorar no ayuda en nada.

—Pero de cualquier forma es difícil ver sufrir a alguien que amas, ¿no es cierto? Tu cuerpo quiere que llores, ¡así que déjalo guiarte! Reprimir tus miedos solo los vuelve más atemorizantes —dice al tiempo que gira para darme unas palmaditas en la mano—. Tendremos que esperar y rezar —dice. No es muy distinto de lo que dijo papá—. Es todo lo que podemos hacer, ¿no es cierto?

$\backsim\!\!\infty$

Esa noche, al acostarme, hago una profunda búsqueda en Google sobre la pérdida de la memoria en gente de la edad de la señora G. Resulta que hay distintos tipos de demencia, pero tras un proceso de eliminación, deduzco que lo que tiene ella es Alzheimer, no solo porque es la enfermedad más común, sino también porque las otras producen daños importantes en tu cuerpo y la señora G no parece sufrir de nada de eso afortunadamente. Por lo que leí, una de las primeras cosas que se pierden es la capacidad de realizar quehaceres domésticos como cocinar, hacer las compras con una lista o pagar las facturas.

Después de eso vienen actividades básicas como trasladarse, vestirse, bañarse, comer.

Solo de imaginar que la señora G necesite de alguien que la alimente hace que el estómago se me desplome.

Entonces tengo que reunir todo el autocontrol físico del que soy capaz y, bueno, admito que también me ayuda el hecho de abrir Instagram para ver pinturas al pastel e impedirme seguir buscando información. ¿Pero quién soy yo para diagnosticar a la señora G? Que haya leído algo en Internet no significa que sea verdad. Si uno busca el peor escenario posible, siempre puede encontrarlo. No aprender de más significa que tal vez ella podría estar bien. Quizás son solo situaciones normales que surgen en el envejecimiento. La señora recuerda muchas cosas sobre su mamá, así que, ¿en verdad será un problema tan importante que haya olvidado de lo que hablamos la semana pasada?

A pesar de que deslizo la pantalla y veo una gran cantidad de dibujos al pastel y a varios *influencers* guapos horneando pastelillos, sé que algo anda mal y que no puedo hacer nada para solucionarlo.

Por la mañana comemos huevos benedictinos como de costumbre, solo que no es como de costumbre.

La señora G está cocinando la salsa holandesa, pero sale aguada. Yo preparo los huevos y, a pesar de que estoy siguiendo al pie de la letra todas sus indicaciones, o más bien, las de Julia, me quedan pastosos. Ezra se está encargando de los panecillos ingleses, pero llevan demasiado tiempo en el tostador.

De repente me doy cuenta de que, por lo general, Ezra y yo somos asistentes de chef en la cocina de la señora G. Es decir, seguimos sus órdenes. Esta mañana, sin embargo, no nos dirige como siempre. De hecho, le está costando trabajo hacer la salsa. Bate y bate y no deja de respirar profundo como si eso ayudara a espesarla. Estoy segura de que olvidó uno o dos de los pasos de la receta.

—Señora G —digo con la mayor sutileza de que soy capaz—. ¿Sabe? Creo que no hay ningún problema si empieza a cocinar la salsa desde el principio. Es lo que siempre me dice que haga, ¿recuerda?

Ezra me mira y me siento incómoda por la última palabra que usé.

—¿Por qué no se relaja un momento y bebe su café? —le sugiero—. Ezra y yo podemos encargarnos hoy del desayuno.

Los hombros de la señora parecen desplomarse un poco al escuchar mi sugerencia, pero asiente con la cabeza.

—Tienes razón. Supongo que a veces tengo que tragarme mi orgullo. Además, son solo huevos y jugo de limón, de las cosas más económicas en este planeta —dice mientras vierte la salsa arruinada en el fregadero.

Cuando Ezra y yo terminamos de cocinar y llevamos el desayuno a la mesa, la señora G se ve complacida, pero yo no siento apetito. Lo único en lo que pienso es que, de acuerdo con la investigación que realicé anoche, no poder cocinar es uno de los primeros indicadores del declive cognitivo. Me tomo mi tiempo para comer. Eso me hace sentirme satisfecha más rápido y, a su vez, me hace sentir ansiosa por no poder terminarme toda la comida.

—¿Sabes? —dice la señora G—. Aunque no me gradué de la universidad, no solo fui ama de casa. En algún tiempo también fui sobrecargo.

Estoy enterada de que fue sobrecargo, pero no digo nada porque el hecho de que hable de sus recuerdos de ese tiempo me proporciona alivio. En una ocasión, cuando yo tenía cinco años y realizamos un viaje familiar a Panamá, anuncié que quería ser sobrecargo, pero papá dijo que no era un buen empleo. Incluso ahora, aun sabiendo que lo más probable es que no estudie medicina, a veces mis padres insisten en que sea optometrista o asistente dental: empleos útiles, estables y respetables. Buenos empleos, como les llaman ellos.

Yo tengo la impresión de que los buenos empleos son demasiado limitados.

—Recuerdo la sensación de poder ir a cualquier lugar, ser cualquier persona... Ah, cómo amaba el Sur, mi hogar. Sin embargo, puede ser difícil escapar de ti mismo, de la persona que la gente da por hecho que eres —explica la señora G.

Es algo en lo que he pensado mucho. A veces, creo que, si pudiera alejarme de la manera en que mis padres y Tessa me ven, estaría muchísimo mejor.

೭೭೭

Ezra enjuaga los platos en el fregadero mientras la señora G se da una ducha y yo guardo los restos del desayuno en el refrigerador.

—Anoche —empiezo a decir— hice ciertas búsquedas en Google.

—Yo también he estado leyendo —dice Ezra asintiendo—, y quería pedirte que no le digas nada a nadie respecto a su... enfermedad.

Su comentario me hace detenerme.

—¿Su enfermedad? ¿Entonces estamos de acuerdo en que se trata de una enfermedad y no son solo olvidos sin importancia de los que podemos reírnos?

Ezra asiente.

—Necesitamos decirle a alguien —digo y, no sé por qué, pero siento un nudo en la garganta.

—¡No puedes! —exclama Ezra girando de pronto y sujetando mi brazo—. No puedes decirle a nadie. ¿Sabes lo que harían con ella?

En cuanto ve mi expresión, baja la mano.

—Lo siento —dice y, al ver que tengo el brazo enjabonado en la zona en que lo sujetó, toma una toalla de papel y lo seca.

—Dijiste que es una enfermedad. Les estás llamando a las cosas como son. ¿Por qué tendríamos que ocultar algo así?

Ezra mira alrededor para asegurarse de que la señora G no nos escuche.

—Mira, no es una enfermedad como, no sé, como... el Parkinson. Mi tía no podría tomar ningún medicamento para curarse, descansar tampoco le servirá de nada. Lo único que puede hacer es vivir su vida como quiere, bajo sus propios términos. Y tiene que vivirla antes de que esto la despoje de la capacidad de hacerlo. ¿No puedes solo permitir que lo haga en paz?

—Ezra, hasta cierto punto, tu tía está consciente de que... está perdiendo la memoria, ¿cierto? De lo contrario, ¿por qué me contrataría para hacer cosas tan simples, cosas que ella podría hacer sola? Está asustada, por eso me pide que desconecte los enseres. —Mientras hablo y expreso todo esto en voz alta, me doy cuenta de que lo he sabido desde hace tiempo, pero no lo había admitido—. No veo de qué serviría ocultárselo a ella o a alguien más.

Ezra se pasa una mano por el cabello.

—Ser independiente es lo más importante en la vida de mi tía. Decirle a alguien más por lo que está pasando no serviría de nada. La familia se volvería loca y la obligaría a ir a vivir a uno de esos asilos que ella tanto odia.

Tiene razón, por supuesto. Lo último que la señora G quiere es "vivir con un montón de vejestorios". Cuando los llamó así, lo hizo como si los demás ancianos no fueran gente como ella, pero supongo que yo haría lo mismo respecto a otras personas de mi edad.

En este momento, a la señora G se le dificulta cocinar salsa holandesa, pero después tendrá problemas con cosas tan simples como ir al baño. Y la imagen de una persona como ella en una situación de tal impotencia es suficiente para hacerme contener el aliento.

—¿Qué pasaría si...? —empiezo a decir—. ¿Qué pasaría si le dijera a alguien?

—Emily, eso arruinaría a mi tía. Este —dice extendiendo el brazo para señalar todo en la casa— es su legado. Ella no quiere abandonarlo. Y, ¿sabes?, tampoco es como si se fuera a hacer daño a sí misma. Sus lapsos de memoria son cosas menores, así que, por favor, no le digas a nadie.

Quisiera estar de acuerdo con él, pero la cuestión es que, a mí, los lapsos ya no me parecen menores. Me mira con ojos suplicantes, con esos hermosísimos ojos color almendra que, vistos bajo cierta luz, parecen verdes.

Y, además, tengo que admitir que me pareció dulce que hace rato me secara el brazo.

—De acuerdo. Está bien, no le diré a nadie.

~ℓℓℓ~

Un poco más tarde, parece que las cosas se han calmado un poco. Como hace demasiado calor para salir a dar un paseo, la señora G prepara una tarta de limón. Yo hago otras cosas en la sala, sacudo a George y, para variar un poco, le pongo un sombrero. La tarde pasa lenta y yo trato de seguir encontrando cosas que hacer para no solo sentarme y no hacer nada. De pronto pienso que, por primera vez en mi vida, estoy actuando como Tessa y mientras saco la ropa de la lavadora me parece escuchar que la señora G me llama desde su alcoba.

—¿Me necesita, señora G? —pregunto al tocar.

Entonces aparece ella en la puerta.

—Emily —dice con voz fría y calmada y de inmediato sé que algo anda mal. Muy mal. Lo sé porque, cuando me llama, suele gritar mi nombre alargándolo: ¡Eeeeeemily!

—Sí, dígame, señora —digo, pero sé que estoy en aprietos. De nuevo.

La señora G levanta la mano izquierda y estira los cinco dedos.

—Mi sortija. La sortija de la familia de Ed. No está.

El corazón se me encoge. Su anillo con la perla, el que le perteneció a la abuela de Ed. ¿Recordará, aunque sea un poco, que me contó la historia?

La sigo a la habitación y señala la pequeña caja en su cama. Está vacía, solo veo la ranura en el terciopelo donde la sortija suele estar.

—¿Dónde está, Emily? —dice cruzando los brazos.

—Espere, ¿qué? —exclamo. Es la única manera en que se me ocurre reaccionar o, más bien, en que reacciono sin pensar. Porque, ¿cómo es esto posible?

Bueno, tal vez no me esté acusando de nada salvo de saber dónde podría estar.

—No lo sé, pero puedo ayudar a buscarla —digo tragando saliva.

Se ríe, pero no es una risa agradable. Es el sonido del desprecio y la incredulidad.

—¿Dón-de es-tá? —repite.

¿Cómo? ¿Cómo es posible que me esté acusando de... de...?

De repente, en cuanto comprendo lo que sucede, siento que mi cuerpo arde. Empiezo a sudar y en el estómago siento mariposas o, más bien, murciélagos.

—¿Qué quiere decir? ¿Cree que...? —empiezo, pero no puedo ni siquiera decirlo—. Cree que le robé.

—Por favor, no me hagas esto —dice al tiempo que se presiona las sienes y empieza a masajearse la cabeza moviendo los dedos en pequeños círculos.

Ahora reconozco la sensación en mi interior, es furia. Estoy enojadísima porque la señora G, quien solo ha tenido una buena opinión de mí, quien me ha desafiado a ser mejor y me dio la llave de su casa, quien vertió sus recuerdos y sus historias en mí, ahora piensa que le robé.

Estoy conmocionada, no tengo palabras.

—Debí tener cuidado al contratarte —dice casi escupiendo.

Alguna vez leí sobre el tipo de ira que es tan fuerte que te impide hablar, pero nunca la había experimentado. Ni siquiera con mis padres. Por lo general grito; todos en mi familia saben al menos cómo hacerlo. Sabemos explotar, lanzar platos, patear en el suelo y, en general, expresar nuestros sentimientos. El estilo de la señora G es algo que solo he visto en las películas y el hecho de que se contenga tanto hace que me den ganas de gritar. Hace que me den ganas de irme y nunca volver. El corazón me late con tanta fuerza que, de forma consciente, tengo que decirme a mí misma que debo respirar.

En mi mente revolotean montones de respuestas. Los brazos me tiemblan y siento el impulso de arrojar algo en la alcoba. Tal vez uno de los burgueses marcos de fotografías en plata que seguro cuestan más de cien dólares en una tienda como Bergdorf Goodman. Tal vez otra joya. Lo que en verdad quiero hacer es salir corriendo, pero ¿qué tal si la señora intenta hacerse daño a sí misma? No puedo creer todas las emociones distintas que siento respecto a ella al mismo tiempo.

—Te... te invito aquí, a mi vida, para que me ayudes y luego, tú... ¡vienes y tomas mis cosas! Y lo peor de todo es que —continúa— vienes y me empiezas a contar tus historias, como si esto se tratara de ti.

Guau, eso en verdad duele. Solo le digo cosas porque, bueno, porque ella me pregunta. Y porque confío en ella. *Confiaba*. ¿Y ahora me culpa de hacer algo que ella me forzó a hacer?

—¿Ah sí? —digo—. Apuesto a que desearía haber contratado a alguna niña rubia y rica en vez de a mí. Y apuesto a que a ella no la acusaría de robarle joyas.

En este peculiar momento de su arrebato, la señora se ve distinta por completo. Tiene los ojos bien abiertos y está llorando, es decir, llorando de verdad. Peor que el día que me contó sobre Ed, lo que, en comparación, parece estoico. Retuerce las manos, las lágrimas corren por todo su rostro y se llevan consigo el rímel de sus ojos. Sin embargo, tengo la sensación de que no llora porque lamente haberme acusado, o tal vez un poco, sí, pero creo que llora de esta forma por algo muy distinto. Tal vez llora porque sabe que está perdiendo el control.

Con los dedos de la mano derecha no deja de hacer un círculo en el dedo anular de su mano izquierda.

¿Y qué hago yo? ¿La reconforto? ¿Le ofrezco un vaso de agua? ¿Le digo que respire? No. Después de lo que acabo de atestiguar, lo único que puedo hacer es permanecer en la misma habitación que ella. A pesar de todo, unos segundos después siento que mi furia empieza a disiparse, que la remplaza el asombro, la preocupación y un sentimiento triste y tenso que debe ser una pena muy profunda porque una punzada de terror llegó a lo más profundo de mí, porque algo está muy, muy mal aquí.

—Va a estar bien —digo tratando de apaciguarla con mi voz. Si en verdad va a estar bien es otra historia, pero como sea.

Corro a la cocina y lleno un vaso con agua. De pronto se me ocurre que podría darle su copa de vermut un poco más temprano para ayudar a calmar sus nervios, pero me parece incorrecto darle alcohol a una persona inestable.

La señora G da grandes bocanadas y trata de beber el agua. Le acaricio el brazo, pero con mucha, mucha delicadeza. Una parte de mí sigue enojada y asustada al mismo tiempo.

¿Qué podría hacer? Decir "Yo no tomé su sortija" no ayudaría a encontrarla y tampoco resolvería el problema.

Además, si la encontrara, ella todavía podría creer que la tomé en primer lugar, ¿no? Y ¿cómo se vería eso? ¿No solo para mí sino para mi familia? ¿Cómo se vería que la segunda hija de la familia Chen-Sanchez trabaje para una señora blanca rica y le robe? El chisme se correría porque eso siempre sucede en River's Edge. La gente no querría ser amiga ni de mis padres, ni de Tessa, y la señora G me odiaría por siempre y... y...

No puedo creerlo, es lo más extraño del mundo, pero la única persona a la que se me ocurre llamar es Tessa. Ella sabrá qué hacer.

Le marco por teléfono y miro la pared sintiéndome agradecida de que, aunque la audición de la señora G no es tan mala, sé que no escucha bien al cien por ciento.

Tessa contesta en cuanto el teléfono empieza a sonar, tal vez porque la llamo tan poco, que sabe que algo debe andar mal.

A pesar de eso, me contesta irritada.

—¿Qué quieres?

Sí, mi hermana.

—La señora piensa que tomé su sortija —susurro—. Pienso que algo anda mal. Muy mal —digo y espero unos segundos. *Por favor, no digas algo insensible*, pienso. *Y tampoco me culpes de esto.*

—Caracoles —dice Tessa—. Qué desastre.

—Gracias —digo—. Sí, es una catástrofe.

Tessa suspira y, de alguna manera, en ese suspiro escucho toda la decepción del mundo, y la comprensión también: la comprensión de que ella y nuestros padres tenían razones para mostrarse escépticos respecto a la señora G, de que los engañé, a ella y a todos los demás, haciéndoles creer que tenía un excelente empleo, de que les he estado ocultando algo respecto a mi empleadora. Pero Tessa no se pone a sermonearme, no me dice que es mi culpa por haber aceptado un empleo con una descripción tan vaga de las tareas, ni que debí haber hablado desde que me di cuenta de que sucedía algo raro.

—Mantente calmada —dice—. Lo más importante es que te mantengas en calma.

Sí, ver que no se pone como loca me reconforta, pero al mismo tiempo...

—¡¿Cómo?! ¿Cómo me calmo?

—Respira conmigo. Inhala muy, muy profundo. Exhala. Esta situación es temporal. Lo importante es que no respondas porque eso podría empeorar las cosas.

Diablos, creo que ya respondí un poco y por eso se puso a llorar.

Respiro profundo varias veces más. Tessa me guía por teléfono.

—Necesitas salir, pero, al mismo tiempo, no deberías dejarla sola. Si tuviera otro arrebato, incluso tendrías que llamar a la policía.

El corazón me late con fuerza. ¡La policía! No, no podría. No podría llamar a la policía por nada que hiciera la señora G.

—Creo que puedo llamarle a alguien para que venga a estar con ella —digo.

Entonces llamo a Ezra y me dice que llegará en quince minutos.

Asomo la cabeza en la alcoba de la señora. La mujer que veo ahora no tiene nada que ver con la que me gritó hace rato. Esta mujer está despatarrada, vencida. Le doy varios pañuelos y le digo que grite si me necesita. Luego me siento en el sofá de la sala y pongo mi *playlist* "Solo vibras tranquilas". La primera canción, "Strawberries & Cigarrettes" de Troye Sivan, me apacigua en un instante. Todavía estoy muy enojada y sigo temblando, pero estoy mejor.

—¡¿Dónde está?! —grita Ezra en cuanto entra—. Mi tía, ¿se encuentra bien?

Al llegar a su habitación, vemos que está hecha un ovillo sobre la cama.

—¿Tu tía? —pregunto en cuanto creo que ella no alcanza a escucharnos—. ¿Y qué hay de mí?

Ezra hace algo que no me espero en absoluto. Me envuelve con sus brazos de tal forma que mi rostro termina rozando su mejilla. Siento su barba de algunos días en mi piel y puedo oler el exceso de colonia que se pone.

Si no me encontrara en este estado, creo que disfrutaría el momento. Porque sí, el tipo puede ser insoportable, pero sigue siendo un chico guapo que toca el violonchelo y, pueden decir que tengo mal gusto, pero creo que ese exceso de colonia en realidad huele muy bien.

—Si ya no quieres hacer este trabajo, te comprendo —dice—. Si deseas presentar tu renuncia, ambos te extrañaremos, pero entenderemos.

Vaya, solo a Ezra se le ocurre usar una frase como *presentar tu renuncia* al referirse a un empleo de verano, como si fuera el supervisor personal de su tía o algo así.

—Lo aprecio, gracias. Lo pensaré —digo tratando de responder de la misma forma en que él está hablando, pero para ser franca, no había pensado en eso. Apenas me estoy recuperando de todo el episodio—. Creo que debería irme a casa —digo.

—Sí, por favor.

Mientras voy descendiendo por la colina de la calle, solo puedo pensar en meterme a la cama, en estar en mi casa en lugar de en la casa española de la señora G. Y, sí, mi casa ha sido algo espantosa este verano, pero sigue siendo el lugar donde nadie me acusará de robar algo, e incluso si a veces me acusan de algo, se trata de estupideces.

Por primera vez en muchísimo tiempo me siento aliviada y agradecida de ver a Tessa parada frente a la casa, como si hubiera estado esperándome. De hecho, estoy casi segura de que me está esperando. Vaya, qué detalle. No soy el tipo de persona que abraza, pero ella extiende los brazos de inmediato y me hala, y por esta ocasión me siento feliz de corresponder. Incluso si luego se retira muy rápido.

—Apestas —me dice.

—Es la maldita colina —explico. Sin embargo, la colina es un problema cuando la asciendo, o sea, cuando voy a casa de la señora G. Mierda, si ahora apesto, ¿a qué habré olido cuando me abrazó Ezra?

Tessa se sienta en los escalones del frente y yo hago lo mismo.

—¿Estás bien? —pregunta.

—He estado mejor —digo y ella asiente.

—Hiciste bien. Si eso me hubiera sucedido a mí, yo también estaría llorando sin reservas en este momento —dice y, por una vez en la vida, no le respondo con sarcasmo.

—Gracias. Quiero decir, gracias por guiarme cuando te llamé. En verdad me ayudó mucho. En verdad.

—Bien y, entonces... resulta muy sospechoso que te estés haciendo cargo de alguien que muestra síntomas de demencia.

—Antes fueron cosas menores —digo y enseguida noto que sueno igual que Ezra—. Hoy fue el primer episodio realmente difícil —confieso.

Tessa se me queda mirando.

—Sé que la señora te importa —dice lento—. En el hospital aprendimos un poco sobre este tema, ¿sabes? Cuando las personas mayores actúan así, cuando se muestran agresivas o incluso combativas o paranoicas, se le llama *síndrome del ocaso*.

—Síndrome del ocaso —repito sorprendida. Es un término demasiado poético para lo que significa. Tessa asiente.

—Sucede en la tarde y la noche, y... —empieza a explicar, pero se detiene, como si estuviera pensando en la mejor manera de darme la noticia—. Bien, si la señora está teniendo síndrome del ocaso, es obvio que la enfermedad no está en las primeras etapas.

Respiro profundo.

—Em —continúa explicándome—, es probable que, para este momento, lleve, digamos, unos tres años con Alzheimer. Tal vez más.

Contemplo la hierba y trato de asimilar lo que me acaba de decir.

En ese instante vemos a una joven familia que camina por la acera empujando una carriola y con un niño pequeño al que llevan tomado de la mano. Luego, un chico, apenas un poco menor que nosotras, pasa deslizándose en patineta.

Tessa me da varias palmadas en la espalda. ¿Por qué estará obsesionada con tocar a otros?

—Supongo que hasta aquí llegó tu empleo de verano —dice.

—Espera, ¿qué? —exclamo y voltea a verme de inmediato.

—¿Qué quieres decir con "Espera, ¿qué?". No estarás pensando continuar trabajando para ella, ¿verdad?

Recuerdo la ira y el miedo. Tessa tiene razón, Ezra también. No siento que las cosas puedan volver a ser iguales entre nosotras, en demasiados sentidos. Y, al mismo tiempo, no puedo olvidar cómo se veía llorando. Tan indefensa, con una tristeza llena de desesperanza, como si supiera que me lastimó, pero también que no tenía la capacidad de impedirlo, de detenerse. Sabe que, por un momento, perdió el control de sí misma.

Como no digo nada, Tessa continúa hablando.

—Esa señora necesita ayuda, y con eso no quiero decir que tú no se la hayas brindado, pero me refiero a ayuda de verdad. Necesita alguien que vaya a vivir con ella o, mejor aún, que la lleven a vivir en un lugar donde haya personal médico calificado las veinticuatro horas, los siete días de la semana.

Que la lleven a vivir en un lugar. No, no puedo imaginar a la señora G viviendo con un montón de personas ancianas, y no es que yo tenga algo en contra de la gente mayor, pero ella no necesita solo un médico o una enfermera. Necesita un amigo.

—Supongo que no volverás el próximo fin de semana —dice Tessa.

—Lo pensaré —digo a pesar de que sé que tal vez ella tenga razón. No tiene sentido que vuelva, pero no lo digo porque aún no lo acepto yo misma. ¿Pasar el resto del verano sin ir a la casa de la señora G? ¿Y qué haría todo el día?

—Al menos les dirás a papá y a mamá, ¿no? —pregunta Tessa.

—¿Y de qué serviría eso? —digo a pesar de que no quisiera sonar tan brusca. Estoy segura de que solo se pondrían como locos y perderían los estribos. Y eso solo empeoraría la situación.

Tessa voltea a verme.

—Em, serviría porque estás en una situación peligrosa. Ellos sabrán qué hacer. Necesitas tener más fe en nuestros padres porque en verdad están tratando de cambiar.

—Pfff, pero a ellos no les importa la señora. Solo se van a preocupar muchísimo por mí y me dirán que ya no trabaje para ella y luego...

En ese momento, la puerta de la casa se abre. Es papá.

—¿Qué están haciendo aquí, chicas? Hace demasiado calor. ¡Entren a casa!

Lo seguimos y entonces papá ve mi cara.

—¡Rillo! —exclama—. ¿Qué pasa? ¿Sucedió algo?

—Todo está bien —respondo y le lanzo una mirada fulminante a Tessa. Nunca ha sido buena para mentir, pero al menos lo intenta.

—Tuvo un día estresante en el trabajo —dice en tono poco convincente.

—Pero ¿qué sucedió? —Papá no sabe solo dejar pasar las cosas, en serio. Se nos queda mirando, primero a Tessa, luego a mí y de vuelta.

—¡¿Es qué no podemos mantener algunas cosas privadas?! —exclamo sin pensar porque no estoy de humor para mentir.

—La señora Granucci acusó a Emily de haberle robado —dice en ese momento Tessa.

El rostro de papá se desencaja. Es como si una nube oscura pasara sobre él. Se frota el bigote y sacude la cabeza.

—Esa mujer. Yo sé que nunca harías nada así. Sé que las eduqué bien a ambas, chicas. Si esa mujer en verdad te conociera, no te habría acusado de algo así.

—Papá... —empiezo a decir. Tengo muchos deseos de contarle sobre el problema de memoria de la señora G, en verdad quiero hablarle de ello, pero le prometí a Ezra que no lo haría. Además, siento que sería incorrecto porque ella misma odiaría que hiciera algo así—. Es solo que la señora, no sé, tuvo un lapso de mal humor. Por lo general, ¡me aprecia mucho! Incluso ofreció darme una carta de recomendación para la universidad.

—Pero, bueno, eso ya no sucederá porque no volverás a ese lugar.

—¡¿Qué?! —exclamo.

—¿Acaso queda duda al respecto? ¡Se acabó! —Y cuando dice "se acabó", suena a "sea caó"—. Esa mujer no merece tu comprensión ni tu simpatía. Te lo he estado diciendo todo el verano, Rillo, y no es algo personal. No es tu amiga. Es solo un empleo. Fue una buena experiencia mientras duró y respeto eso. Querías trabajar y lo hiciste, pero se acabó. Ya no vas a desperdiciar más el tiempo en ese lugar.

Por supuesto, yo ya estaba considerando no volver. De hecho, estoy tan enojada que ni siquiera puedo imaginar la cara de la señora G. Pero una cosa es tomar una decisión tú mismo por algo que sucedió, y otra muy distinta que tus padres te impongan su decisión. Solo de escuchar a papá decidiendo de forma tan tajante, me dan ganas de volver para probar que se equivoca. Solo para poder decir: *Te lo demostraré*, como cuando mamá me dice por quinta vez que me ponga un suéter y eso me hace querer salir y morirme de frío nada más para probarle que soy capaz de tomar mis propias decisiones.

—Esa mujer no tiene derecho de hablarte como lo hizo. Quiero hablar con ella, dame su número.

—No.

—Emilia, solo te lo voy a pedir una vez —amenaza.

—No la vas a llamar —le digo—. Es solo que... la conozco y sé que eso no traerá nada bueno.

Pero papá no necesita que yo le dé el número. La señora es una de las pocas personas que todavía tienen una línea telefónica fija y su número aparece en el directorio de River's Edge.

¿Y luego qué? Papá hojeará el directorio a pesar de que solo recuerda que su nombre tiene tres sílabas y empieza con *G*. Lo encontrará, llamará y yo me sentiré demasiado avergonzada como para volver a verla. Ella se sentirá mal y, claro, una parte de mí continuará enojada con ella, pero otra sabrá que seguro se siente terrible, incluso ahora, y que no hay razón para hacerla sentir peor.

El problema es que cuando papá quiere hacer algo, lo hace, en especial si se debe a que alguien lastimó a una de sus hijas. Con todo lo sucedido, casi olvidé eso sobre mis padres, la ferocidad de su lealtad conmigo y con Tessa, incluso si sienten que los hemos decepcionado. Ellos pueden criticarnos y hacernos sentir mal, pero nadie más tiene el derecho de hacerlo.

Eso es justo lo que hace papá. A pesar de que existe una versión en línea, él saca ese montón de papeles engargolados con pastas flexibles y laminadas que llama *directorio*. Empieza a hojearlo mientras repite en voz baja "Granary, Granary".

Por la cara que pone de pronto, sé que encontró el número. Mira durante varios segundos el punto en la página y, luego, en lugar de marcar, cierra el directorio y lo vuelve a colocar en la repisa.

—Está bien, Rillo, no llamaré a esa señora. Eres mayor ahora y sabes mejor que yo qué es lo que debes hacer. Sabes qué es lo correcto. Pero si cambias de opinión, ahora sé bien dónde está el número y puedo marcarlo —dice y se queda pensando—. Cuidar de una vecina anciana de esta manera es un gesto bondadoso de tu parte. Aprecio que te preocupes tanto por ella.

—Gracias, papá —digo arqueando las cejas. Tal vez Tessa tiene razón. Tal vez, nuestros padres están cambiando.

¿O seré yo? ¿Estaré notando en papá algo que no había visto antes? ¿Seré yo quien actúa diferente?

Subo a mi habitación y hago una lista de las ventajas y las desventajas de volver a casa de la señora G. Entre las ventajas, veo la hermosa y casi helada casa; la señora G en sí misma, cuando está de buen humor, claro; pasar menos tiempo aburriéndome aquí; la comida; Ezra. Las desventajas: la tensión que existe entre nosotras ahora; la señora G en sí misma, cuando está de mal humor.

Que la lista tenga tantas ventajas me hace volver a considerar la situación.

CAPÍTULO 10

ESA NOCHE Y LA siguiente nos preparamos para la segunda cirugía de mamá. Tessa y yo nos lavamos las manos hasta los codos. "Así lo hacen los cirujanos", me explica. Luego cambiamos las sábanas de la cama de papá y mamá. Solo una persona puede pasar la noche en el hospital y, aunque soy más alta y sé que será un infierno dormir en el camastro, me ofrezco para hacerlo. Hoy no tengo que ir a casa de la señora G y quiero hacer algo útil por mamá. Para variar.

Además, yo siempre he dormido mejor que Tessa, tal vez porque no soy tan nerviosa.

A la mañana siguiente repetimos lo que hicimos la primera vez que la operaron. Mamá entra a los cuidados preoperatorios y nosotros esperamos. Cuando volvemos a verla, se encuentra en una camilla y viste una bata gris de hospital. No se ve como la madre que conocemos: tiene la piel y los labios pálidos, y se ve fatigada. A pesar de ello, tiene una mirada resuelta: no va a permitir que no tener tiroides la asuste.

Comemos en la cafetería del hospital y luego compramos llamativos arreglos de flores brillantes en la farmacia CVS. Papá no deja de caminar de un lado a otro.

Recibo un mensaje de texto de Matt:

> ¿Cuántos pasos adicionales crees que dé tu papá mientras camina preocupado?

Jaja.

Después nos reunimos con la doctora Kim.

—Una vez más, la cirugía fue un éxito —dice—. La cicatriz deberá sanar muy pronto. Debe comer alimentos suaves y caminar con regularidad. Tendrá la voz un poco ronca durante un par de meses —nos dice antes de mostrarnos las fotografías de antes y después. Vemos dónde estaban el tumor y la tiroides, y luego vemos fotografías en las que ya no aparecen. Es muy extraño ver el interior de alguien, en especial cuando se trata de tu mamá.

Papá y Tessa se van, y yo me preparo para pasar la noche con mamá.

—Gracias por estar aquí, Emily —me dice con un poco de esfuerzo. Creo que lo dice por lo menos dos veces, si no más. Me parece que está distraída tras la cirugía.

Yo hago cosas como cambiar el canal de la televisión o ayudarla a tomar agua de un vaso mientras sostengo el pitillo. También le digo a la enfermera lo que mamá quiere porque tiene la voz demasiado ronca.

Pero, sobre todo, veo una infinidad de videos de gatos y tutoriales de belleza en Instagram. Ella duerme la mayor parte del tiempo.

Si alguna vez han pasado la noche en un hospital, saben que las enfermeras nunca duermen en realidad. Van y vienen todo el tiempo, y cada vez que entran encienden todas las luces. Toman la presión arterial de mamá, escuchan su ritmo cardíaco, revisan la incisión y le preguntan cómo se siente, por eso casi no duermo. Cada vez que por fin empiezo a quedarme dormida, entra otra enfermera a la habitación para hacer algo más. Pero si yo siento cualquier incomodidad, para mamá debe ser mucho peor, así que tengo que recordarme a mí misma que es bueno que yo esté aquí para ella, que por primera vez estoy haciendo algo útil por mi familia.

En la mañana coloco mi silla cerca de la cama y mamá me peina el cabello. Llevo dos días sin darme una ducha porque ayer no quise sacrificar tiempo de sueño antes de traer a mamá para los preparativos. Además, he estado durmiendo en una especie de banco/sofá, pero sé que si alguna vez alguien toca tu cabello sucio, lo más probable es que sea tu mamá. Y tal vez te diga que ya no tienes un corte definido y que necesitas uno.

—Sé que no siempre es sencillo entenderse con tu papá —me dice—, pero sus padres fueron muy severos con él en su niñez y por eso no siempre sabe expresar lo orgulloso que está de ti.

Su voz todavía se escucha un poco ronca, pero un poco menos que ayer.

—Sí, supongo —digo. Mamá me ha dicho esto por lo menos mil veces. Pero en cuanto a estar orgulloso de mí, para ser franca no sé si haya mucho de qué estarlo.

—Emily, nunca te hemos contado que cuando papá era chico, su familia perdió todo en un incendio.

Solo mi mamá puede dejar caer un gran secreto familiar justo después de una cirugía importante.

—¿Alguien salió lastimado?

—Sucedió mientras ellos no estaban ahí, pero perdieron por completo su tienda y el pequeño departamento en que vivían, arriba. Antes de eso, el negocio había ido bien dos años consecutivos. Tu abuelito habría podido darse por vencido y buscar un empleo en una empresa, pero estaba empeñado en lograr que el negocio familiar se volviera una realidad, así que reconstruyeron todo de las cenizas. Ahora comprenderás por qué tu padre es tan cuidadoso y tal vez puedas tenerle un poco de paciencia y comprender que, si se preocupa, es porque te ama.

Eso explica algunas cosas. Por qué papá siempre nos hace revisar y volver a revisar, por qué siempre espera o predice desastres incluso si es muy poco probable que algo malo suceda. Esto me hace pensar también en la señora G, porque ahora veo que sus miedos son producto del cariño que siente por su casa y por su propia vida.

—¿Por qué papá no me había dicho esto? —pregunto.

Mamá suspira.

—Tu padre es un hombre orgulloso, Emily, chapado a la antigua. Se siente obligado a ocultarte sus sentimientos, a callar lo que ha sucedido. Él no es como... no es como algunos de tus amigos varones que pueden ir por ahí mostrando sus sentimientos, pero está tratando de cambiar.

Lo último que dice me hace reír un poco porque Matt es de esos que van mostrando sus sentimientos a todos.

Luego recuerdo que papá me permitió decidir qué hacer respecto a la señora G y me siento mal porque no sé por qué me resulta mucho más fácil sentir empatía y tenerle paciencia a ella que a mis padres. Mamá parece leerme la mente.

—A veces, es más difícil amar a tu propia familia que a la familia de otros.

—Vaya que es cierto —digo resoplando.

—Pero pelearse no es tan malo si logras dialogar y solucionar las cosas. Es un indicador de que te preocupas por el otro y de que vale la pena ser honestos entre nosotros —dice con un suspiro—. Tu papá y yo necesitamos abrirnos más contigo y con Tessa. Nos esforzamos mucho por ser perfectos y eso no es justo, ni para nosotros ni para ustedes. Nadie es perfecto —dice volviendo a suspirar—. No sé por qué nos esforzamos tanto en mostrarnos de esta forma.

Cuando volvemos a casa, el apoyo no deja de llegar en forma de flores y plantas, tarjetas con oraciones y tarjetas de bienvenida, visitas con guisos, galletas y conversaciones forzadas. Resulta una verdadera ironía, en serio, porque mi familia vive en una región del país en la que la gente se quitará el abrigo para dártelo en nombre de la caridad cristiana, ya sea genuina o no, te llevará en su automóvil al hospital, añadirá tu nombre a la lista de oración de la iglesia y continuará presentándose para brindarte apoyo, pero mis padres solo quieren continuar lidiando con esto solos, por su cuenta. Para ser honesta, creo que gastan muchísima más energía explicando a otros que la situación no es tan grave, que no es fatal y que no necesitan recibir sus correos, que la que implica solo ceder y recibir la ayuda.

Steve y su familia nos visitan y traen un enorme, enooorme arreglo floral, té oolong y pastel de piña taiwanés.

Cuando su familia se va, mamá nos explica algo.

—Este té oolong Alishan es una variedad muy fina. Que nos lo regalen significa que la familia de Steve nos respeta mucho.

Tessa sonríe de oreja a oreja.

—Nos respetan de alguna forma —dice papá y me da gusto que, por una vez en su vida, bromee. La cirugía fue exitosa y yo estoy en casa, no en la de la señora G... Por eso me parece que papá se permite relajarse un poco.

Entonces, cuando parece que ya recibimos a los últimos visitantes no anunciados del día, el timbre vuelve a sonar.

—¿Quién podrá ser a esta hora? ¡Es casi hora de la cena! —exclama papá gruñendo.

—No respondan —dice.

Permanecemos sentados varios segundos hasta que a mí me mata la curiosidad y voy a abrir la puerta.

Sobre el tapete de la entrada hay un frasco de conservas con rosas de un rosado intenso y una bolsa de papas fritas sabor sal y vinagre. También hay un plato cubierto con papel aluminio y una diminuta tarjeta que dice: *Boloñesa Granucci. Skippy y yo estaremos disponibles cuando nos necesites.*

꩜

A veces siento como si nuestros vecinos compitieran entre ellos para ver quién es capaz de mostrarnos más apoyo o traernos el guiso más abundante. Hemos llegado al punto en que se nos empieza a acabar el espacio en el congelador y todas las noches tenemos otro Tupperware que devolverle a alguien.

A la mañana siguiente, justo después de la práctica de natación del jueves, nuestros padres nos envían a devolver el recipiente más reciente. Se trata de un cuenco. Kelly y Doug viven solo a unas calles, pero afuera hay tanta humedad que parece que estamos en la selva tropical.

Yo sugiero que dejemos el cuenco en nuestro pórtico y les enviemos un mensaje para decirles que pueden pasar a recogerlo, pero las cosas no salen muy bien.

—Nadie te va a ver —digo volteando hacia el baño de abajo, donde se encuentra Tessa. Estoy parada en la cocina comiendo cereal, como de costumbre, muerta de hambre tras una práctica intensa. Desde aquí escucho cómo busca cosas en su bolsa de cosméticos.

—Solo me pondré bloqueador solar —grita desde el baño—. Y tú deberías hacer lo mismo porque los rayos solares se reflejan y pueden llegarte incluso si estás en interiores.

Cuando sale del baño veo que ya se aplicó bloqueador, pero también tiene las pestañas rizadas y se puso algo de bálsamo rosado en los labios.

—Sigues comiendo —dice con un resoplido, como si fuera un inconveniente enorme. Mira su reloj—. Tengo que estar en el hospital a las once. Hoy vamos a aprender a tomar la presión arterial y a recolectar muestras de orina.

—Qué emocionante —digo.

Apenas son las diez y el hospital está a…, no sé, quince minutos de distancia como máximo.

Como el resto del cereal como si fuera sopa y dejo el tazón en el fregadero. Luego le quito la cáscara a un plátano.

—¿Sabes qué? Creo que puedo pasar a dejar el cuenco camino al trabajo —dice Tessa.

—Prefiero que vayan ambas y que caminen —dice mamá—. Su padre y yo queremos que pasen más tiempo juntas.

Tessa se acerca a mamá y la abraza con suavidad. Es lo que ellas llaman "el abrazo matinal".

—Te amo, mamá. Volveremos enseguida.

Me despido de mamá con la mano. Por supuesto que la amo, solo que no creo que haya necesidad de repetirlo cada cuarenta y cinco minutos.

Cuando salimos, Tessa empieza a caminar rápido. Por suerte yo tengo piernas largas, así que puedo moverme más lento en este clima pluviselvático y, de todas formas, seguirle el paso. No sé por qué tiene tanta prisa si solo vamos a unas calles de distancia. Me quedo detrás de ella un momento y entonces voltea y resopla mirándome.

—Sigo aquí —digo. Porque, en serio, una diferencia de algunos metros no cambiará nada. Además, yo soy la que trae el cuenco.

Llegamos a la casa y Kelly nos recibe en el jardín del frente.

—¡Aquí están mis chicas! —dice con entusiasmo y deja la regadera para las plantas a un lado, salpicándolo todo—. No era necesario que trajeran el cuenco, ¡yo habría podido recogerlo!

—No hay problema —digo, aunque lo que pienso al mirar a Tessa es: *Te lo dije.*

Kelly se estira y nos toca los brazos, los sudorosos brazos. Está a punto de abrazarnos, pero creo que percibe nuestra reticencia.

—Ahora díganme, ¿cómo está su mamá? —pregunta.

—Ah, ya sabes, ¡mamá es una guerrera! —dice Tessa, al mismo tiempo que yo digo—: Más o menos igual.

Tessa me quita el cuenco de las manos y se lo entrega a Kelly.

—Muchas gracias —dice—. ¡Estuvo delicioso!

—Sí, gracias —digo yo. No estuvo delicioso y no veo por qué tendría que mentir al respecto. Kelly sonríe de oreja a oreja.

—Me da muchísimo gusto que les haya gustado a todos. ¡Les enviaré un mensaje con la receta! Escuchen, está haciendo más calor, ¿por qué no pasan un momento a la casa?

Ambas sabemos que en cuanto atravesemos esa puerta, perderemos una hora por lo menos. Por eso ambas decimos algo como:

—No, muchas gracias, debemos irnos.

Al menos estamos de acuerdo en esto.

—¿Están seguras? No sean tímidas. Tengo galletas —dice, pero también nos negamos a eso—. Bueno, todos estamos orando por su madre. Háganme saber si necesitan cualquier cosa.

Ambas decimos *gracias*. Tessa sonríe lo suficiente por ambas y entonces nos vamos caminando a toda velocidad para alejarnos lo antes posible de ahí.

La gente en el Sur ofrece sus oraciones en abundancia, de la misma manera en que, cuando traes un perro a casa, todos quieren acariciarlo. Incluso gente que no cree en Dios rezará por ti.

Pasamos frente a varias casas sin hablar. Creo que ambas nos sentimos aliviadas de haber dado fin al asunto. Tal vez Tessa está pensando en la presentación que debe hacer para su internado. O tal vez piensa en la universidad. De cualquier forma, no lo mencionaré.

—¿Recuerdas la última vez que entramos ahí? —dice Tessa—. Nos mostró videos de su perro, aunque... el perro estaba ahí mismo.

—Ay, por Dios, cierto. O sea, si ya estamos jugando con tu perro en la vida real, ¿para qué necesitas mostrarnos su cuenta en Instagram? —digo y Tessa ríe de buena gana.

—Había olvidado eso. Me pregunto cuántos seguidores tendrá.

Es una lástima que la única ocasión en que Tessa y yo hablamos de algo gracioso sea a costa de una vecina, pero, vamos, al menos es algo.

—Por cierto, ¿cómo van las cosas con tu pintura? —me pregunta.

Viniendo de Tessa, la pregunta resulta rara, como una obligación. Me habla como si apenas me estuviera conociendo en la escuela. Se expresa de la forma en que lo hacen los miembros del consejo estudiantil: como si hubieran recibido un intenso entrenamiento en el arte de la plática trivial.

—Oh, vaya. Pues la mayor parte del tiempo ni siquiera sé lo que hago. A veces no sé qué pintaré sino hasta que empiezo a dibujar y, para ese momento, es una idea por completo distinta a la que tuve al principio.

Creo que Tessa no comprenderá nada, pero asiente con la cabeza.

—El proceso de mi presentación va lento y creo que es porque estoy vacilando. En un momento estoy segura de que investigaré sobre diagnóstico y tratamiento y, un minuto después, lo que me interesa es la tasa de ocupación, el tiempo de espera, la eficiencia y problemas de ese tipo —dice negando con la cabeza—. De cualquier forma, es demasiada investigación porque tengo que explicar el problema y luego sugerir formas de mejorar el sistema —dice. Para ser honesta, nada de lo que dice me parece interesante, pero suena muy bien. No sabía que Tessa tenía ese tipo de dificultades. Siempre pensé que tenía ideas y luego solo se sentaba a ejecutarlas y a llevar a cabo el trabajo.

Supongo que no debería dar por sentado que mi hermana es un robot.

En ese momento una gran camioneta Jeep da vuelta en la esquina y toca el claxon de forma amigable. Escuchamos varias voces.

—¡Hola, Emily!

Son los Ziegler, los cinco más Zoey. Sé a dónde se dirigen: es su viaje anual de verano a Maine. Pasan un fin de semana largo allá. Es la única ocasión en que Matt no asiste a la práctica de natación.

Y, guau, Zoey viajará con ellos. Los saludo de vuelta, se detienen y hablamos un poco sobre cómo van las cosas, sobre cómo avanza mamá. Me entero de que, a principios de esta semana, me extrañaron en la práctica y de cómo les está yendo esta temporada a los River Rangers.

—¿Te veremos en el retiro del equipo de natación que organizaremos en casa? —me pregunta la señora Ziegler.

—¡Será muy divertido! —agrega el señor Ziegler.

—Oh…, no lo sé —respondo—. ¡Tal vez! Tendré que revisar… mi agenda.

Les deseamos que tengan buen viaje, nos dicen que debieron partir hace dos horas, pero *¡ya sabes cómo son estas cosas!*

—¿Puedes creer que Zoey nunca ha probado sándwiches de malvavisco con minitartas de Reese? —pregunta Matt.

—¡Qué ganas tengo de probarlos! —dice Zoey envolviéndole el cuello con un brazo.

¿Pero qué diablos sucede? A mí Matt nunca me preparó un sándwich de malvavisco con minitartas de Reese. Honestamente, suena excesivo. No necesitas mantequilla de cacahuate encima de los otros sabores. De pronto, los Ziegler se despiden, dan vuelta en la esquina y yo siento un vacío en el estómago. Es como si el verano no pudiera empeorar. ¿Cómo es posible que Matt nunca me haya invitado a mí a Maine? Supongo que la nuestra no es el tipo de familia que acampa porque, como papá dice, "¿Por qué viajaríamos lejos con un montón de equipo para dormir en el suelo si ya viajamos hasta este país para no tener que volver a dormir en el suelo?". Pero bueno, en fin.

—Emily —dice Tessa—. ¿Está todo bien entre ustedes dos?

Se refiere a entre Matt y yo.

—Nunca te había importado —contesto de mala gana.

Uff, tocó una fibra sensible. Me arrepiento de inmediato, no tenía razón alguna para ser grosera con ella. El problema es que el comportamiento está enraizado a profundidad. Me cuesta mucho trabajo no ser impertinente con Tessa.

Dios la bendiga, solo hace una de sus respiraciones profundas de yoga, camina un poco más rápido y se pone delante de mí, como a un metro. Vamos así casi todo el camino a nuestra casa. Resulta gracioso que va caminando rápido, en tanto que yo doy la mitad de sus pasos y de todas formas no me rezago.

Al final, cuando casi llegamos a casa, se detiene por completo, da media vuelta y me mira.

—Gracias por esperar —le digo.

Tessa suspira y sonríe torciendo un poco la boca.

—¿Entonces tienes que revisar tu agenda antes de aceptar la invitación al retiro del equipo de natación, eh? —me pregunta y pongo los ojos en blanco.

—No voy a ir a eso, prefiero pasar tiempo con la señora G.

La expresión de Tessa cambia, es como si me estuviera reevaluando. Si en realidad disfruto de pasar tiempo con una anciana, tal vez yo no sea tan mala persona.

—Ah, es un dulce detalle —dice—. Es probable que estés aprendiendo bastante. A ser paciente y a llevarte bien con la gente mayor. En especial, si tomamos en cuenta el reciente episodio.

No digo nada para corregirla o hacerla cambiar de opinión. Porque por primera vez quiero que Tessa me vea a su nivel, como otra adolescente, no como su irritante hermana menor. Cuando no estoy furiosa con ella, eso es lo que más deseo: que podamos hablar como dos personas normales que, además, podrían ser amigas.

—Siento lo que pasó hace poco —murmuro—. Y lo que pasó poco antes de eso. Y lo anterior también.

—Sí —dice—. Yo también lo siento.

Sé que esta tregua temporal solo durará hasta que lleguemos a casa y las cosas vuelvan a la normalidad, es decir, a una vida en tensión entre nosotras. Pero por el momento, solo nos enfocamos en dar juntas los últimos pasos hasta la puerta mientras recordamos lo que con frecuencia nuestros padres nos dicen: que cuando ellos no estén, solo nos tendremos la una a la otra.

El día siguiente es viernes, pero no voy a casa de la señora G, y el sábado cuando no voy, ella no me contacta. Tampoco me deja más de diez mensajes de voz como Matt.

Por eso no la llamo para aclarar nada y, sin embargo, pienso en ella toda la semana mientras nado de ida y vuelta en la piscina, mientras dibujo y mientras hago lo que puedo para ayudar durante el tiempo que a mamá le toma recuperarse de la cirugía.

Pero resulta que la señora G es igual de testaruda que yo.

El siguiente viernes, mi teléfono zumba justo después del almuerzo.

Es ella.

Miro la pantalla durante un segundo. Es una foto de ella que cargué en mi teléfono hace tanto tiempo que parece una eternidad. Por un instante, saber que está sola en esa enorme casa me provoca una tristeza enorme. Durante varios gloriosos segundos me olvido del incidente de la sortija y de todo lo relacionado con ella.

Sostengo el teléfono y lo siento vibrar en mi mano. Oprimo "rechazar" y envío la llamada al buzón de voz. Y, por supuesto, un minuto después aparece el pequeño círculo en la pantalla.

Estoy en mi cuarto y desperdicio tiempo mirándome al espejo y tratando de pensar qué tendría que hacer para maquillarme los ojos como la doctora Jessica Kim. Luego pienso que ni siquiera vale la pena.

Me lanzo a la cama. ¿Quiero escuchar el mensaje de voz de la señora G ahora? No, no quiero, pero lo hago de todas formas.

—¡Hola, Emily! —Su voz suena brillante y alegre—. Emily —repite en un tono un poco más serio. Hace una pausa como si estuviéramos reunidas en persona y se quisiera asegurar de que le estoy prestando atención—. Te debo una disculpa. Ayer encontré mi sortija. Estaba en el bolsillo de mi delantal. ¡Qué alivio! Lo lamento mucho, muchísimo. En verdad me equivoqué. Pero bueno, ¿a quién quiero engañar? No estaba en mi sano juicio. Emily, de verdad lo jo-dí to-do.

Hace otra pausa.

—Creo que sería mejor discutir esto en persona, pero en lo que eso sucede, quiero decirte que me sentiría honrada si continuaras trabajando para mí. No obstante, si eligieras no hacerlo, te comprendería perfectamente.

Suspira muy profundo y a lo lejos se escucha como si Ezra le estuviera diciendo que se apresure.

—Bien, debo colgar ahora, pero por favor siéntete con libertad de enviarme un mensaje de texto o de llamar. Te aseguro que no quería asustarte, Emily, ni siquiera recuerdo las cosas hirientes que seguramente dije, así que, te reitero: lo lamento mucho, muchísimo. Espero que puedas perdonarme.

Pero ¿y si estaba en su sano juicio cuando me contó todo sobre Ed? Me quedo mirando mi teléfono durante un largo rato y luego lo escondo debajo de una almohada. Ojos que no ven, corazón que no siente. Esto es lo que hace Matt cuando está tratando de estudiar.

Me siento en mi escritorio, frente a mi cuaderno de dibujo. No estoy de humor para colores en este momento, eso me queda claro. Empiezo a dibujar con lápiz lo que veo, solo para tener algo que hacer, algo que me permita olvidar lo demás. Dibujo la lámpara sobre el escritorio y la pequeña muñeca *bobblehead* de Taylor Swift que Heather me regaló porque le pareció graciosísima, pero nada funciona. Sé que no es racional, pero no importa, esto es lo que siento: que Zoey puede pasar todo este tiempo con los Ziegler a pesar de que Matt sabe que a mí me encantaría que me invitara a alejarme de todo esto. Y respecto a la señora G, bueno, ¿acaso pensará que soy solo un recipiente vacío en el que puede verter sus recuerdos? Presiono el lápiz tanto en el papel que rompo la punta.

No quiero enviarle un mensaje de texto ni llamarla, al menos, no por el momento.

Lo que quiero ahora es ir a nadar.

En la piscina siento el agua tan tibia como si estuviera en la bañera. La mayor parte la ocupan hordas de niños con coloridos trajes de baño, flotadores, juguetes para la piscina y los bastones de PVC. Solo hay un carril sin niños. Y ahí está nadando... Matt.

—Ah, ¿estás ejercitándote para poder nadar más rápido que yo en la práctica? —pregunto. Sé que no es la mejor manera de iniciar la conversación, pero no me importa.

Matt no me escucha. Está practicando brazada de pecho, totalmente concentrado en nadar.

Me zambullo cuando lo veo en el lado opuesto de la piscina y compartimos el carril por un minuto. Luego terminamos encontrándonos literalmente a la mitad. Ambos nos detenemos ahí.

—Qué raro —dice recobrando el aliento—. Te acabo de reconocer solo de ver tu patada.

—Qué raro, sí —digo sin mencionar que eso significa que me estaba mirando las piernas.

Ambos tenemos las gafas puestas mientras conversamos y, por alguna razón, me parece más fácil hablar con él si no nos miramos directo a los ojos.

—Por cierto, no había tenido oportunidad de agradecerte —digo—. Muchas, muchas gracias. Me comí todas las papas fritas de una sentada y mamá adoró las rosas. Recibir tantas de tus preciadas flores la hizo sentir muy halagada.

—Ah, quedan muchas flores más en ese jardín. Las rosas son... Bueno, son como tu mamá: hermosas, pero tienen espinas. Además, entre más las corto, mejor crecen.

—Vaya, qué analogía —exclamo. No tenía idea de que mi mamá le pareciera hermosa a Matt.

—¿Qué sucede? —me pregunta—. ¿Por qué viniste a nadar si no tenemos práctica? ¿Pasa algo malo? ¿Tessa hizo algo que nos hará odiarla aún más? ¿La aceptaron en Vanderbilt? ¿Se unió a Médicos Sin Fronteras?

Lo miro y frunzo las cejas. No, para variar, esta vez no se trata de Tessa.

Vuelvo a zambullirme en el agua, pero alcanzo a escuchar lo que dice Matt.

—Oye, no, Em, ¡vuelve aquí!

Doy una vuelta y luego otra sin parar al llegar a los extremos del carril. Es una lástima que la entrenadora no esté aquí para ver esto porque, aunque tal vez mi técnica es un poco extraña, estoy nadando como pocas veces. Nunca había tenido esta resistencia. Contengo el aliento más de lo usual, avanzo a paso constante y no me detengo a descansar. Los pulmones me arden, pero de una forma positiva. Solo puedo pensar en la fría y tranquila voz con que la señora G me acusó de robar su sortija, en que está perdiendo la memoria y en que desearía, desearía, desearía que nada de esto hubiera pasado. Desearía que existiera una manera de volver a tener quince años, de volver al tiempo antes de que mamá se enfermara, y antes de sacar C+ y terminar en casa de la señora G.

Entonces empiezo a llorar debajo del agua y ni siquiera me doy cuenta hasta que casi no puedo respirar, pero no solo por el nado. Vuelvo a escuchar su voz y a ver la estúpida sortija, la enorme perla que representa su matrimonio, pero también el peso del arrepentimiento. Que representa un secreto que ni siquiera recuerda haberme confesado.

Matt está sentado en una silla. Hay tanta gente que termina junto a una familia rodeada de bocadillos, botellas de bloqueador solar y juguetes acuáticos. Él mismo se está cubriendo de bloqueador. Lo hace porque, de lo contrario, terminará frito. He visto cómo se le descarapela la piel y no es nada agradable. Me observa desde donde está. Supongo que se resignó al hecho de que nadaré hasta cansarme, hasta sentirme lista para parar.

Cuando me siento en verdad demasiado agotada para continuar, salgo de la piscina y me dejo caer a su lado con un extraño hipo que me produjo la combinación de llorar y quedarme sin aliento al mismo tiempo.

—Oye, oye, oye —dice colocando su brazo sobre mis hombros. No lo hace como coqueteando conmigo, sino porque hemos sido amigos desde siempre. Ambos tenemos la piel húmeda y hace un calor insoportable, pero a pesar de todo, es una sensación agradable.

—Tu mamá va a estar bien, ¿okey? Es decir, la cirugía salió bien. Incluso siento que lo peor ya pasó.

Me paso la mano por debajo de la nariz y un hilo de moco se queda pegado.

—No se trata de eso.

Esto también me hace sentir culpable. Es decir, debería estar llorando por mamá, no por la señora G.

Tomo la toalla de Matt y la uso para secarme con suavidad los ojos. Lo hago con cuidado para asegurarme de que no les entre bloqueador solar. Heather fue quien me dijo que el bloqueador no era solo para la gente blanca. Bueno, Tessa también me lo dijo.

—Oh, maldita sea —dice Matt. Y es raro porque él nunca maldice. Es más probable que incluso deletree una palabrota en lugar de pronunciarla completa. Pero las cosas cambian. Yo, por ejemplo, se supone que nunca lloro.

Entonces le cuento todo. Le cuento sobre la acusación, sobre el hecho de que dijo que me había invitado a su vida y se arrepentía, que no debió contratarme. Matt me ofrece escuchar el mensaje de voz que me dejó la señora G.

—Pues, metió la pata en grande, pero solo lo hizo una vez. Además, su disculpa suena genuina y, sí, tal vez podría hacerlo de nuevo, pero lo que tienes que preguntarte es: ¿lo bueno supera lo malo? ¿Su acusación es peor que las divertidas charlas, la limonada y George Harrison? Sobre todo: ¿es peor que poder estar en su casa y no en la tuya?

Todo lo que dice me hace reír.

—Supongo que sí —digo—. Pero ¿sabes?, ya no tengo tanta necesidad de no estar en casa. Las cosas ya no son tan malas —confieso y es cierto. Tengo la impresión de que algo cambió tras la cirugía de mamá. Todos somos un poco más amables entre nosotros.

—Espera, pero ¿no está también el chico aquel? ¿Esaú o como se llame...?

—¡Ezra! —digo riéndome.

—Ay, lo siento, nombre bíblico equivocado. Bueno, pero ¿qué no están ustedes enamorados o algo así?

—Yo nunca dije eso...

—Pero es superobvio, incluso ahora, por la forma en que hablas de él. Además, estoy seguro de que solo te gusta porque toca el chelo —dice Matt.

Sí, Ezra es... o sea, ¿cómo no podría parecerme atractivo? La cuestión es que, a pesar de que hemos estado cerca todo el verano, él no me conoce como Matt.

—Oh, y entonces, ¿tú eres mucho mejor? —pregunto—. ¡A ti solo te gusta Zoey por su cabello!

—Oye, espera, su cabello refleja su personalidad.

Entonces me atrevo a correr el riesgo y preguntarle algo que me intriga.

—Y, ¿cómo van las cosas con ella?

—¡Geniales! —dice quizá con demasiado entusiasmo—. Ajá. Tenemos mucho en común. Pero bueno, es la novedad, ¿no? Apenas estamos conociéndonos.

—Sí, pero tuvieron el tiempo que pasaron en el campamento para conocerse —digo tratando de que la amargura no se note en mi voz.

—Ah, sí —dice Matt riendo entre dientes—. Bueno, desde hace muchísimo tiempo mis papás querían que invitara a una chica al campamento. Ellos estuvieron ahí cuando eran novios en la preparatoria, pero eso ya lo sabes —dice y ambos nos quedamos mirando la piscina un rato. Nos hemos ayudado a superar enamoramientos, pero ninguno de los dos había tenido una relación seria. Hasta ahora.

—Bien —exclama de repente—. Ya me dijiste cuál es tu problema, ahora te diré lo que pienso, pero sé que no te gustará.

—¿Mi problema?

—Sí, con la señora G. Mira, no puedes forzarla a ir a ver a un médico porque, por lo que me dices, es muy obstinada. Ni siquiera ha admitido aún que tiene un problema. Podrías decirle a su familia, claro, pero eso la haría enfurecer y ¿cómo saber si eso en verdad cambiará algo?

"Creo que lo mejor y más seguro para ella es que vuelvas. Pero solo si crees que podrías lidiar con, ya sabes, más o menos lo mismo que ya viviste. ¿Crees que podrías leer muchísimo, averiguar al respecto, y prepararte emocionalmente por si algo similar volviera a suceder?

Matt es quien me lo ha dicho antes, que, en el fondo, en verdad quiero a Tessa. Es un ciclo completo: le tengo resentimiento, luego me siento arrepentida de sentir eso y, al final, reconozco que no gastaría tanto tiempo y energía sintiéndome a disgusto con alguien si no me importara mucho. Si no me importara, ni siquiera pensaría en esa persona. Según Matt, el hecho de que paso tanto tiempo pensando en Tessa significa que en verdad la quiero.

Y, bueno, también he pasado muchísimo tiempo pensando en la señora G de todas las maneras posibles: me he preocupado por ella, me he deleitado recordando los buenos momentos con ella y me he sentido vista por ella. Lo que significa que tal vez en verdad me importa. Además, me necesita y, si no lo hago yo, ¿quién peinará el cabello de George?

CAPÍTULO 11

ESTA NOCHE LEÍ ACERCA de las diferentes etapas de la demencia, sobre la negación de los síntomas, los cambios de estado de ánimo y las dificultades para realizar tareas rutinarias. Leí sobre las precauciones que podemos tomar y sobre un pueblo en los Países Bajos diseñado para pacientes con demencia. Leí sobre cómo logran continuar viviendo su vida: hacen jardinería, van a cenar y se reúnen. Las calles están construidas en círculo y diseñadas para mantenerlos a salvo y felices, para permitirles continuar siendo creativos. Y, lo más importante, para que no vivan en aislamiento. Tal vez Ezra y yo podríamos crear ese círculo para la señora G.

Ahora estoy trabajando en mi pintura de las aves. Me deshice de la jaula y solo nos dejé a nosotros como aves en nuestro patio trasero. Esta disposición funciona mejor para los colores y la atmósfera. Ellos tres están en un árbol, pero diablos, me tomó una eternidad pintarlo. Usé lápices pastel para hacer las hojas más definidas. Ahora estoy trabajando en elegir y mezclar los colores de las aves.

Alguien toca a mi puerta a pesar de que le he dicho a mi familia que nunca me interrumpan mientras dibujo. Odio tener este tipo de exigencias respecto a lo que hago, pero la verdad es que esta es una de las pocas cosas que les pido.

—Lo que quiera que sea, ¿no puede esperar? —digo mientras difumino una sombra en un azul más oscuro sobre mis alas de ave.

—En realidad no porque tengo que salir después.

Me sorprende escuchar que no se trata de la voz de alguno de mis padres, sino de la de Tessa. Antes de que pueda yo decir algo más, ella entra sin permiso y cierra la puerta con calma detrás de sí.

No he hablado con ella a puerta cerrada desde... Dios sabe cuánto tiempo. Tal vez desde que estábamos en la primaria y dormíamos en el cuarto de la otra y nos reíamos hasta que papá aparecía enojado en la puerta y nos decía que lo habíamos despertado.

O tal vez debería confesar que también estuvimos en la misma habitación a puerta cerrada cuando leí el segundo libro de Harry Potter antes de acostarme y me asusté tanto que no quise dormir sola.

Giro en mi silla y la miro. Viste una camisa de botones color crema que parece de seda, aunque lo más probable es que sea de poliéster, y *jeans* rectos oscuros. Se sienta en mi cama que, por cierto, no he hecho, y en donde en algún momento tiré distraídamente algunas revistas antiguas de moda que me prestó la señora G. En comparación, Tessa se ve tan pulcra y organizada como una parisina. Como una parisina o como una mesera de un restaurante superelegante.

—¿Vas a salir? —le pregunto.

—Sí, Nathalie y Sarah-Bradley quieren ver una película —contesta sonriendo.

Sarah-Bradley es una de las amigas de Tessa con nombre de pila doble. Tiene varias porque, después de todo, vivimos en el Sur.

—¡Oh! Genial, me da mucho gusto —digo sinceramente porque, ahora que lo pienso, Tessa no ha salido en todo el verano. No del todo, al menos, y ella suele tener una vida social muy agitada. Me da la impresión de que, como mamá ya superó su cirugía, le dio permiso de salir. Tessa mira por encima de mi hombro y yo, por instinto, pongo la mano sobre mi dibujo para cubrirlo como un niño que oculta una carta sorpresa.

—¡Todavía no termino! —digo dando un pequeño grito que me sorprende incluso a mí.

—¿Eso significa que lo podré ver cuando lo termines? —pregunta sonriendo.

Siento cómo me voy quedando poco a poco boquiabierta. ¿Qué pasa con esta nueva Tessa?

—Seguro —digo, pero solo porque me da gusto que al menos tenga deseos de ver mi trabajo.

—En fin —dice en voz baja—. ¿Qué vas a hacer respecto a tu empleo? —me pregunta. Respiro muy profundo.

—No te va a agradar lo que te diré.

Tessa deja caer la cabeza entre sus manos. En serio que sabe ser dramática cuando quiere.

—No, por favor, no me digas que vas a volver.

—Desearía responder como esperabas que lo hiciera.

—Pero ¿por qué vas a volver?

—Lo lamento. ¿Qué tal si... renuncio al final del verano? Ya casi va a terminar.

Tessa frunce el ceño.

—¿Y eso qué diferencia hace? ¿Qué tal si ya es demasiado tarde para entonces?

—En ese caso... renunciaré en cuanto algo superserio suceda.

—Em, lo que sucedió fue superserio.

—¡Pero es que no la conoces como yo! Es una mujer por completo independiente, solo digamos que... tuvo un episodio —argumento, pero incluso solo diciéndolo así, sé que estoy en negación, igual que Ezra... y que la propia señora G. A pesar de todo, eso es lo que me gustaría creer.

Tessa no deja de negar con la cabeza.

—La situación solo va a empeorar, Em. Lamento muchísimo decírtelo. De hecho, creo que ya lo sabes.

Siento que mis ojos empiezan a llenarse de lágrimas. Respiro hondo y las reprimo porque, como mencioné anteriormente, no creo que llorar sirva de nada. Tessa me mira de forma comprensiva con sus enormes ojos como de ciervo y eso me hace reír.

Es muy extraño, mientras estaba en casa de la señora G pensé muy seriamente dejar el empleo, pero entre más me dice Tessa que necesito hacerlo, más siento que quiero conservarlo. La señora G que vive en mi mente, la que ríe a carcajadas y usa adjetivos de por lo menos cuatro sílabas, es inofensiva. Y, seamos honestos, excepto por mi familia, ella es la persona con la que más tiempo pasé este verano.

De cualquier forma, Tessa está molesta, irritada y enojada, y tiene todo el derecho.

Por eso, lo que estoy a punto de hacer me hace sentir terrible.

—Tessa, tengo que pedirte un favor. ¿Podrías cubrirme? —digo y ella vuelve a hundir el rostro entre sus manos—. ¿Por favor? Tess, por favor. Sabes que no van a querer ni hablar del asunto.

—¿Y qué se supone que les debo decir?

—No tendrás que explicar mucho. Yo les diré que decidí ir al retiro del equipo de natación con los Ziegler.

Antes solía ir a los retiros que organizaban los Ziegler en su gigantesco sótano, y lo más sorprendente era que mamá y papá parecían estar contentos y de acuerdo.

De hecho, incluso me animaban a ir en nombre del espíritu de equipo y como una manera de convivir con los vecinos.

—Será fácil —añado—. Porque, de todas formas, tú no estarás. No tendrás que decir nada a menos que te pregunten algo.

—Okey —dice sin mirarme.

ℓℓℓ

Lo sé, lo sé, es todo un cliché de mi parte recurrir a lo que sucedería en una película de adolescentes, pero hay varias razones por las que el plan "dormir en casa de tu mejor amigo el fin de semana con un montón de amigos más" funciona. Para empezar, Matt vive supercerca, por lo que, si algo llegara a suceder y mis padres me necesitaran en casa debido a, no sé, una emergencia familiar, podría volver rápido en bicicleta. En segundo lugar, los retiros del equipo de natación son eventos extremadamente estructurados con un montón de chaperones porque, además de los entrenadores, participan varios padres voluntarios: ¿qué tan salvaje podría llegar a ser un evento así? Y, en tercer lugar, los Ziegler no tienen línea fija de teléfono, así que, si mis padres necesitaran ponerse en contacto conmigo, solo enviarían un mensaje o llamarían directo a mi celular y, en ese caso, no sería difícil contestarles. No tendrían necesidad de comunicarse ni con Matt ni con su familia.

Entonces, eso es lo que les digo. Me siento terrible al respecto porque, aunque a veces pueden ser insufribles, mis padres (1) sienten mucha simpatía por Matt y son muy gentiles con mis amigos, y (2) solo quieren estar conmigo. Un buen ejemplo de ello es el hecho de que, en cuanto les aviso que iré, me preguntan si no prefiero invitar a algunos amigos a pasar la noche en nuestra casa en lugar de ir al retiro.

—No, ¡no es lo mismo! Además, es demasiado tarde para cambiar de planes —argumento.

Papá finalmente cede y me dice que me divierta y que lo llame si necesito cualquier cosa, que nos veremos el sábado a la hora de la cena.

¿Que si me siento culpable a más no poder? Por supuesto. ¿Estuve a punto de retirarme de la batalla? Sí, muchas veces, en especial al ver a mamá leyendo en el sofá.

—Oh, Emily, me siento mucho más tranquila ahora que sé que no volverás a la casa de esa mujer. Empezaba a preocuparme por ti. Además, es muy agradable verlas salir a divertirse, a ti y a Tessa. Que se quedaran aquí encerradas por mi culpa no me hacía sentir nada bien —confiesa.

Tessa toma su bolso.

—Bueno una de nosotras estuvo más encerrada que la otra —dice entre dientes.

Entonces miro a mamá a los ojos.

—Gracias, mamá, yo también me siento más tranquila.

Luego le envío un mensaje de texto a la señora G para decirle que estaré ahí en la mañana y recibo uno de vuelta: *Muchas gracias, Emily.* He ensayado muchas veces lo que pienso decir cuando nos veamos. De hecho, escribí una especie de guion como siempre hago para las conversaciones telefónicas. Creo que primero dejaré que ella hable. Cuando la escuché en el teléfono se oía muy, muy alterada, pero me parece que escucharla tranquila me apaciguará. Espero. Al menos, me parece que lo mejor es que ella se exprese antes.

Luego planeo decir que comprendo que ella se encontraba fuera de sí, pero de todas formas necesito hacerle saber lo que yo sentí. Solo que, no sé, ¿qué lograría con eso? Ella ya se disculpó, ¿necesito que se disculpe más? No estoy segura.

Tras enviar el mensaje, tomo mi bicicleta y me voy con la esperanza de que las cosas salgan bien.

Esa noche, en casa de la señora G, entro como de costumbre y voy a mi habitación, pero no me siento con la misma libertad de antes. Una parte de mí incluso se pregunta si no debería cerrar con seguro la puerta. ¿Qué tal si intenta hacer algo extraño en la noche? Ay, Dios, creo que estoy siendo tan pesimista como papá. Seguro la señora sigue durmiendo muy profundo debido a sus medicamentos, como siempre.

Sus medicamentos es otra de las cosas de las que tenemos que hablar Ezra y yo.

En la mañana la escucho despertarse, pero solo me quedo recostada preguntándome si es probable que tenga otro episodio en cuanto hablemos. Me pregunto cómo reaccionaría yo. Reproduzco el incidente en mi mente y me digo que sí puedo, que soy capaz de mantenerme en calma en medio de una crisis.

Entonces las cosas se tornan incómodas, no por lo que hace, sino por lo que no hace. No tararea mientras la cafetera filtra el café, no tiene una sonrisa de oreja a oreja cuando salgo de la habitación ni me pregunta cómo dormí. No está colocando un panecillo inglés en mi plato y casi gritando: "¡A comer!".

Este silencio es perturbador.

—¿Qué puedo hacer por usted, señora G? —pregunto—. ¿Lo de siempre?

—Solo desayunaré cereal —dice, así que pongo Cheerios en dos tazones azules de cerámica, uno para mí y otro para ella.

Ella se sienta en la isla de mármol de la cocina y yo me hundo en el fresco sofá de piel con mi tazón. No siento que sea ni la atmósfera ni el momento adecuados para empezar a decir mi discurso. Los minutos se van. Ha pasado tanto tiempo que, después de un rato, olvido que estoy tratando de evitar hablar con ella y solo sigo sumergida en un ciberanzuelo en el que caí porque me dio curiosidad saber por qué todos aman a Paco, la iguana en peligro. Al parecer, tiene que ver con que tiene mirada alerta y ojos saltones que parecen pelotas.

Por todo esto, cuando la señora G por fin dice algo, me sobresalto, aunque ni siquiera habla tan fuerte.

—Hoy será un día ligero, Emily. Cuida a George y riega las plantas. Ah, ¿y podrías, por favor, tirar a la basura cualquier alimento del refrigerador que ya no esté fresco o que haya caducado? Ezra vendrá más tarde. Fuera de eso, siéntete libre de disfrutar de la casa.

—Sí, señora —digo sin pensar.

Ella dobla las manos y las coloca al frente.

—Aprecio mucho que hayas vuelto, Emily. No tienes idea de lo que esto significa para tu senil empleadora —me dice sonriendo muy sutilmente, con aire triste—. Me temo que lo que pasó podría volver a presentarse.

Sus ojos se inundan de llanto. Nunca los había visto tan tristes, se ven incluso más tristes que el día que me acusó de haber robado su sortija.

—Lamento lo que te dije —continúa.

—Nos esforzaremos lo más que podamos —digo colocando mi mano sobre las suyas—. Ambas —agrego. Es lo único que le puedo prometer.

—¿Cómo está tu mamá? —me pregunta y a mí me da mucho gusto poder darle noticias relativamente buenas.

Ezra y yo decidimos hacer una lista de cosas que podrían hacer la vida de la señora G lo más segura posible.

En la casa colocamos letreros, pegamos etiquetas en los cajones para recordarle dónde están las cosas, y en una libreta de papel que dejamos junto al teléfono anotamos lo que tal vez necesite explicarle a alguien. Por suerte, no está en una etapa muy avanzada, no anda vagando por el vecindario ni ha olvidado quiénes somos.

Me siento mal solo de pensar que eso podría suceder.

Y entonces me doy cuenta de que estoy invirtiendo más tiempo y energía tratando de ayudarla a mantenerse a flote, del que paso ayudando a mi mamá con cualquier cosa.

Seguro Ezra vio la expresión en mi rostro.

—¿Qué sucede? —pregunta.

—Nada —digo rápido—. Es solo que, ya sabes, me siento rara haciendo esta lista.

Ezra asiente y continúa trabajando. Matt me habría presionado a hablar más sobre esto, habría insistido en decir que algo andaba mal y me habría dicho que me sentiría mejor si hablara al respecto, pero no puedo esperar que Ezra haga lo mismo. El simple hecho de que haya preguntado es ya un lindo detalle.

Hacemos una nota respecto a cuidar del automóvil. Le pondremos gasolina, pero en algún momento tendremos que frenarla (¿ambos?) e impedirle conducir por completo.

Eso me gustaría evitarlo lo más humanamente posible porque, ay, Señor mío, le encanta conducir. Sería una lástima quitarle una de las cosas que más ama en la vida.

ello

Después de desayunar, encuentro a Ezra en el cuarto de lavado separando en dos grupos, blanco y estampados con color, las supercostosas blusas de algodón orgánico y los vestidos de la señora G. He notado que le encanta hacer la lavandería, lo cual resulta muy conveniente porque a mí no me agrada nada. De hecho, parece que le gusta presumir de una de las habilidades que aprendió en el internado.

—¿Cuánto tiempo ocultaremos esto? —le pregunto.

En lugar de responder, toma una toallita para secadora con aroma a lavanda y la acerca a mi nariz.

—Huele esto, Emily, la lavanda tranquiliza —dice antes de arrojar la toallita a la secadora.

¿Cuánto tiempo viviremos de esta manera?, me pregunto. ¿Y cómo es posible que le haya yo confiado la información sobre la situación de la señora G, a quien conocí apenas al principio del verano, hace un par de meses, a un tipo más o menos de mi edad, al que apenas conozco? ¿Cómo pude jurarle después que no le diría nada a nadie? ¿Y cómo pasó esto de ser un sencillo empleo de ensueño que más bien parecía vacaciones pagadas en mi propio vecindario, a ser la parte de la semana que más temo y en la

que más me arriesgo? De pronto pienso algo que incluso me conmociona: desearía que, en lugar de Ezra, quien estuviera aquí conmigo en el cuarto de lavado de la señora G fuera mamá o papá. Porque, al menos, ellos podrían lidiar con esta situación con la que yo no puedo. Con la que *ya* no puedo.

Ezra cierra la escotilla de la secadora, gira la perilla hasta el punto más bajo de calor y da un suspiro prolongado.

—No lo sé —responde por fin a mi pregunta.

—Porque, ¿sabes? —continúo porque dudo que esa toallita de lavanda sea de mucha ayuda—, esto se está volviendo ridículo, además de inseguro y abrumador —digo, y lo miro directo a los ojos para tratar de hacerle entender cuán en serio hablo.

—Si alguien permanece con ella en casa todo el tiempo, en realidad no es tan peligroso.

—Ese es un inmenso *Si*.

Nos quedamos un rato más en el cuarto de lavado investigando en nuestros teléfonos sobre lo que se necesita hacer e intercambiando información. Hablamos sobre la importancia de hacer crucigramas y permanecer activo, y sobre el hecho de que, de acuerdo con estudios realizados, la vitamina E ayuda. Entonces Ezra añade espinacas, almendras y semillas de girasol a la lista de compras. No estamos coqueteando y hace algún tiempo que no hablamos sobre arte, pero ahora estamos emprendiendo juntos este intenso proyecto de cuidado de una persona. Y eso no es poca cosa.

—Si renunciaras, sería perfectamente comprensible. Es decir, yo soy un miembro de su familia y tengo una obligación. Tú, en cambio, aunque entiendo que mi tía te simpatiza y todo eso, en realidad no estás obligada a nada. Estás haciendo tanto, pero tanto por ella que, no lo sé, me parece increíble. Gracias, gracias por todo, Emily. Obviamente, mi tía Leila piensa que eres una persona genial. Y yo también lo pienso —dice.

Se pasa la mano por el cabello, pero de todas formas un rizo queda colgando sobre su frente como si fuera un maldito príncipe de Disney, y eso hace que me den muchas ganas de abrazarlo. O incluso algo más.

Pero en lugar de eso, solo hago la cosa más estúpida posible.

—No hay nada que agradecer —le digo.

Ezra coloca una mano sobre mi hombro, se inclina y me besa. Es un beso prolongado, mucho más duradero que el mediocre intento de Matt. Me da la impresión de que tiene práctica. Con su otra mano acaricia mi cabello. Tiene los labios secos y, no sé lo que yo esperaba, pero me sorprende que su boca sepa a mermelada y café, que de ninguna manera es la peor combinación de sabores.

Aunque es mucho mejor que un laberinto en un campo de maíz, nunca imaginé que recibiría mi primer beso en un cuarto de lavado. Y debo ser honesta: no es el tipo de beso que te cambia la vida. Esperaba sentir más. Mi corazón no palpita con fuerza y tampoco me siento más cercana a él. De hecho, todavía siento un hueco en el estómago porque no dejo de pensar en qué hacer respecto a la señora G. Ezra se separa de mí y sonríe, así que le sonrío de vuelta, es un reflejo. Entonces continúa doblando ropa y yo voy a la oficina de la señora G. Mentalmente pongo al día mi lista: *Primer beso (real): hecho.*

Empiezo a limpiar los gabinetes, los archiveros y los cajones del escritorio, reciclo cosas como recibos y trozos de boletos viejos, y sigo pensando en el beso. Si alguien lo hubiera presenciado, le habría parecido que se trató de un beso de película, es decir, que Ezra sabía lo que estaba haciendo. Sin embargo, eso no significa que haya sido bueno. No puedo compararlo con el otro único beso que me han dado. Cuando Matt me tomó de las manos fue como… agradable. Sí, fue extraño, pero las cosas pueden ser extrañas y agradables al mismo tiempo. Y si con el beso de Matt sentí mariposas o abejas o lo que sea, esperaría que el beso de un tipo tan guapo e interesante como Ezra me hiciera sentir aún más.

Pero no es así.

La señora G me dijo que podía abrir todo y decidir qué guardar y qué tirar a la basura, así que eso hago. Se siente bien ordenar el lugar, en especial porque no son mis cosas y no le tengo un apego especial a nada. Entonces encuentro un sobre lleno y sin cerrar. Varios papeles amarillos salen de él. Estoy a punto de tirar todo directo al bote de reciclaje, pero imagino que al menos debería ver de qué se trata, así que lo abro.

Son multas, multas de tránsito. Algunas por exceso de velocidad, un par por pasarse el semáforo en rojo y otra porque la señora no tenía su licencia con ella mientras conducía.

Con razón tiene tanto miedo.

El asunto es que, ahora, yo también estoy aterrada. ¿Qué pasará el día que entre a su casa y no me reconozca o, peor aún, piense que estoy entrando a la fuerza y dé por sentado que formo parte de un plan para aprovecharse de una mujer anciana? ¿Que, por eso, los viernes por la noche, cuando ya oscureció, entro a su casa como si fuera la mía? ¿Qué haré entonces? O, ¿qué tal si un día, cuando no estemos ni Ezra ni yo, sale de casa y olvida por qué salió? Y, en ese caso, ¿qué pasará si nadie tiene idea de a dónde fue?

Además, es imposible saber cuándo sucederá eso, pero es probable que sea pronto. El otro día Tessa me explicó que la señora G estaba en una fase de declive abrupto y que podría estancarse pronto, lo que significa que se mantendría estable hasta cierto punto, pero no sabemos cuándo pasará. Podría ser pronto, muy pronto, o podría tomar meses o incluso años, así funcionan las cosas. Todas las noches respiro aliviada porque no ha sucedido aún.

Hoy, la señora G casi no ha salido de su alcoba, solo para el desayuno. No entiendo, no comprendo cómo es posible que hace un mes estuviera en tal estado de negación respecto a su pérdida de memoria, que solo decidía salir para evadir la realidad: salir de su alcoba, de la casa. Era como si con irse pudiera retrasar el avance de la enfermedad. Y creo que, de cierta manera, lo estaba logrando. Ahora, sin embargo, no solo parece que lo aceptó, también sucumbió a su fuerza. Ha estado activa desde por lo menos las siete, pero esa es solo la hora en que empecé a escucharla caminando por ahí, abriendo y cerrando cajones. Tal vez, llevaba más tiempo despierta. Luego solo oí el rechinar de los resortes del colchón, cuando volvió a acostarse en su vieja cama.

Me acerco a su alcoba, trato de dar pasos fuertes para no asustarla cuando me escuche llegar a la puerta. A veces incluso me inquieta que se le olvide que estoy aquí.

Toco a la puerta con suavidad, de una forma insinuante, como si le hiciera una pregunta, no como si tratara de entrar.

—¿Señora G? —pregunto.

—En este momento, no, Emily —dice.

—Oh…, solo quería asegurarme de que estuviera bien. ¿Quiere algo para el almuerzo?

—Dije que ahora no.

Respiro profundo para calmarme. Estoy a punto de disculparme, no porque haya razón para hacerlo, sino porque quiero suavizar las cosas, pero luego me digo: *No*, y no lo hago. ¡Solo estoy tratando de ayudarla, por Dios santo!

¿Francamente? En este momento las palabras de la señora suenan a lo que Matt llamaría una graaan mierda.

—De acuerdo —digo—. Voy a prepararle un café helado y podrá beberlo cuando guste.

No hay respuesta. Pongo los ojos en blanco. Ni siquiera puede verme, pero sé que es un gesto grosero, así que de todas formas me siento peor en lugar de mejor. Voy a la cocina, preparo los cafés y luego hago todas las tareas de poca importancia que me encargó: riego la higuera que está en la sala, saco la basura y el bote de desechos reciclables, saco del refrigerador lo que ya caducó. Más tarde reviso el buzón, pero resulta que a lo largo de la mañana, si la señora G no quiere hacer nada, yo tampoco tengo mucho que hacer porque su casa funciona como una máquina bien aceitada.

La higuera crece de maravilla, está muy alta, hace que la sala se sienta menos sofocante. Le tomo una foto y se la envío a Matt.

Segundos después recibo un mensaje de vuelta. *Willy*, dice. *No, es un Stewart. Sí, un Stewart sin duda.*

Saber que Matt está cerca me hace sentir un poco mejor, pero no quiero irme de casa de la señora G. Llamo a casa y les digo a mis padres que los Ziegler me invitaron a quedarme una noche más, lo cual es creíble. Papá suena un poco enfadado, pero solo me dice que vuelva a casa a tiempo para el almuerzo y yo le digo que así lo haré.

Por la noche, después de cenar, vemos una película que le encanta a la señora G: *Un beso para Birdie*. Debo admitir que es divertida, pero no me agrada mucho la idea de escuchar a chicas adolescentes cantando respecto a conocer hombres mayores. De cualquier forma, me da gusto que la veamos porque es una de sus películas preferidas y porque parece mantenerla de buen humor. De pronto, llegamos a la parte en que todos van a bailar al club y Conrad Birdie, Kim McAffee y los preparatorianos alrededor de ellos bailan y cantan diciendo que "les falta mucho por vivir".

—Recuerdo cuando vino a nuestro pueblo —dice en ese momento la señora G y me da la impresión de que está bromeando.

—¡Oh, sí, claro! Recuerdo que cuando movía las caderas todas las chicas gritaban fuertísimo —digo para continuar su broma.

—Pero... Tú no habías nacido aún —dice en un tono muy seco, y entonces me doy cuenta de que habla en serio.

—Conrad Birdie... —digo lento— ¿fue a su pueblo?

—Sí —contesta asintiendo con la cabeza—. Y se veía más guapo que nunca, más guapo incluso que como se ve en la película.

De repente siento el cuerpo helado. Ezra empieza a reír, parece nervioso.

—Tía Leila, ¿te refieres a Elvis?

—¿De qué te ríes? ¿Qué te parece gracioso? —me dice con una genuina expresión de confusión en el rostro.

—Es que *Un beso para Birdie* es una película —digo—. Nada de lo que estamos viendo sucedió en la vida real.

Entonces cambia su expresión, parece reconocer algo.

—Lo sé, por supuesto —afirma, pero luego vuelve a sonreír un poco avergonzada y con el rostro relajado—. Solo me estaba divirtiendo. ¿Cómo le llaman a esto ustedes, chicos? ¿Un despiste?

Se levanta del sofá y va a sacar el helado de vainilla del congelador. Le espolvorea canela y lo trae a la sala con tres cucharas. De acuerdo, esta es la señora G que conocemos, así que tal vez todo esté en orden. Tal vez, como dice, solo fue un despiste temporal.

Entonces dice algo, pero no escucho bien porque el volumen de la película está alto.

—¿Cómo? —pregunto.

La señora G toma el control remoto y baja el volumen.

—Te burlaste de mí —dice.

—Lo siento —digo, porque eso parece ser lo mejor que puedo hacer dadas las circunstancias—. No debí decir eso.

—Ay, ustedes, los jóvenes.

Me quedo tiesa, la señora G nunca nos dice *jóvenes* así, en ese tono, como si valiéramos menos que ella.

—Creen que lo saben todo, creen que con una mísera disculpa pueden compensar una falta absoluta de respeto.

Vaya, no sé qué contestar a eso. Me quedo mirando al frente, siento que, incluso si solo muevo un músculo, lo interpretará de la manera equivocada. Pero, además de "lo siento", ¿qué más puedo decir?

—Oye, tía Leila —interviene Ezra—, no creo que Emily haya querido decir que...

—¡Sé muy bien lo que quiso decir! —exclama— Y no empieces a defenderla. No es parte de la familia, ¿sabes?

Por supuesto que no soy parte de la familia, pero todo este tiempo me ha tratado como si lo fuera.

De repente la televisión se queda en negro.

—Es tarde —dice la señora G gruñendo con el control remoto en las manos aún—. Todos deberíamos ir a dormir.

ﾟ

Pero yo no puedo dormir, siento ansiedad, solo reproduzco una y otra vez la conversación en mi mente, aunque no quiero. Si solo hubiera mantenido la boca cerrada. Lastimé sus sentimientos, pensó que me estaba burlando de ella, todo esto es mi culpa.

Pero luego pienso en lo que dijo después: *No es parte de la familia*. O sea, dijo que no soy como ellos, y pensar en esto me irrita de nuevo. *Si no soy parte de la familia*, me imagino diciéndole, *¿entonces por qué confiarme tantas cosas?*

No, decir eso sería una equivocación. Porque al buscar información sobre la demencia en mi teléfono veo que no es recomendable discutir con la persona.

Entonces pienso que no es común que a la señora G le dure el enojo hasta el día siguiente. De hecho, no es común que le dure el enojo, punto. Por eso me sigo diciendo a mí misma que todo estará bien por la mañana, aunque nada de eso me ayuda a dormir.

⁓

Son casi las tres de la mañana y mi teléfono empieza a zumbar. Una y otra vez. Podría desactivar las notificaciones con vibración en la noche, pero ¿qué tal si me pierdo algo importante? Matt me ha dicho en varias ocasiones que la probabilidad de que ocurra una emergencia mientras duermo y pueda hacer algo al respecto a esa hora es como de una en un mil, pero supongo que puedo seguir soñando e imaginando que podría ayudar.

Y, como de todas formas no puedo dormir, miro la pantalla. No son mensajes de texto, sino mensajes de WhatsApp, y todos de mi mejor amiga, quien se encuentra en un huso horario con cinco horas de diferencia del mío. Por lo que veo, los envió en cuanto se despertó.

Em

Lamento mucho lo de tu mamá

> ¿Por qué no me dijiste nada?

> Supongo que no era el momento adecuado, pero eso es culpa mía

> Matt me contó

> ¿Cómo estás, amiga? Te envío mucho amor y luz

> Siempre estaré aquí si me necesitas

Supongo que ya se levantó y, como yo estoy despierta y es obvio que ambas estamos libres en este momento, ¿por qué no? Le marco, pero solo para tener una llamada de audio. Le cuento todo sobre mamá, la señora G, sobre Matt y Zoey. Me volteo hacia la pared más alejada de la alcoba de la señora G y hablo tan bajo que casi susurro, y entonces siento somo si Heth y yo estuviéramos hablando en el interior de nuestras bolsas para dormir en la oscuridad, manteniendo la voz muy baja para no despertar a nuestros padres, como lo hacíamos todo el tiempo cuando estábamos en la primaria. Hablamos más de una hora. Su voz, su atenta escucha y contar con toda su atención al otro lado de la línea, es como un bálsamo para mis heridas.

CAPÍTULO 12

POR LA MAÑANA DESAYUNAMOS. Como la señora G no dice nada respecto a la noche anterior, yo tampoco lo menciono. No hablamos de nada en particular, solo sobre cómo dormimos y lo que comemos.

Tal vez ni siquiera recuerda lo que dijo hace unas horas porque no tiene problemas para recordar el pasado, sino el presente.

Cuando terminamos de comer, se para frente al espejo del recibidor y se ata un pañuelo alrededor del cabello.

—Voy a Michaels —me dice.

Es uno de los pocos días lluviosos que ha habido en algún tiempo. Afuera se ve gris, pero, aun así, estamos a veintiséis grados y la humedad es tanta que el aire se siente denso. Donde vivimos, cuando llueve tenemos una especie de descanso del calor, por lo que me parece que veintiséis grados es ya más agradable que treinta y cinco.

—¿Qué necesita? Podría ir a comprarlo yo en mi bicicleta y traerlo en mi mochila.

No sería la opción más cómoda porque las calles alrededor de River's Edge no están diseñadas ni para los ciclistas ni para los peatones, pero es posible, lo sé porque ya lo he hecho.

—¿Piensas ir hasta la tienda de manualidades? ¿Bajo la lluvia? Suena peligroso y, además, incómodo —dice antes de enderezar la cabeza y mirarme como si sospechara algo—. Puedo conducir hasta allá sin problemas —continúa, con las manos apoyadas en la cadera—. Si solo pudiera encontrar mis llaves, ¡que están perdidas como de costumbre! —dice sin dejar de buscar por todos lados.

Yo también las busco, pero finjo. Si las encontrara no le diría, así no podría irse.

Entonces escucho el tintineo que viene desde la cocina y la voz triunfante de la señora G.

—¡Las encontré!

Trato de pensar con rapidez cuáles son mis opciones. Podría arrebatarle las llaves y decirle: "No, usted no sale de aquí". Si hago eso me arriesgo a irritarla demasiado y, quizá, solo decida salir e irse caminando bajo la lluvia. ¿O tal vez debería llamar a alguien con autoridad para que le diga qué hacer? O algo aún peor: ¿sujetarla, llamar a la policía, o solo dejar que haga lo que quiera mientras la superviso?

Pienso en todas las multas. ¿Cuántas más le darán hasta que llegue el momento en que no deba conducir en lo absoluto? Porque todavía tiene su licencia de conducir.

Me resulta irónico que, por primera vez en mi vida, yo seré quien supervise cómo conduce alguien más.

A pesar de que la señora G sabe cómo llegar a Michaels, cuando nos subimos al automóvil ingreso las instrucciones en su teléfono celular y enciendo el sonido. Luego cargo su lista favorita de canciones: "Clásicos para sacudir la cabeza".

—Emily, no quiero escuchar eso en este momento.

—De acuerdo —digo con toda la calma que me es posible—. Dígame qué quiere escuchar para programarlo.

Conduce con suavidad. De hecho, es cautelosa en exceso, no excede el límite de velocidad ni por un kilómetro y hace un alto total al llegar a las señales de *Pare*. Maneja como alguien que está haciendo el examen para sacar la licencia de conducción.

Bueno, alguien que no soy yo, claro.

Como de costumbre, se estaciona lejos de los otros automóviles para que "podamos caminar los pasos de este día", pero me pregunto si no será para evitar golpear la defensa de otro automóvil.

Cuando entramos a la tienda, sentir el aire acondicionado y seco mejora bastante nuestro humor. También los marcos de madera, las pequeñas pizarras, las flores falsas y los equipos para hacer joyería. Salimos de ahí con dos bolsas llenas de suministros para hacer manualidades, y me siento tan aliviada al ver que la señora G está de tan buen humor que no necesito poner mi lista de canciones "Solo vibras tranquilas" en el trayecto de vuelta.

De pronto, llegamos a un semáforo y la luz cambia a amarillo. Y, tal como se debe, la señora G desacelera y hace un alto total cuando la luz se pone en rojo.

A nuestra izquierda hay una hilera de automóviles esperando a que la luz se ponga verde.

Entonces la señora mira a la derecha, luego a la izquierda y decide pisar el acelerador como si no estuviéramos en una luz roja. Y en ese momento aparece un automóvil cruzando la intersección.

—¡El frenooo! —grito, pero es demasiado tarde.

El otro automovilista se queda pegado al claxon, pero todo sucede demasiado rápido y solo continúa avanzando a toda velocidad hasta chocar con la puerta del conductor. La puerta del lado de la señora G.

Ambas gritamos, más por el miedo y la conmoción que por que hayamos sufrido dolor. O, al menos, esa es mi percepción.

—¡Ay, Dios todopoderoso! —dice la señora G.

Casi siento la ira del otro automovilista cuando se detiene resoplando y las llantas rechinan al lado de la calle.

Por suerte, tengo fresco todo el aprendizaje del curso para conducir: estacionarse lo antes posible, no discutir con el otro conductor sobre lo sucedido, llamar a la policía.

Estoy tratando de decirle todo esto a la señora G al tiempo que abro la guantera para sacar la información de la aseguradora. Solo que, en este caso, dos cosas son distintas a como me enseñaron en clase. La primera es que, sin duda, nosotras fuimos las culpables. En segundo lugar, las cosas no van como deberían. Me refiero a la parte en que uno se queda en el automóvil hasta que llegue la policía, en que no se habla con el otro conductor respecto a quién tuvo la culpa y en que uno no baja del automóvil, apoya las manos en las caderas y empieza a gritarle incoherencias al otro conductor, que es justo lo que está haciendo la señora G. Cuando lo veo, me doy cuenta de que es un corpulento caballero sureño con un gusto especial por el lenguaje subido de tono.

—¡Oiga, señora! —dice—. ¿Qué demonios estaba pensando?

—¡No se atreva a hablarme de esa manera! —grita la señora G—. Yo podría ser su abuela.

—Bueno, eso me queda clarísimo, y esa es la razón por la que mi abuela ya no conduce. ¡Está demasiado vieja para hacerlo! Yo no le permitiría ni subirse al automóvil.

Marco el número de la policía con manos temblorosas mientras trato de recordar todos los pasos que me enseñaron en el curso de conducción. En el automóvil de papá, que es con el que he estado practicando, todas las instrucciones sobre qué hacer en caso de un accidente están escritas en una tarjeta que guarda en la guantera.

Papá puede ser irritante a veces, pero debo reconocerlo: ese hombre está preparado para todas las situaciones de la vida.

—Acabamos de tener un accidente automovilístico —le digo al agente que me responde en el número de emergencias—. Estamos en... —estiro el cuello y me asomo por la ventana. Debí buscar nuestra ubicación en Google Maps antes de marcar—. Estamos en ¿Meacham Road? Al otro lado del Publix.

El corpulento caballero sureño se pone frente a su automóvil.

—Los faros delanteros están dañados y creo que voy a necesitar un capote nuevo —grita.

La señora G mira con cuidado el costado de su automóvil. Con toda la conmoción y con toda su prisa por gritarle al hombre, no había pensado en revisar, ni su automóvil ni a ella misma. La puerta está muy golpeada y hay una especie de tubo en medio que sobresale un poco, pero, tomando en cuenta todo, las cosas no son tan terribles.

—¿Se encuentra bien? —le pregunto.

—¿Qué hice?, ¿qué hice? —dice mirándome mientras parpadea varias veces y retuerce las manos—. ¿Estás bien, Emily?

Miro a la señora G tratando de detectar cualquier daño, pero al parecer ninguna de las dos sufrió un impacto importante. Ni siquiera tenemos moretones. Para el tipo de accidentes que se producen de esta manera, esto pudo ser peor, muchísimo peor. De hecho, da la impresión de que el automóvil solo sufrió una colisión menor.

De cualquier forma, ninguna de las dos volverá a subirse al automóvil y no hay manera de que ni ella ni yo conduzcamos.

Pienso en algunas personas que podrían venir a recogernos: Ezra, Matt o incluso mi entrenadora.

Pero la entrenadora debe de estar en la iglesia, Matt también.

La única familia que no está en la iglesia en este momento es la mía: los católicos que solo celebran Navidad y Pascua.

Tal vez no me vaya tan mal porque, después de todo, acabo de sobrevivir a un accidente automovilístico menor, aunque también es posible que me lluevan los gritos. Bien merecidos, por cierto.

Podría enviarle un mensaje de texto a Tessa y pedirle que venga por nosotras, pero creo que es imposible contar con su lealtad, dado que ya le pedí que me cubriera y eso es más que suficiente.

La policía llega y les damos a los agentes la información del seguro.

Durante varios minutos esto se convierte en un verdadero "ella fue", "él fue" a pesar de que es obvio que la señora G tuvo la culpa. De cualquier forma, insiste en que tenía la luz verde. Finalmente le digo al oficial que se pasó la luz roja y él arquea las cejas y se nos queda mirando.

—¿Está usted en condiciones de conducir un vehículo?

—¡Pero por supuesto que sí! —dice la señora G.

El oficial suspira y voltea a verme como si yo estuviera a cargo.

—Tal vez deba usted hablar con el médico de la señora —me dice, y eso la enfurece aún más.

Como está lloviendo, ambas volvemos al automóvil. Entonces llamo a papá, quien contesta antes de que el teléfono termine de sonar la primera vez.

—¿Papá? —digo con la voz quebrada.

—¿Qué sucede? —dice con un pánico evidente. Sabe que la que llora es Tessa, no yo—. Rillo, ¿qué pasa?

—Todo está bien —comienzo a decir, solo que no es cierto. Luego me obligo a aplacar mi voz—. Acabamos de tener un pequeño accidente automovilístico. Yo y... la señora Granucci.

Se queda callado un segundo y sé que es porque escuchó el apellido.

—Envíame tu ubicación. Voy en camino.

No me dice nada respecto a que no debería estar con ella y yo lo agradezco, pero sé bien lo que me espera después.

La señora G se queda sentada con la cabeza entre las manos y los codos apoyados en las rodillas.

Cada vez que escucho un automóvil detrás de nosotras, me siento esperanzada y aterrada al mismo tiempo.

El Honda Accord gris de papá se acerca lentamente por la calle, se detiene justo detrás de nosotras, y yo nunca me había sentido más aliviada de verlo.

Cuando bajo del automóvil veo su rostro impávido, pero enseguida extiende los brazos, me abraza y se asegura de que esté bien.

Entonces ve a la señora G y noto la sorpresa en su expresión. No es para nada como la imaginó, no se esperaba el brillante cabello rojo, el exuberante corte, ni los llamativos aretes fabricados con materiales reciclados.

Se presenta con la señora G, quien por lo general es la encarnación de la hospitalidad sureña con toda su calidez y sus preguntas, pero ahora está demasiado aturdida para decir algo más que "Gusto en conocerlo" y "Gracias". Lo veo escudriñar su vestimenta, el bolso de diseñador y el collar de perlas. Luego mira el Lexus, me mira a mí y de nuevo al Lexus. Me dice que cuando regrese de su internado, Tessa puede llevar el automóvil de vuelta a casa de la señora G, y que él nos llevará a nosotras. En el automóvil, los tres permanecemos en silencio absoluto.

Papá se estaciona en el largo y empinado acceso vehicular y ayuda a la señora a entrar a la casa. En cuanto estamos dentro, veo la mirada de papá recorrer el recibidor, la sala, los cuadros, la costosa alfombra y a George. Lleva a la señora hasta el sofá. Verlo guiarla y permitir que se apoye en su brazo, me recuerda la manera en que trata a abuelita. Espera hasta que se acomoda bien y me dice que hierva agua. Lo obedezco. Es una costumbre de mamá, hervir agua en cuanto llegas a casa porque, por una razón o por otra, la necesitarás: para cocinar pasta o hacer té, o para limpiar algo.

Entonces me doy cuenta de que todavía traigo puestos los zapatos de tacón. Me los quito, pero no antes de que papá los note también.

Durante todo este tiempo sus gestos son sólidos y cariñosos, pero su rostro se mantiene como de piedra. Jamás lo había visto así.

—Señor Sanchez —empieza a decir la señora G mientras está sentada con las manos sobre el regazo.

—Jorge —dice él.

—Señor Jorge, no le puedo agradecer lo suficiente.

—No hay problema —dice papá—. ¿Vendrá alguien a hacerse cargo de usted?

—Mi sobrino llegará en cualquier momento. ¿Puedo ofrecerle algo? ¿Agua, café, té?

—No, gracias, necesito llevar a mi hija a casa.

Hace unos minutos la señora G estaba lívida, pero ahora se ve vencida, como si se hubiera desplomado. Estoy segura de que si papá no estuviera aquí, ya se habría hecho un ovillo sobre el sofá.

—Lo lamento mucho, mucho —dice la señora G—. Todo fue mi culpa en realidad. En un día como este, debí permanecer en casa —dice tratando de reír para restarle importancia al asunto, lo que me hace sentir muy avergonzada.

—Lo más importante es que parece que no sufrió lesiones —dice papá—. Esperemos que así sea. Ahora solo descanse.

Como el agua empieza a hervir, no escucho el resto de la conversación. Le preparo un té de menta a la señora G, lo sirvo y se lo llevo a la sala sobre un plato pequeño.

—Rillo —me dice papá—, vamos a casa.

—Puedo volver en mi bicicleta —digo. Estoy siendo ridícula. Ya me metí en demasiados aprietos y parezco querer más. Pero ¿podría dejar a la señora aquí sola después de lo sucedido? ¿Dejarla esperando hasta que llegue Ezra?

—Nos vamos ahora —dice papá.

Voy a la habitación para los invitados y reúno mis cosas.

Vuelvo a la sala, me inclino y abrazo a la señora G, algo que nunca había hecho.

—Emily —dice dándome palmaditas en el brazo y con los ojos húmedos de llanto—. Lo siento mucho.

—Todo estará bien. Llámeme si necesita cualquier cosa —le digo.

Papá levanta mi bicicleta como si no pesara nada y la coloca en la rejilla de la parte de atrás de su auto. En el trayecto a casa reproduzco la situación en mi mente una y otra vez: vi a la señora G mirar a ambos lados, ¿por qué no me di cuenta de que estaba a punto de avanzar? Y, una vez que pisó el acelerador, ¿habría yo podido hacer algo?

No sé, tal vez si hubiera pensado más rápido, habría podido tomar el volante y desviar el automóvil para quitarnos del camino. Quizá. Pero en realidad, lo mejor habría sido que la obligara a quedarse en casa. Si en verdad me importara, no me habría incomodado la idea de discutir con ella e incluso sujetarla e impedirle subir al automóvil.

—¿Por qué? —la pregunta de papá interrumpe mis pensamientos—. ¿Por qué tuviste que conseguirte un empleo así? —me pregunta sin dejar de mirar el camino—. ¿Cómo crees que se ve esto, eh? ¿Que vengas a limpiar la casa de esta anciana rica?

Sus palabras me llegan directo al estómago y me conmocionan tanto que no puedo hablar por algunos segundos.

—No venía a limpiar su casa —digo—, sino a hacerle compañía...

—No me trates como si fuera estúpido, Emilia.

Pero ¿cómo explicarlo entonces? ¿Cómo le digo a mi papá que mi tarea principal, la más importante era recordar los recuerdos, las historias y los hábitos de la señora G? ¿Las cosas que la hacen quien es?

Mi siguiente pensamiento se cierne sobre mí como una oscura nube: si no recuerdo sus recuerdos, si no tomo notas y las registro en mi teléfono, si no hablo de ellas con Ezra y las hago parte de mí, ¿la señora G continuará existiendo siquiera?

—Para colmo, me desobedeciste, mentiste ¡y te fuiste apenas después de que tu mamá tuvo una cirugía! ¡Como si esta mujer te pareciera más importante! Y no solo eso, ¡pudiste resultar seriamente lastimada!

Está tan enojado que incluso quita la mano derecha del volante para contar con los dedos todas mis faltas.

Mis ojos se inundan de llanto de forma inesperada. Las lágrimas empiezan a correr por mis mejillas sin que pueda evitarlo.

Papá voltea a mirarme un poco alarmado porque sabe que no lloro con facilidad. Cuando Tessa llora, todos sabemos lo que necesita. Quiere que la abracen y que alguien le frote la espalda. En cambio, nadie sabe lo que yo quiero. Además, va conduciendo y no está seguro de si debe inclinarse para consolarme. No sabe qué hacer. Ni siquiera yo sé lo que quiero.

O, más bien, lo que quiero es arrastrarme hasta un agujero en la tierra, meterme y nunca volver a salir.

Papá continúa conduciendo con una sola mano, con la otra me pasa una caja de pañuelos desechables que está en el asiento de atrás.

—No tienes por qué llorar —refunfuña—. Podemos hablar al respecto.

—No se trata de eso, papá —digo—. La señora G está perdiendo la memoria.

Respira hondo, lo veo pensar en todo: las horas que pasé en su casa, el hecho de que fui tan vaga al describir lo que hacía ahí.

—Eso es algo muy serio, ¿quién más lo sabe?

—Su sobrino lo sabe —digo sacudiendo la cabeza—, pero ella quería que lo mantuviéramos en secreto.

Su rostro se endurece.

—No debió pedirte eso por muchas razones, pero, sobre todo, porque es una responsabilidad demasiado grande para ti. Además, ¡ni siquiera formas parte de su familia! No es justo, fue en verdad algo muy injusto para ti.

Asiento. Tal vez fue injusto, pero al mismo tiempo, no me pareció que así fuera. Me parece más injusto que algo así suceda. Que algunas personas mayores vivan y puedan continuar haciendo todo bien hasta que mueren: conducir su automóvil, jugar tenis e incluso tener citas románticas. A la señora G, en cambio, a pesar de que hizo todo lo correcto para desafiarse a sí misma, de que jugó juegos de memoria y no dejó de leer las noticias ni de hacer ejercicio, a pesar de que hizo todo lo que pudo para mantenerse sana, le tocó esta enfermedad que solo va a empeorar cada vez más.

—¿Crees que deberíamos volver? —dice papá al tiempo que detiene el automóvil.

—No lo sé. Creo que por el momento la señora estará bien —digo, pero lo que en verdad quiero decir es: "Tú eres el adulto. Quiero que me digas *a mí* qué hacer. Por esta vez, eso es lo que quiero".

—Tienes razón —dice—. Además, el chico estará ahí y...

—Ezra.

—Ezra, sí. Entonces estará segura.

Cuando llegamos a casa, Tessa se apresura a mi encuentro, me abraza y me mira de arriba abajo en busca de lesiones. Mamá también me abraza y, acto seguido, me da un té de ginseng. Ni siquiera me gusta tanto y afuera hace calor, pero es su gesto lo que me calma, ver el agua deslizarse por la boca de la tetera y beber de una taza que me parece que hemos tenido desde siempre. En casa de la señora G bebíamos el té al estilo británico, con leche y azúcar y sobre platos, y después de todo eso, el té de mamá me resulta tan simple, que siento que me purifica.

Bebo hasta la última amarga gota. Dejo que mamá me frote la rodilla, pero me siento mal al ver que, ahora, ella es quien cuida de mí.

—Lo lamento mucho, muchísimo —digo—. Me equivoqué... en grande. No debí mentir y... —digo mirando a mamá. Veo la mascada que ha usado desde la cirugía. Su rostro se nota pálido y triste. Continúo hablando, pero apenas en un susurro—. En verdad debí estar aquí para ti, mamá.

—Lo que importa es que te encuentras bien y que estás aquí ahora, ¿de acuerdo? —dice frotando mi hombro.

Papá solo me mira, su boca es solo un trazo adusto.

Me lo merezco, pienso.

Más tarde, cuando estoy sola en mi habitación, me pongo los audífonos y subo el volumen. Mi canción favorita estos días es "Your Best American Girl" de Mitski.

La escucho dos veces completas antes de ver a papá en la puerta. Seguramente tocó, pero no lo escuché.

Me quito los audífonos y me siento. Él se sienta en mi cama también.

—Rillo, dime algo. Respecto a lo que mencionaste en el auto, ¿qué tan mala es la situación?

—Pues... Lo peor es cuando la señora piensa que hice algo y no es así. Entonces las cosas se ponen muy mal porque es como... como si se transformara en otra persona.

—¿Por qué te pidió que no le dijeras a nadie? ¿Y por cuánto tiempo?

—Fue a principios del verano, creo, pero entonces no me di cuenta. Cuando nos conocimos fue raro porque ella...

—¿Ella qué?

—Me pidió que recordara lo que me dijera sobre su vida, pero en ese momento, no lo sé, no sabía bien lo que quería de mí. Yo no sabía que estaba empezando a perder la memoria. Lo negó por algún tiempo, es decir, yo me sorprendía mucho cuando dejaba algo pasar, pero si llegaba a mencionarlo, ella se negaba rotundamente a creerlo.

Papá asiente como si entendiera lo que pasa, como si lo hubiera visto antes.

—Entonces te puso en una situación injusta, eso lo admito. Lo que no entiendo es por qué sentiste la imperiosa necesidad de estar con ella. ¿Por qué guardar el secreto tendría que ser tu responsabilidad? Lo que más me duele es que hayas sentido que era necesario mentirnos respecto a que irías a su casa —dice negando con la cabeza—. Eso es muy, muy decepcionante.

—Pero ¿por qué habría querido contarte sobre la señora Granucci si te pasas la vida prediciendo desastres? ¿Qué bien habría hecho decirte? De todas formas, no me habrías dejado ir.

—Rillo, la cuestión es que veo que esa señora te importa y estoy seguro de que tú a ella también, hasta cierto punto.

Siento una especie de sobresalto y no es para nada positivo.

—¿Hasta cierto punto? —digo.

—Es un empleo, Rillo, y siento que la señora se está aprovechando de ti. Se da cuenta de que te importa y, bueno, también es una persona mayor y rica. Sabe la influencia que puede tener en ti.

Ahora yo me siento confundida e incluso un poco asqueada.

—Eso no es cierto. ¡Ni siquiera la conoces! ¿Por qué siempre tienes que pensar que la gente se aprovecha de los demás?

—Porque tengo más experiencia, Rillo —dice papá tranquilo, en un tono llano—. Cuando llevas viviendo tanto tiempo, como es mi caso, solo sabes. El mundo no es solo sol y rosas.

—Lo sé —digo con una voz tan grave que parece que gruño—. Pero yo no creo eso, nunca lo creí. Tal vez para

Tessa las cosas sean así, pero no para mí —digo. Papá me mira confundido.

—¿Qué quieres decir?

—Para ella todo es muy fácil —digo casi escupiendo las palabras—, y se debe a ti y a mamá. ¡Le dan toda su atención! Para ella el mundo sí es sol y rosas. Ustedes solo dicen "Tessa esto", "Tessa aquello". ¿Qué hay de mí? Parece que la quieren más a ella —no acabo de pronunciar las palabras todavía cuando me doy cuenta de lo mimada que sueno, pero si ya vamos a decir las cosas como son, podría aprovechar para hacerle saber cómo me siento en realidad, aunque sea la primera vez que admito esto.

Escucho que Tessa está en su habitación, es el cuarto de al lado. Pero, por suerte, tiene buen juicio y no sale de ahí.

—¿Cómo puedes decir eso? —pregunta papá. Se ve genuinamente perturbado—. Sabes que las amamos de la misma manera, solo que para nosotros es difícil...

—Bueno, si no fueran padres sobreprotectores, ¡yo no necesitaría ocultarles todo esto! ¡Y Tessa tampoco tendría que encubrirme! Quisiera poder decidir por mí misma por una vez en la vida.

Pero en cuanto digo esto, empiezo a pensar: *A ver, rebobina, rebobina, rebobina. ¿Cómo es posible que haya yo arruinado las cosas de una manera épica y, de todas formas, solo siga culpando a mis padres sin poder cerrar la boca?* Pero, al mismo tiempo, no puedo evitar creer que tengo razón en algunas cosas. Este es el momento en que Matt me diría: *Solo diles todo, Em.*

En ese instante, por supuesto, papá se pone de pie, va a la habitación de Tessa y la mira desde la puerta. Y yo lo sigo.

—Tessa, ¿tú estabas enterada de esto? ¿Sabías que Rillo seguía yendo a casa de esa mujer? ¿Y nos mentiste? —dice mirándonos de forma alternada—. Estoy muy decepcionado de ambas.

—Fue mi culpa, papá —digo. Por un instante tengo la esperanzadora sensación de que tal vez todos se perdonarán porque, al menos, estoy asumiendo lo que hice mal—. Por favor, no te enojes con Tessa.

Tessa solo está sentada frente a su computadora. Se ve perpleja. Detrás de ella, alcanzo a ver una presentación de PowerPoint con gráficas circulares.

—Eres la hermana mayor —le dice sin prestarme atención—. Debiste decirnos.

—¿En serio? —contesta Tessa—. ¿Estás furioso conmigo por esto? ¿Por algo que Emily hizo muy mal? Todos en esta familia esperan que yo haga todo bien, que sea perfecta. Tienen estándares distintos para nosotros ¡y eso me parece una estupidez! —le dice a papá y voltea a verme—. Y tú, ¡tú crees que el mundo gira a tu alrededor! ¡Nunca estás aquí! ¡Tu egoísmo no tiene límites!

Después de eso nos azota la puerta en las narices y me cuesta trabajo no pensar: *Se supone que eso lo tenía que hacer yo.*

CAPÍTULO 13

BIEN, LO PRIMERO QUE debo hacer es ofrecerle una disculpa a Tessa porque hizo algo por mí y terminó jodida, y porque tal vez tenga razón, soy egoísta. El problema es que, a la mañana siguiente, cuando me despierto, ella no está en casa porque salió a correr. Cuando vuelve se mete directo a la ducha y luego se va al internado, después de eso cena en casa de Sarah-Bradley, o sea que no está en todo el día.

Me queda claro cuando alguien me evita.

Ezra me envía un mensaje de texto para pedirme que le dé un reporte, paso por paso, del accidente. Luego, a diferencia de lo que haría cualquier otra persona de nuestra edad, me pone al día con la situación en un largo mensaje dividido en párrafos bien construidos. Me dice cómo está la señora G y me cuenta todo lo que ha hecho desde que me fui de su casa. Según él, aún se encuentra un poco alterada, ha dormido, almorzado y se ha reprochado mucho a sí misma, siempre con la cabeza entre las manos. También le pidió que le trajera un paquete de cuatro kilos de bolsas Ziploc, porque se le volvieron a acabar…, a pesar de que Ezra ha visto por lo menos doce cajas de esas mismas bolsas en la cocina.

Me dice que me mantendrá al tanto y me pide que yo haga lo mismo.

En casa, me esfuerzo por tratar lo mejor posible a mamá para compensar todas mis faltas: le traigo té y me siento con ella a ver sus programas británicos preferidos. También damos juntas paseos superbreves y lentos alrededor de la manzana. A la hora de la cena comemos arroz *congee*, que es muy suave y no irrita la garganta. Hace mucho tiempo que no comía sola con mis padres. Papá continúa un poco furioso conmigo. Se le nota, así que solo nos comportamos con delicadeza y buenos modales el uno con el otro. Podría ofrecerle disculpas una vez más, Dios bien sabe que no saldría sobrando, pero en ese momento termina rápido de comer y deja su tazón en el fregadero, así que el momento se desvanece.

ее

Esa noche voy en bicicleta a casa de Matt porque es la única persona que comprenderá esto. O, al menos, eso es lo que espero. También espero encontrarlo solo, sin Zoey.

Naturalmente, está en el jardín.

—Creí que no era buena idea atender el jardín por las noches —digo, al tiempo que dejo mi bicicleta.

—Hay ciertas cosas que es bueno hacer antes de irse a acostar —dice poniéndose de pie—. Como regar. De hecho, ayuda a que la tierra se mantenga húmeda durante más tiempo.

—No puedo creer que hayas usado la palabra "húmeda".

—Créelo —dice Matt—. Ahora confiesa, ¿qué te trae hasta aquí después de haberme evitado todo el verano?

—Tengo una larga historia que contarte.

—Me viene bien porque tengo mucha maleza que retirar.

Entonces me siento en la escalera de la entrada, la misma donde nos sentábamos a comer paletas heladas cuando estábamos en la primaria, y en la que esperábamos el autobús en secundaria. Le cuento todo, empezando por la confusión mientras veíamos *Un beso para Birdie* y terminando con el accidente y el hecho de que vi a la señora G más triste que nunca. Matt hala, arranca, poda, riega y rocía el jardín con su líquido antimaleza casero, mientras habla con voz muy baja, dirigiéndose a las plantas: "Qué tal, amigote", "vamos, amiguito" o "ay, pequeña".

Cuando termino de contarle todo, respira profundo y supervisa el trabajo que acaba de realizar.

—Pudiste ofrecerte a ayudarme, ¿sabes?

Miro el gran montículo de maleza que acaba de retirar.

—¿Zoey te habría ofrecido ayuda? —pregunto. Y, ¡mierda! Mamá tiene razón, no tengo filtro para hablar.

—Pues... sí —contesta—. A Zoey le gustan mucho las plantas.

Respiro profundo. Claro que le gustan las plantas. Al parecer, le agrada todo lo que le interesa a Matt.

—Por cierto, suelo hablar con ella a las siete, así que, si me marca, tendré que interrumpir nuestra conversación y contestar.

Puaj, claro, es obvio que una chica como Zoey programa sus llamadas telefónicas.

—¿Qué hago ahora? —le pregunto y, al mismo tiempo, me pregunto a mí misma: ¿Por qué, cuando más necesito un consejo, no se lo pido a un adulto, sino a mi amigo: el chico obsesionado con la información y las estadísticas?

Matt se muerde el labio, baja la vista y se queda mirando sus pensamientos púrpuras recién florecidos. Y lo único que yo puedo hacer es imaginarlo en esa misma posición, pero acompañado de Zoey con sus uñas con una manicura rosada perfecta que las hacen parecer pequeños caramelos de fresa. A ella la imagino halando maleza y riendo de las bromas de Matt. La única diferencia entre ellos sería que ella lleva guantes de jardinería nuevos. Entonces bajo la vista y veo mis uñas. Por lo menos la mitad tienen manchas permanentes de gis pastel.

—Pues tú dime —dice Matt a modo de respuesta—. Creo que sabes cuáles son tus opciones.

—Bien… —digo. Pienso en la señora G sola en la casa y todo lo que le podría suceder—. Para ser honesta, las cosas se están poniendo muy peligrosas para ella. Así que yo podría…, es decir, le podría decir a alguien, pero es algo que en realidad no quiero hacer.

—Podrías dejarle una nota a su médico o… —dice, pero yo empiezo a negar con la cabeza.

—No, no de ninguna manera. Si hiciera eso, ella nunca me lo perdonaría.

—Tal vez lo mejor sería llamar a su familia. O decirle al tipo ese, el arrogante y pretensioso cuyo nombre bíblico no recuerdo, que le diga *él* a su familia.

Claro, pero Ezra no haría eso, ¿cierto? Él fue quien me hizo jurar que guardaría el secreto.

—La señora no me volvería a hablar si le contara a alguien —digo.

—Bueno, pero… —continúa Matt— Cuando termine el verano volverás a la escuela y, odio darte esta noticia, pero de todas formas no podrás hablar gran cosa con ella. En este momento crees que sí porque te encuentras en la etapa de la luna de miel de tu amistad con ella, pero las cosas son como en las preparatorias de las películas: las parejas que se forman ahí no duran más allá de la fiesta de graduación.

—Estoy segura de que ya pasamos la etapa de la luna de miel —digo y, antes de poder detenerme, añado—: ¡Oh! ¿Entonces eso quiere decir que cuando vayas a Yale o a otra universidad ya no saldrás con Zoey?

Matt ignora mi pregunta, solo camina algunos metros para abrir la llave que alimenta la manguera. ¿Cómo es posible que hablemos de todo menos esto?

—¿Yale? Vamos, Em, Yale es como el Slytherin del circuito Ivy League —dice mientras arrastra la manguera y riega generosamente las flores en los barriles que flanquean el acceso vehicular—. Pero, en fin, ¿qué te parece peor? —continúa—. ¿Que la señora G no te vuelva a hablar o que termine lastimándose gravemente?

Asiento con la cabeza, es un sentimiento horrible, ¿no? Cuando sabes que debes hacer algo, pero buscas todas las excusas posibles para no hacerlo.

Nos quedamos sentados un rato y luego lo ayudo a halar las bolsas con la maleza hasta el montículo de la composta. A mamá y a papá nunca los ayudo con las labores en el jardín a menos que me digan que lo haga, pero ahora veo por qué a Matt le gusta hacerlo. Porque te tranquiliza, porque la tierra huele bien y porque en el verano todo es verde, increíble y exuberante.

Matt solía hacer todo tipo de jardinería. En algún momento incluso armó una parcela de verduras con chiles fantasma, pequeños limoneros y hasta calabazas. Sin embargo, un día me dijo que lo que más le gustaba eran las flores porque le añadían belleza al mundo. ¿Alguna vez han conocido a alguien tan honesto y transparente? Al menos, ya no estoy tratando de mentirme a mí misma: estoy enamorada de mi mejor amigo y debí haber hecho algo al respecto hace mucho. Pero, igual que me sucedió con la señora G, tardé demasiado en reaccionar.

Sin darme cuenta, de pronto estoy pensando de nuevo en Zoey. Pienso que tal vez Matt le hace buqués que a ella le encantan. Y lo raro es que, por primera vez, estoy feliz por ambos, porque se merecen entre sí. Matt merece a alguien dulce y vivaz, alguien que lo apoye en sus proyectos de *nerd*, que lo acompañe en las profundas trampas de internet que representan los videos de trasquila de ovejas, que en verdad lo entienda cuando explique lo que sucede con los imanes, los opuestos polares y los enlaces de hidrógeno. Además, Zoey siempre ha sido muy agradable e inteligente y, sin duda, merece estar con un chico que no sea un idiota, que no la trate mal: hay tan pocos de ellos en la preparatoria. Darme cuenta de que me siento feliz por ellos se mezcla con algo más, con algo que me lastima, pero tal vez sea mejor tarde que nunca, como me sucedió con la señora G.

—Matt —empiezo a decir—, ¿alguna vez has pensado que...?

En ese momento, suena su teléfono. Se quita los guantes de jardinería de forma apresurada y espera un instante.

—¿Sí? ¿Qué decías? —me pregunta.

—Nada —digo.

¿Alguna vez han escuchado a alguien decir que es posible escuchar a una persona sonreír a través de la línea telefónica? Pues Matt dice "Ey", en un tono dulce, y por eso sé que la escuchó sonreír a ella.

Entonces cubre el auricular y me dice que me verá pronto, que si quiero continuar hablando sobre el problema con la señora G, le envíe un mensaje.

Me voy pedaleando y con un nudo en el corazón. Pasé el verano diciéndome que siento esto porque me molesta no contar con la atención absoluta de Matt, o que me gustaría que nuestra amistad pudiera volver a ser lo que era antes de que apareciera Zoey.

Pero ahora sé que lo siento porque es obvio que perdí algo valioso.

ℓℓℓ

Me estoy preparando para irme a acostar cuando papá entra en mi habitación.

Mira alrededor, ve los pequeños montículos de ropa sucia, los sobres abiertos de las universidades y los cerrados también, la planta teléfono rodeada de chucherías y productos de belleza. Es la primera vez que no dice nada sobre el desorden. Papá es meticuloso, preciso, limpio, organizado. Yo no. Es una de nuestras diferencias esenciales.

—Rillo, estuve pensando en el asunto un poco más. Sigo sin estar contento por lo que hiciste, pero ahora veo tus razones, y también comprendo por qué la señora te pidió que lo hicieras. Las historias y los recuerdos son lo que nos hace quienes somos, ¿cierto? Y, ¿sabes?, creo que no debió ser fácil para ti. No tomé tu empleo en serio, pero ahora veo lo difícil que fue. Para volver a ver a alguien como ella, se necesita de resiliencia y de disposición a perdonar.

—Pues…, gracias, papá —digo, pero no puedo evitar sentirme todavía avergonzada. He fallado en tantas cosas este verano y, ahora, además, estoy considerando hacer algo que significará que la única persona a la que parecía agradarle mucho mi compañía, no me vuelva a hablar.

—¿Has sabido algo sobre ella? —me pregunta.

—No —digo negando con la cabeza—. Pero dicen que no tener noticias es, de entrada, buena noticia.

—Seré honesto. Creo que lo que más me dolió fue que quisieras pasar más tiempo con ella que con nosotros —dice sonriendo con tristeza—. Pero supongo que era de esperarse porque, después de todo, eres una adolescente. A veces lo olvido. Y, lo que dijiste respecto a que a Tessa la tratamos distinto…

—Papá —lo interrumpo—. ¿Podríamos… no hablar de eso en este momento?

No me malinterpreten, aprecio mucho esos instantes en que mis padres empiezan a abrirse conmigo, pero a veces, resulta abrumador hablar de todo al mismo tiempo.

Se ve sorprendido, pero no debería, me conoce desde hace dieciséis años. Levanto las manos con las palmas hacia él y empiezo a explicar.

—Sé que cometí un gravísimo error, que me equivoqué en muchísimos aspectos, pero tal vez podamos hablar de los otros después.

—Claro, supongo que no hay prisa —dice frunciendo los labios.

Entonces se me ocurre una idea.

—Estoy a punto de tener una conversación difícil y tu vives eso todo el tiempo en tu trabajo. ¿Podrías aconsejarme?

—Por supuesto —me dice.

Entonces le cuento que estoy considerando hablar con alguien de la familia de la señora G, tal vez con su hijo. Pero ¿qué tal si Robbie se pone furioso? ¿Qué tal si no me cree? O aún peor, ¿qué pasa si me culpa de lo sucedido por no haberle informado antes de la situación?

Papá me escucha con atención.

—¿Sabes lo que admiro de ti, Rillo? —dice finalmente—. Que no tienes miedo. Y que no siempre necesitas estar en control —dice riendo entre dientes y señalando el desastre en mi habitación—. Este lugar es prueba de ello. Creo que es muy valiente de tu parte informarle a alguien sobre el problema de la señora. Eso es justo lo que yo te aconsejaría hacer.

—Pero *sí* tengo miedo, solo que no lo expreso de la misma forma que tú.

—En esta situación con Robbie, el hijo de la señora, solo podrás controlar lo que esté en tus manos, es decir, tú misma. Creo que lo que necesitas es ensayar, prepararte para la conversación.

Papá me ayuda a practicar. Hace el papel de Robbie y reacciona en una amplia variedad de formas espectaculares y exageradas. En una ocasión, grita; en otra empieza a sollozar; en otra más, dice que no quiere hablar conmigo.

Para cuando terminamos, una parte de mí está casi muerta de risa tras descubrir el talento teatral de papá. La otra parte está aterrada.

—Es muy valiente lo que estás haciendo —me dice—. Es valiente y noble porque no le debes nada a esa gente y, de todas formas, has decidido informarles de algo importante.

Escribo el guion en mi computadora.

> Hola, ¿Robbie? Soy Emily Chen-Sanchez,
> la acompañante de tu mamá.
>
> Llamo porque necesito decirte
> algo importante sobre su salud.
>
> Descuida, ella está bien,
> no hay razón para sentir pánico, es solo que...

El problema es que no está bien. ¿Por qué siento la necesidad de reconfortarlo antes de decirle algo tan importante? A mí nadie me está reconfortando respecto a la situación de la señora G.

Borro el primer guion y escribo otro:

> ¿Cuándo sería conveniente para ti que habláramos?

Si se enfurece conmigo por haber ocultado la situación todo este tiempo, bueno, no será culpa mía.

ele

Robbie no contesta, supongo que es lógico porque no reconoce mi número. Termino enviándole un mensaje de texto en el que le digo quién soy y le pido que hablemos. Como papá me sugirió hacerlo, le ofrezco algunos horarios para que elija. Robbie selecciona uno, me envía un enlace de Zoom, y yo me siento muy adulta.

Entonces llega el día y papá me entrena para toda la conversación. Me dice cómo permanecer tranquila mientras le doy a Robbie las malas noticias. Me recuerda que estoy haciendo lo correcto y que él estará cerca durante la conversación.

Y luego, de pronto, estoy frente a frente con Robbie Granucci. Tiene el cabello canoso y se ve amable pero fatigado. Aunque lo único que ha hecho es saludarme, me doy cuenta de que es más tranquilo y silencioso que la señora G. Tal vez eso lo sacó de su padre. Me mira con una expresión de apertura que me indica que tiene curiosidad respecto a lo que le diré. También parece que quiere hacer que la conversación sea más fácil para mí, lo cual aprecio muchísimo.

—Mamá me contó sobre ti —dice, y enseguida pienso que es raro pensar en la señora G como la madre de alguien, pero claro que así es—. Te aprecia mucho y, por lo que me ha dicho, parece que estás haciendo un excelente trabajo.

Al escucharlo, me cuesta trabajo no sonreír.

—Bien —dice—, ¿de qué se trata?

Por un instante me pregunto si no debería suavizar un poco las cosas empezando por lo positivo. Decirle que, en los mejores días, quiere ir a algún lugar fabuloso para desayunar, que inventa conversaciones ridículas y divertidas entre el George Harrison de cera y yo. Que, de cierta manera, aunque a veces me ha sacado de quicio, también ha sido una de las personas que mejor me ha sabido escuchar en todo el verano. Pero entonces supongo que lo mejor es solo arrancar de golpe la curita de la herida, así que le digo que su madre está teniendo serios problemas de memoria. Luego le cuento todo lo que puedo, empezando por lo más trivial, las cosas que solo parecen ser olvidos menores, y termino con los cambios brutales en su estado de ánimo.

—Para ser honesto —dice—, no me sorprende del todo. A veces me llama varias veces al día, como si hubiera olvidado que ya hablamos. Sin embargo, no le cuesta trabajo engañarme, solo me dice que me volvió a marcar por accidente —explica con un suspiro—. Yo no quiero avergonzarla porque se pone a la defensiva, estoy seguro de que todo esto debió ser muy difícil para ti —agrega—. Mi mami es como un pajarito viejo y necio.

Lo veo frotarse las sienes con las manos.

—Bien —dice—, ¿qué tan terrible es la situación?

—Pues, un día me acusó de haberle robado una joya —digo—. Y, físicamente se encuentra bien, pero la semana pasada tuvo un accidente automovilístico sin importancia. Tuvimos. Yo iba en el auto con ella.

—¡Jesucristo! —dice al tiempo que deja caer la cabeza sobre sus manos.

—Ella no quería que yo hablara de esto, quería que guardara el secreto —digo. Esto tampoco le sorprende porque, después de todo, conoce bien a su madre.

De cierta forma, comprendo, en verdad comprendo. Hay muchas razones. Para empezar, está la hermosa casa española en la que Robbie creció y que ella ha transformado en un lugar tan adorable como una galería de arte. De hecho, debería aparecer en alguna revista de decoración de interiores. Ella no quiere abandonar nada de eso, tampoco quiere que "cualquier estúpido" vaya a vivir con ella y le haga compañía de forma permanente. También está toda su labor de voluntariado. Las visitas al White Moose. Además, adora su Lexus, adora conducir.

No quiere perder su libertad.

—¿Qué piensas hacer? —le pregunto a Robbie.

—No lo sé. Por el momento no tengo idea —dice sonriéndome—. Mi madre no pasa tiempo con cualquier persona, lo sabes. Tú debes ser alguien especial. Se necesita de mucho valor para oponerse a sus deseos y tú acabas de hacerlo. Muchas gracias por informarme.

—Creo que la señora Granucci estará furiosa conmigo, pero ¿podrá entender que lo hice porque…? —estoy a punto de decir *porque la quiero*, pero me detengo justo a tiempo—. ¿Porque me importa?

La sonrisa tristona aparece de nuevo. Me mira con las palmas hacia el frente.

—Eso esperaría, en serio —dice—, pero los Grannuci podemos ser un clan de testarudos. Quédate tranquila y segura de que hiciste lo correcto. Creo que, tan solo esto, debería reconfortarte. Has demostrado tener mucho carácter.

Después de nuestra conversación me siento aliviada y triste al mismo tiempo. Imagino que es más o menos lo que sienten algunas personas cuando rompen una relación con alguien que no es para ellas. Bajo a la cocina y me preparo un bocadillo.

—¿Y bien? —pregunta papá—. ¿Cómo te fue?

—Pues, le dije todo, y no se enfureció ni nada parecido. Solo se puso muy, muy triste. Pero le dio gusto que le informara. Me lo agradeció.

Papá sonríe de oreja a oreja, sonríe tanto que diría que resplandece.

—¡Claro que te agradeció! Así debe de ser. Lo que hiciste fue... excelente, Rillo. Estoy muy, pero muy orgulloso de ti.

Papá me abraza y me doy cuenta de que ha pasado muchísimo desde la última vez que nos abrazamos de esta manera. Huele bien, huele fresco, es el desodorante que conozco, que ha usado desde que yo era una niña pequeña. Y, a pesar de esa familiaridad, siento extraño al abrazarlo. Porque cada vez que mis padres tratan de tocarme me retraigo y me encojo. ¿Por qué? No lo sé. ¿Por qué me cuesta tanto trabajo permitirles mostrarme su amor de la manera en que quieren?

—Sé que este no ha sido un verano fácil para nadie de la familia —dice en voz baja—. Pero hiciste lo correcto e insisto: estoy sumamente orgulloso de ti.

Y entonces, ¿por qué me siento tan de la mierda?

—Delaté a la señora G —digo—. Soy como una rata soplona de la más baja calaña, de esas que traicionan y arruinan todo.

—Eso no es verdad. Estoy orgulloso de ti, Rillo. Hiciste algo para lo que se necesita muchísima valentía. Decir la verdad no es fácil, ¿sabes? No es fácil hacer algo que terminará afectando tu amistad, pero que, a final de cuentas, es mucho más conveniente para la otra persona —dice acariciando mi espalda—. En serio, estoy orgulloso de ti.

Y ahora, yo soy la que sonríe tanto que resplandece.

—Gracias, papá —es lo único que puedo hacer, agradecerle. Y asegurarme de plasmar este momento en mi memoria para siempre.

Pienso que lo volvería a hacer de nuevo. Todo. Volvería a vivir el momento en que me acusó de robarle la sortija y el accidente, volvería a pasar por todas las experiencias perturbadoras de este verano... con tal de vivir este momento.

лее

Unos días más tarde, recibo un correo electrónico de la señora G.

Querida Emily:

Por favor, agradécele a tu padre de nuevo por ayudarnos el otro día. Físicamente estoy bien, espero que tú también. Gracias por todos los mensajes que has enviado para informarte sobre mi estado.

Desearía que no le hubieras dicho a Robbie. Seguro tuviste tus razones para hacerlo, pero siento que me traicionaste. Te tenía mucha confianza. Por supuesto, quiero quedarme en mi casa, permanecer aquí hasta que estire la pata e incluso después, así podrían enterrarme en el jardín. Todavía estamos tratando de decidir lo que haremos, pero, mientras tanto, no me permiten conducir ni salir sola a caminar, tampoco puedo cocinar sin supervisión y, como era de esperarse, todo esto ha tenido un impacto en mi salud mental y física. Para colmo, Robbie contrató a un ayudante que está conmigo toda la semana, no solo en los momentos más solitarios, como lo hacías tú. Y esto me irrita bastante. En principio, supongo que escribo para decirte que ya no requeriré de tus servicios. Es irónico, ¿no crees? Que el hecho de haberle dicho a Robbie lo único que no quería que revelaras haya tenido como consecuencia que ahora tenga que despedirte. Pero supongo que, a final de cuentas, se habría enterado de todas formas.

Espero que el resto del verano lo hayas pasado bien y que tu madre se encuentre bien.

Señora G.

Querida señora G:

Lamento escuchar que no le permiten hacer las cosas que ama. ¿Cómo se encuentra? Espero que esté un poco mejor al menos. Quiero que sepa que para mí no fue fácil tomar esta decisión. Sé que confió en mí y lamento haber traicionado esa confianza, pero, al mismo tiempo, tenía miedo de que le sucediera algo malo. Espero que pueda entender que yo estaba en una situación muy complicada. No quería volver a verla lastimarse.

Aunque ahora tiene un nuevo acompañante, me encantaría verla algún día. Tal vez, para comer o tomar el té. Dentro de poco obtendré mi licencia de conducción (cruzo los dedos) y podré llevarla a algún lugar fabuloso, pero también podría visitarla como en los viejos tiempos y prepararnos huevos Benny a ambas para el almuerzo. Por favor, avíseme si le resulta conveniente recibirme en algún momento antes de que comiencen las clases.

Mamá tendrá su tratamiento de radiación dentro de poco. Todos esperamos que sea para bien.

¿Cómo está Ezra? ¿Y George?

Cordialmente,
Emily

Después de responder a su correo, *cri cri, cri cri*: silencio absoluto. Pasa un día, luego dos, después tres. Me pregunto si algún día me escribirá de vuelta o si esta es su manera de decirme que nuestra amistad llegó a su fin.

Algunos días después suena mi teléfono. Es Ezra. Respiro profundo antes de contestar.

—Hola.

—¿Qué diablos estabas pensando? —pregunta sin saludar.

Lo imagino caminando de ida y vuelta, tratando de hacerse a la idea... a pesar de que hice lo correcto, ¡porque claro que hice lo correcto! Empiezo a disculparme, pero de pronto se me ocurre algo. Primero es una sensación, una especie de instinto, pero luego sube hasta mi garganta.

—¿Que qué estaba *yo* pensando? —digo—. La verdadera pregunta es ¿qué demonios *estábamos* pensando? ¿Cómo pudimos ocultar algo tan enorme, un secreto tan peligroso? ¿Cómo pudiste hacerme eso? —*Ni siquiera soy de la familia*, estoy a punto de decir, pero eso no es tan cierto tampoco, ya que me esforcé por crear una nueva familia con estas personas que parecían ser perfectas y vivir en una casa perfecta. Y ahora, ni siquiera me volverán a hablar.

Ezra ignora lo que digo, solo sigue hablando.

—Teníamos un trato. Llegamos a un acuerdo. Solo desearía... que no hubieses hablado. Pero está bien, lo hiciste y creo que puedo perdonarte.

—¿Crees que puedes perdonarme? *¿Tú a mí?*

El silencio reina hasta que habla en un tono distinto.

—Escucha, sé que dentro de poco estaremos en círculos distintos, pero no estaremos lejos. ¿Te gustaría que nos viéramos alguna vez?

Puaj. ¿Qué diablos les pasa a estos niños ricos de escuelas con internado?

—No —digo, y cuelgo sintiendo que el corazón me palpita con fuerza a pesar de todo.

Lo que más extrañaré ni siquiera será la casa, a pesar de que eso fue de lo que me enamoré al principio. La señora G y yo nos hicimos amigas: lo que más extrañaré será a ella.

CAPÍTULO 14

LAS COSAS HAN MEJORADO muchísimo con papá en los últimos días, pero eso no tiene ningún impacto en mi relación con Tessa. Los miembros de mi familia son muy buenos para hablarse entre sí hasta que alguien sale lastimado. Luego, todos actuamos como si no hubiera sucedido nada y solo esperamos a que la situación explote.

No la he visto en todo el fin de semana. El lunes, en cuanto despierto, me doy cuenta de que es la primera vez que despertamos al mismo tiempo desde hace mucho. Voy directo al baño y veo que sigue decidida a no hablarme.

Ya me hizo esto una vez y, claro, supongo que me lo merecía, pero de todas formas me sorprendió mucho. Esta es una de las cosas que no le admiro ni le envidio a mi hermana. Ajá, tal vez sea más madura que yo en muchos aspectos, pero al menos, yo no evito el conflicto. Al menos, yo tengo la decencia de decir cómo me siento, aunque me resulte demasiado incómodo.

Para ser franca, su actitud me hizo perderle el respeto varios días. Tessa sabe que es la hermana mayor y, aunque odie admitirlo, sabe cuánto la admiro y cuánto necesito su aprobación.

Sí, es verdad. En el fondo, quiero que piense que soy maravillosa.

Me dirijo al baño y la veo.

—Buenos días —digo—. Pasa tú primero —agrego, porque supongo que, al menos por una vez, puedo ser amable con ella.

Ella actúa como si yo ni siquiera estuviera ahí. Solo mira al frente, entra al baño y cierra la puerta.

Dios santo, es exasperante.

Y, como dice la señora G, el enojo solo es un primo pequeño del dolor.

Tessa se comporta de la misma manera durante todo el desayuno. Habla con mamá y papá sin problemas, pero ni siquiera mira hacia donde estoy sentada y yo soy demasiado orgullosa para tratar de romper el hielo. Hace poco escuché a papá y a mamá decirle que, por favor, hiciera las paces conmigo, pero la influencia de mis padres tiene un límite.

Y, ¿saben qué es peor que pelear con tu hermana mayor?

No pelear con tu hermana mayor.

Los siguientes días se sienten largos, densos y aburridos. Como la señora G no me ha llamado, y tampoco me ha escrito ni un correo ni un mensaje, sé que continúa furiosa. Nuestra casa permanece en silencio y yo hago lo que puedo por pasar el tiempo sin volverme adicta a mi teléfono celular. Por las mañanas voy a la práctica de natación sintiéndome agradecida por la sensación constante de estructura que me da.

Luego subo a mi habitación y dibujo.

Por lo general, me toma una eternidad acabar un dibujo o, al menos, meses. Se debe a que soy una eminencia de la procrastinación y cada vez que voy a hacer algo primero le doy vueltas al asunto. Esta vez, sin embargo, voy directo al grano. Es una idea que tuve hace rato, mientras nadaba. Supongo que es un paisaje, pero al mismo tiempo ¿quizás es una naturaleza muerta? No lo sé. Saco una fotografía del verano pasado. Es julio y Matt está de pie junto a su rosal en plena floración. Se ve muy orgulloso. Son rosas de té color rosado intenso y las dejó crecer de una manera tan salvaje que muchas de ellas sobrepasaban el perímetro del jardín, sobresalían en el acceso vehicular e incluso rozaban su Jeep cuando entraba. Empiezo a bosquejar el arbusto con lápiz, dejo que se extienda en la mayor parte de la hoja de papel y, a diferencia de cómo se ve en la foto, lo capturo en una etapa más tardía del verano, cuando la mayoría de las rosas ya florecieron por completo y, aunque muchos de los péta-los ya cayeron al suelo, todavía quedan algunos por exten-derse. Después de hacer varios bocetos, dibujo muy rápido las flores que faltan. La última parte es la que me toma una eternidad: un par de guantes de jardinería tirados al lado del arbusto, al final de un día de intenso trabajo. Los dedos se ven empanizados con tierra.

Luego llega el momento de añadir el color. Las rosas son, en su mayoría, de un color rosado vibrante, pero al-gunos de los pétalos tienen manchas cafés, se ven secos en las orillas y es obvio que están a punto de caer. El cielo es de un color azul claro tan nostálgico que rompe el co-razón, pero no hay nubes. Los guantes de jardinería son color verde oscuro. Me toma algún tiempo encontrar la tonalidad perfecta.

Para cuando termino es bien pasada la medianoche. Me siento exhausta en lo físico y lo mental, pero también satisfecha porque... yo diría que terminé. Nunca había terminado un dibujo de esta manera, en una sola sentada. Atomizo la hoja de papel con espray para el cabello ase-gurándome de hacerlo rápido y sin concentrarme en nin-guna zona en particular; eso fijará los colores y evitará que se formen manchas. Apoyo la pintura en la pared y hago algo que rara vez hago con mis pinturas: la contemplo y la disfruto.

A partir de la gran discusión con papá y Tessa, y de que ella me acusara de nunca estar en casa, empecé a ser más dedicada con mis quehaceres y a tratar de hacer la parte que me corresponde. Descargo el lavavajillas sin que me digan que debo hacerlo y doblo la ropa limpia de mamá y la subo a su habitación. Los quehaceres me aburren de una manera brutal, pero a veces así te toca en la vida y, de cierta forma, es agradable hablar con papá ahora que nos entendemos de manera distinta, escuchar música, ver que mamá va cada día mejor tras la cirugía y no tener que preocuparme todo el tiempo de que la señora G tenga un cambio de humor repentino.

Aunque debo decir que ahora la preocupación es diferente. Ahora me pregunto: ¿estará bien? ¿Qué plan tendrán para cuando termine el primer plan temporal? ¿Aún se sentirá increíblemente sola? La otra cosa que me inquieta es si volveremos a hablar alguna vez.

Tessa nunca me había aplicado la ley del hielo durante tanto tiempo. El silencio nunca había durado tanto. Anoche escuché a mamá afuera de su habitación diciéndole a través de la puerta: "Ay, por favor, hagan las paces. ¿Pueden, por favor, arreglar esta situación? ¿Pueden, por favor, perdonarse? ¿Lo harían por mí?".

Es muy gracioso cuando los padres te piden que hagas las paces con tus hermanos *por ellos*, como si fuera correcto decir: "De acuerdo, no lo haré por mí misma, pero sí, claro, lo haré *por ti*".

No escuché lo que dijo Tessa porque habló en voz muy baja, pero imagino que fue algo como: "No".

Nos acostamos a dormir sin desearnos buenas noches.

Cuando estábamos en la primaria, inventamos un código usando golpes, porque la pared que separa nuestras habitaciones es muy delgada. Tres golpes seguidos significaban "¿Estás despierta?". Un golpe fuerte más un golpe suave y un toque con el pulgar (lo sé, éramos muy sofisticadas) significaba "¡Buenas noches!". No hemos usado nuestro sistema en años, pero a veces pienso en él y en lo cercanas que éramos.

Este verano, sin embargo, aprendí una o dos cosas, y decidí que ya no me voy a quedar callada, que ya no guardaré secretos. El hecho de que la señora G maneje así las cosas no quiere decir que yo tenga que hacer lo mismo. Por eso, esta noche me digo a mí misma que, si Tessa no da un primer paso mañana, yo lo haré sin importar cuán incómodo me resulte.

Al menos, de esa manera habrá una persona menos sin hablarme. Quizá.

Tengo un breve guion en la cabeza. En él le digo que me duele mucho que no me hable, que me parece que, dado que es la hermana mayor, lo que está haciendo es un asqueroso juego de poder, que me parece muy inmaduro, que parecemos uno de esos matrimonios de los sesenta que se odiaban en secreto, y que, sí, lo acepto, soy insufrible, pero vamos: ya estoy trabajando en ello.

En mi guion también le pregunto si habrá manera de convencerla de que puedo cambiar, ¿por favor? Y le digo que, de hecho, ya he cambiado en algunos aspectos.

ele

A la mañana siguiente seguimos la misma rutina. Tessa entra al baño y sale mirando de frente, fingiendo que no estoy ahí. Durante el desayuno conversa con papá y me ignora por completo. Él se ve preocupado, pero no menciona nada por suerte. Luego Tessa sube a su habitación.

Es mi oportunidad, así que subo por las escaleras.

—Oye —digo de pie en la puerta, lo digo sin siquiera pensarlo porque no quiero empezar a vacilar—. ¿Podemos hablar?

Está trabajando en su computadora, perfeccionando las diapositivas para la presentación, ni siquiera parpadea al oírme, pero no me daré por vencida. Me quedo ahí parada, mirándola teclear, parece que casi pasa un minuto. Y entonces da un suspiro muy profundo, voltea y me mira a los ojos.

—Pides demasiado de mí, ¿sabes?

—¿Pido demasiado de ti?

Me mira de la misma manera que lo ha hecho todo el verano, como si yo fuera la idiota y ella tuviera que explicarme las cosas de forma lenta y condescendiente.

—Primero me pediste que te cubriera a pesar de que sabes que no soy buena para mentir.

—¿Qué significa eso? —pregunto y me mira entornando los ojos. De acuerdo, lo merezco.

—En segundo lugar, hablo de lo que ha estado sucediendo todo el verano. Tú te vas de casa y me dejas aquí sola, tratando de mantener todo en pie, a pesar de que yo soy la que tiene un empleo de verdad, un novio, solicitudes que enviar a las universidades...

—¡Pero mi empleo era real! ¡Y he estado preparando la cena! —exclamo a pesar de saber que no es lo que debería decir, que las peleas nunca son respecto a lo que se dice.

—¡Preparaste la cena dos veces! —dice Tessa.

—Pero es que tú ¡ni siquiera quieres que esté por aquí! Siempre que estoy aquí, se la pasan criticándome, tú, todos.

—Porque casi no estás y, cuando estás, no haces nada y...

—Cada vez que trato de ayudar, hago las cosas mal, ¿no es eso lo que siempre dices?

—Si estuvieras más tiempo presente, podrías aprender, pero ese es el problema, ¡nunca estás! Yo soy la que tiene que ver a mamá sufriendo todo el día sin que mi hermana esté aquí para compartir la carga. Yo soy la que tiene que soportar la ansiedad de papá. Soy la que hace todo el quehacer mientras tú te vas a la casa de alguien más, a una casa limpia y agradable, y para colmo... ¡vas a comer galletas! ¡O a hacer lo que quiera que sea que hagas todo el día! Ah, y, después de todo eso, ¿todavía tienes la audacia de pedirme que te cubra? Y luego, ¡a la que culpan es a mí! Ya crece, Emily.

Ni siquiera sabía que Tessa podía llegar a estar así de enojada. Le salen chispas de los ojos, como si me despreciara muchísimo.

—Lo lamento mucho, Tess, en serio. Pero tú... ni siquiera sabes lo que sucedió este verano. La señora G...

—¡La señora G esto, la señora G aquello! ¿Acaso crees que siquiera me importa? ¿Cómo puedes preocuparte de esa manera por ella mientras hay tantas cosas sucediendo en nuestra familia?

—¡Pero tú pareces tener todo bajo control! De cualquier forma, no me dejas hacer nada. Y... y... —esto último es algo que ni siquiera he articulado bien para mí misma, pero cuando el pensamiento se forma, me doy cuenta de que es verdad—. Y tal vez yo necesitaba salir de casa porque era horrible estar aquí, porque era horrible ver a mamá sufriendo y con la voz ronca, ver a papá mirándola todo el tiempo como un halcón. Ni siquiera sé cómo lo soportas tú.

En cuanto digo esto, el rostro de Tessa se suaviza, pero solo un poco.

—Sí, apesta, pero si al menos estuvieras aquí, podríamos enfrentarlo juntas.

Entonces voltea de nuevo hacia su computadora, girando de manera desafiante en su silla, y yo solo termino mirando su densa coleta de caballo en lugar de su rostro.

—Espera —digo—. No hemos terminado de hablar.

Entonces voltea y me mira como diciendo: *¿En serio vas a insistir en esto?* Frunce los labios y mira decidida la pantalla.

—Ya terminamos. No puedo seguir haciendo esto.

Entonces esto no será como en las películas. No vamos a hacer las paces ni a convertirnos en un gran equipo, a pesar de que ambas nos mostramos sinceras y vulnerables con la otra. Tampoco parece que hablar haya servido de mucho.

⠎⠑⠑⠝

El lunes asisto a la práctica de natación.

—Solo nos quedan siete más de estas sesiones juntos antes de que termine la temporada, así que hagan que esta cuente. Okey, gente, ¡vamos! —grita la entrenadora.

No me había dado cuenta de que estábamos a finales de julio. Aquel día de finales de mayo, cuando me encontraba en la parte superior de las escaleras viendo a papá sostener en alto mi reporte de calificaciones como si fuera un calcetín sucio, me pareció que el verano no terminaría jamás. Las prácticas de natación se fueron pegando la una con la otra, pero ahora las voy a extrañar. Voy a extrañar la primera zambullida en el agua helada y mi cuerpo acostumbrándose a ella. Extrañaré que, cuando estoy aquí, lo único en que puedo pensar es en moverme y en seguir avanzando.

Para calentar tenemos que hacer cien metros en cualquier estilo que elijamos, pero debemos enfocarnos en la técnica y en los giros. Elijo estilo libre, me lanzo al agua fría y me entrego por completo, pero no me enfoco ni en la técnica ni en los giros. Mis patadas son teatrales y van salpicando, lanzo los brazos al agua y los saco con gestos exagerados, como si estuviera quitando el agua de mi paso. Ni siquiera practico la respiración regular. Hago mi máximo esfuerzo y empiezo a rebasar a los nadadores de los otros carriles. Desperdiciar toda esta energía antes de que la práctica en verdad comience es estúpido y lo sé, pero hoy solo quiero cansarme, cansar mis piernas, mis brazos, mi cerebro y mis pulmones para no poder pensar en nada más, ni en Matt, ni en Tessa, ni en mamá, ni en la señora G.

Cuando volteo la cabeza para respirar, escucho que la entrenadora grita algo, pero no estoy segura de qué es porque no es fácil escuchar cuando la gorra de silicona me cubre las orejas y además estoy bajo el agua, así que solo sigo nadando de forma salvaje. Si acaso a esto se le puede llamar "nadar".

Por fin llego a la pared y me paro.

—¿Dónde estaba toda esa energía la vez pasada que competiste? —me pregunta la entrenadora—. Y, por cierto, tu técnica se fue a la mierda.

—Lo siento —le digo—. Afinaré la técnica en la siguiente serie.

—¿Estás bien? ¿Necesitas dar una vuelta conmigo?

Cuando la entrenadora dice "dar una vuelta conmigo" se refiere a caminar al extremo de la piscina y hablar donde nadie más pueda escucharte. Significa que tratará de preguntarme respecto a mis sentimientos, a mamá y a cualquier cosa que piense que me haya llevado a nadar así de mal.

—No, gracias —digo—. Estoy bien.

Meghan Morehart, que está en el carril de al lado, me mira arqueando las cejas.

¿A ti qué te importa?, pienso y yo creo que mi rostro lo refleja porque en ese momento mira al frente y grita "¡Vamos, Zoey!" al tiempo que aplaude. Lo hace a pesar de que no solemos vitorearnos entre nosotros durante la práctica.

La práctica termina y todos se dirigen a sus bicicletas o, si son afortunados, a sus automóviles. Siento los brazos y las piernas como si fueran de gelatina, así que solo me hundo en una de las sillas de plástico junto a la piscina.

La entrenadora me recuerda que debo beber agua. Dice que si afino mi técnica la próxima vez, no me sentiré tan drenada.

—Usa tu energía de forma eficaz —me dice inclinándose al frente y dándome palmaditas en la espalda—. Y continúa así.

Luego se acuclilla a mi lado y se cubre los ojos.

—Mira, iba a decirte esto la próxima semana que les asignaré las tareas, pero sé que vas a armar un alboroto, así que mejor te lo digo ahora y no quiero escuchar excusas.

—Vaya —digo—, ¿en verdad soy tan mala?

—Sabes lo que quieres y lo defiendes —dice sonriendo—, pero a veces, Emily, uno necesita bajar la cabeza y respetar a la autoridad. En fin, te voy a poner en los cincuenta de mariposa.

—¡Qué! —empiezo a decir. Porque odio el estilo de mariposa como ninguna otra cosa en el mundo. Y todos lo saben, incluyendo la entrenadora. En especial, ella.

Pero cuando la miro la veo haciendo el gesto de cierre de zíper en su boca.

—Shh, nop. No quiero escuchar nada. A veces uno tiene que hacer las cosas difíciles. Sé que odias ese estilo, sé que es el peor para ti y, ¿sabes qué?, esa es la razón por la que te lo estoy asignando.

Si esto hubiera sucedido al principio del verano, habría peleado sin pensarlo, pero he aprendido un poco respecto a la necesidad de elegir tus batallas y, quizá, sobre cómo funciona el tiempo. He aprendido que, en el gran esquema de las cosas, solo se trata de una competencia. En medio del verano en que a tu madre le da cáncer, tu empleadora/amiga empieza a perder la memoria y tu mejor amigo, del que pareces estar enamorada, comienza a salir con otra chica, esto es solo una humillación ínfima. O sea, no es nada.

—De acuerdo —digo—. Lo haré.

Veo a Matt y a Zoey dirigiéndose a la rejilla para estacionar las bicicletas. No van tomados de la mano ni nada y, aunque es estúpido, eso me hace sentir un poco mejor, como cuando ves que te dieron otro *Me gusta* en una publicación de Instagram. Entonces Matt voltea y, a pesar de que está un poco lejos, veo que me mira preocupado, como preguntando: *¿Todo bien?*

De pronto, Zoey voltea también, sonríe y me saluda ondeando la mano.

Pongo una sonrisa fija y congelada en mi rostro y les muestro a ambos mis dos pulgares hacia arriba.

Después de eso hago algo estúpido. Voy en bicicleta hasta la casa de la señora G porque me da curiosidad la persona que me remplazó, pero no hay nada que ver, solo la casa, el jardín perfectamente cuidado como de costumbre, los sauces llorones y las cortinas de encaje blanco en la ventana. La imagino viéndome desde ahí y entonces, ¿qué? Una parte de mi espera que salga con una gran sonrisa y diciendo que lamenta todo, invitándome a pasar a tomar un café.

Pero no sucede nada. Nadie se asoma por la ventana ni sale al pórtico.

No sé qué esperaba, pero me siento como una acosadora.

Esta semana mamá va al hospital para su tratamiento con yodo radioactivo, pero no podemos acompañarla porque la radiación es muy intensa.

Cuando vuelve a casa hablamos con ella por FaceTime.

—Fue como una película de ciencia ficción —nos cuenta—. La radióloga entró con máscara, un delantal de plomo y guantes. Luego me dio una píldora que tuve que ingerir —explica encogiendo los hombros—. Pero en este momento me siento más o menos igual.

Mamá se acomoda en su habitación y yo subo con cuidado por las escaleras para llevarle la cena en una bandeja. Cuando estoy afuera de la habitación de mis padres me pongo en cuclillas, agradecida por el millón de sentadillas que tenemos que hacer en la práctica de natación. Dejo la bandeja en el suelo y toco a la puerta.

—¿Mamá?

La escucho levantándose de la cama, oigo incluso el rechinar de los resortes del colchón. Entonces la puerta se abre un poco y ella toma la bandeja.

—¡Qué hermoso! Gracias, cariño —me dice.

Siempre que mamá o papá usan términos cariñosos para referirse a mí, me parece que suenan muy exagerados. La gente no blanca no los usa, lo siento, pero no. Uno no los escucha a menos de que hablen en otra lengua, pero ella se esfuerza, así que, de acuerdo, lo acepto.

—Por nada… eeh, mamita —digo y la escucho reírse un poco, débilmente.

—*Bon appétit* —agrego antes de girar para volver a la cocina y sacar del horno la *pizza* DiGiorno con corteza inflada que descongelé y que planeo devorar frente a la televisión.

—Espera —dice mamá desde su habitación—. Quédate y come conmigo.

—¿Qué? Pero ¿no se supone que no podemos estar juntas?

—No puedes entrar, pero podrías sentarte afuera, junto a la puerta, si no te molesta.

Entonces bajo corriendo y vuelvo a subir con la pizza y me dejo caer con las piernas cruzadas sobre la alfombra, justo afuera de su habitación.

—Me siento un poco sola aquí —confiesa mamá.

—Me imagino —digo, pero lo que en realidad pienso es: *¿Por qué no se me ocurrió antes?* Y: *A Tessa sí se le habría ocurrido.*

—Encendí la televisión para ver uno de esos programas británicos de detectives que me gustan.

Aunque la puerta se interpone, podemos conversar, es casi como si habláramos por teléfono.

—Ah, ¿sí? ¿Cuál? —le pregunto.

—Todos son más o menos iguales, creo, pero no me molesta. Al menos me distraen de mi ansiedad.

—Eso no es exactamente lo que imagino cuando pienso en algo reconfortante, mamá —digo. Es cierto, ni siquiera había pensado en lo ansiosa que debe sentirse, pero claro que es normal. Es solo que estoy más acostumbrada a papá porque él lo muestra más. Supongo que esto es un indicador de lo absorta que he estado en mí misma todo el verano. Entonces escucho a mamá reír un poco.

—Tienes razón. Pero estos programas son tan extremos, que me resultan apacibles, aunque suene raro. Tal vez porque nuestra vida real no se puede comparar con ellos. Este que estoy viendo se trata de un secuestro y, por supuesto, los dos detectives asignados ya empezaron a enamorarse.

—Claro.

Como el primer trozo de pizza. Maldita sea, después de tres semanas de un régimen bajo en yodo, el pepperoni me sabe a gloria.

Nos quedamos en silencio un rato. Detrás de la puerta escucho los sonidos de mamá comiendo: el cuchillo y el tenedor chocando entre sí, ella dejando sobre la mesa de noche el vaso con cubitos de hielo. Es agradable, a pesar de que no podemos vernos de todas formas estamos comiendo juntas.

—Y bien, supongo que todavía no has hecho las paces con tu hermana —dice mamá.

—Lo intenté —digo con un suspiro.

—¿Sabes? Tu tía Sue y yo peleábamos todo el tiempo también. ¡La vida parecía ser mucho más fácil para ella!

Ama y LauYe no eran tan estrictos con ella. Tal vez, creían que, de todas formas, haría lo que quisiera. Siempre fue la más independiente de las dos.

—Pero ahora se llevan muy bien.

—Bueno, es que las cosas son muy distintas cuando dejas la casa de tus padres. Algunos hermanos se separan, pero nosotras nos unimos más. Tener una hermana es maravilloso. Nadie te conoce como ella porque nadie compartió tu infancia contigo.

Es cierto. A veces, en las raras ocasiones que estamos con algún grupo, ya sea paseando con nuestra familia extendida o con gente de la escuela, Tessa y yo hacemos contacto visual porque recordamos una broma privada. Es algo que solo nosotras comprendemos porque tenemos los mismos padres y vivimos en la misma casa. Es triste, pero eso no ha sucedido en algún tiempo.

—¿Sabes? Tu padre me contó lo que dijiste, sobre que amamos más a Tessa.

—Oh, no, mamá, no quise decir...

—Emily, los dos te amamos muchísimo. Sé que somos muy severos contigo y que no es fácil ser la segunda hija. Tessa siempre ha sido el tipo de chica que tiene logros y quiere más, en un sentido muy convencional. Además, cuando era niña era muy obediente, y luego llegaste tú, siendo tan ruidosa y salvaje, queriendo hacer todo a tu manera. Pero a las niñas pequeñas siempre les dicen que deben ser calladas y obedientes, ¿no? Tú dices lo que piensas, siempre lo has hecho, y eso no tiene nada de malo. Papá y yo no deberíamos compararte con Tessa, nos hemos equivocado al hacerlo y trataremos de evitarlo.

Me inclino hacia el frente y apoyo la frente en la puerta de la habitación.

—Te quiero, mamá —digo.

—Oh, Emily.

—Lo siento —agrego.

—¿Por qué? —pregunta—. ¿Por qué te disculpas? Ya dejamos atrás el asunto de tus calificaciones y ya traicionaste a tu empleadora, ¿por qué más tendrías que disculparte?

Guau, solo a mamá se le ocurre hacer listas con todas mis faltas, incluso cuando me estoy disculpando.

—Por no haber estado aquí para ti este verano, por no ser tan buena como Tessa.

—Emily, tú eres muy fuerte, eres mi chica fuerte. Tú me has apoyado de una manera muy distinta, me has dado esperanza y me has inspirado, con tu arte, con tu resiliencia y con la manera en que lidiaste con el asunto de la señora Granucci.

—¿Con mi arte? ¿En serio? —pregunto.

—Mientras sacudía tu habitación vi la pintura del rosal. Es hermosa.

¿Por qué si mamá es la que está enferma, me está reconfortando a mí? ¿Y por qué estoy tratando de que me haga cumplidos?

Me hundo más sobre la alfombra y me enjugo las lágrimas de los ojos. Siento que he fallado en todo, que una vez más estoy donde me encontraba al principio del verano, si no es que más rezagada. Matt sigue con Zoey, Heather y yo no hemos hablado en algún tiempo, Tessa me odia con ganas. La señora G no me habla, es como si no nos hubiéramos conocido.

—¿Estás llorando? —pregunta mamá—. No llores, Emily. Si lloras por esto, no te quedarán lágrimas para las cosas en verdad tristes.

Esa es mi madre, la mujer que todavía piensa que esto no es malo.

—Siento que soy un fracaso —digo—. Tessa tiene calificaciones envidiables y un cabello inmaculado. Yo y mi C+ en psicología...

—Y con tu cabello implacable —añade mamá y ambas reímos a pesar de que a mí me siguen corriendo lágrimas por las mejillas.

—No necesitas sentirte así, Emily —dice mamá—. Fue muy, muy decepcionante que sacaras esa calificación, por supuesto, pero eso no tiene que ver con Tessa, sino contigo. Fue decepcionante porque sabemos que puedes lograr mucho más que eso, porque eres brillante. Nos sentimos avergonzados porque, ¿acaso no siempre te educamos para hacer tu máximo esfuerzo? Lo que más nos molestó fue que esa calificación no reflejaba todo de lo que eres capaz, que pareciera que te habías dado por vencida.

Y nuestra familia no es el tipo de familia que se da por vencida.

Sorbo y me limpio la nariz con la servilleta.

—Esa calificación, sin embargo, no cambia el hecho de que eres nuestra Emily —explica mamá—. Y lo que tienes que recordar es que tampoco cambia el valor que te das a ti misma, tu autoestima. Esa calificación no te hace una persona menos valiosa ni define quién eres. Incluso si en este momento eso es lo que sientes.

Tengo un deseo abrumador de abrazarla. Halo las rodillas hasta mi pecho, las lágrimas empiezan a correr como ríos por mis mejillas y me caen en los brazos. Me paso los dedos por la nariz y un hilo de moco se queda pegado en ellos.

Soy asquerosa.

—Yo también te quiero —dice mamá—. Mucho, muchísimo.

A veces mamá no es tan mala. A veces mis padres me sorprenden.

～

Ese viernes es la última competencia de natación de la temporada. Se trata del gran campeonato en el que compiten los equipos de seis vecindarios distintos. Mamá no puede asistir, por supuesto, y papá no quiere dejarla sola en casa. Tessa está en el trabajo. Pero eso a mí no me causa ningún problema, en serio. No soy ese tipo de atletas de preparatoria que en verdad son serios respecto a su actividad deportiva, para mí es solo una competencia y ni siquiera cuenta para la escuela.

Cuando llego, todos metemos un pie en una pequeña piscina para niños y el agua se ensucia porque estuvimos caminando descalzos sobre la hierba. Es una costumbre bastante burda, pero forma parte de la tradición y, además, creo que este será el último verano que haré esto, así que meto el pie. En el aire se percibe un olor a cloro y a sudor, a bloqueador solar y a dulces.

Matt y yo comemos Airheads. Él elige sabor sandía y yo frambuesa azul. La entrenadora dice que no es buena idea consumir azúcar antes de las competencias, pero, qué diablos, es lo que siempre hacemos en la última competencia de la temporada. Nos sacamos la lengua y yo sé que la mía está azul. Este es uno de los pocos momentos en que Zoey no está pegada a él y, por un instante, imagino que le pidió permiso para pasar tiempo juntos, solo él y yo.

O tal vez ella no consume azúcar.

Uno tras otro, los automóviles empiezan a entrar y a acomodarse en el estacionamiento. En las ventanas se ven leyendas escritas con marcadores color azul y plata: *¡Vivan los Rangers de River's Edge!*, *Estamos que ardemos* y *Otro que muerde burbujas.*

La gente se sienta en círculos, todos con sus trajes de baño, y solo se ve una enorme cantidad de cuerpos bronceados con trajes verdeazulados. La entrenadora camina por todos lados sosteniendo una tabla sujetapapeles que, en menos de una hora, estará empapada de agua con cloro. El anunciador es el papá de uno de mis compañeros de equipo. Lo escuchamos gritar a través del megáfono. Van a comenzar los cien en estilo pecho, el estilo en el que me habría gustado participar, pero no importa.

Ya vimos todos los eventos de los niños de once y doce años. Nos ha tomado casi toda la mañana. Esta es una de las razones por las que las competencias de natación son tan agotadoras: entre uno y otro evento, no solo tienes que quedarte por ahí sentado con el traje de baño mojado y hablando de trivialidades con los otros, también tienes que mantener tu energía sin comer gran cosa y, al mismo tiempo, tienes que llegar temprano para el calentamiento y luego esperar horas mientras nadan los más pequeños. Por supuesto, podrías irte a casa y volver más tarde, pero nadie hace eso porque así no se construye el espíritu de equipo.

La entrenadora se acerca y me dice que me prepare porque mi evento va a comenzar. Coloca su mano en mi hombro.

—Puedes lograrlo, sé que no es tu estilo favorito y aprecio que de todas formas participes en él por el equipo. Solo diviértete. En nuestra última práctica te vi nadar con mucha pasión, haz esto por ti misma.

El anunciador avisa que viene mi calentamiento. Matt choca la mano conmigo para desearme buena suerte y voy a sentarme en la banca, detrás de los nadadores del evento que está teniendo lugar en este momento. Llevo toda la semana diciéndome que no me interesa esta competencia, pero ahora que está a punto de iniciar, mi cuerpo responde de la forma habitual: el estómago se me revuelve y el corazón me late más rápido. Es un evento completo, hay otras cinco nadadoras y todas se ven más intensas que yo. Se estiran, respiran profundo y se acomodan la gorra sobre las orejas, es obvio que son buenas. Una de ellas es la campeona del estilo mariposa. Eso me queda claro al ver a todos los integrantes del otro equipo gritando su nombre.

Meghan Morehart y Alison Brieland son las otras dos chicas en nuestro equipo y, por supuesto, sabemos que les irá bien.

Me recuerdo a mí misma que no hay ningún problema si llego en sexto lugar y solo obtengo un listón rosado, que lo que cuenta es que estoy aquí, y que solo competiré contra mí misma.

Entonces termina el evento anterior, los cincuenta de brazada de espalda. Los nadadores salen de la piscina dando bocanadas y escurriendo, llegó el momento de que subamos a los bloques de salida. Me bajo las gafas para nadar y las acomodo sobre mis ojos. El bloque es de metal. Bajo mis pies siento la cubierta de goma, un tipo de material que impide que los pies se resbalen.

—En sus marcas —dice el anunciador—. Listos... —continúa y todos nos agachamos al mismo tiempo. Entonces escuchamos el sonido de inicio salir por las bocinas y yo me impulso sobre el bloque para lanzarme al agua. No pienso en nada. La multitud grita. Recuerdo lo que dijo la entrenadora respecto a la eficiencia y la belleza. Es una tontería, pero me imagino a mí misma como una mariposa de verdad que va volando sobre la superficie, muy cerca del agua. He visto brazadas de mariposa dadas con estilo, eso es lo que intento imitar: todo mi cuerpo ondulándose en un movimiento elegante, como una ola que mi cabeza y mis caderas completan. Cada brazada la termino halando los pulgares a lo largo de mis muslos. Salgo a respirar, pero solo levanto la cabeza lo exclusivamente necesario, mi barbilla continúa en el agua. Y, en lugar de patear con fuerza y salpicar por todos lados, pienso más en patear con potencia. De pronto, llego al final de la piscina, respiro profundo y hago un giro abierto al tiempo que me impulso apoyando las piernas en la pared. Entonces sucede lo inesperado, las gafas se me llenan de agua y los ojos empiezan a arderme. ¿Debería detenerme y ajustarlas? No puedo, si lo hago me descalificarían y me tomaría más tiempo terminar. Así que solo continúo nadando. Nado a pesar de que veo todo borroso, pero al menos, soy eficiente. Además, el retraso que provocó la confusión me ha hecho enfurecer. Tanto, que trato de usar mi ira para bien: nado con muchísima potencia, ignoro el dolor en los pulmones y el cloro en mis ojos. Me convierto en una nadadora absoluta. Al salir para respirar, escucho a Matt, quien debe de haberse colocado justo al borde de la piscina porque solo escucho su voz gritando con muchísima claridad algo que sabe que me importará: "¡Cuarto, Em!".

Un cuarto lugar no está nada mal. No es quinto ni sexto y, mejor aún, está muy cerca del tercero. Ahora aplico toda la técnica posible, ni siquiera trato de ver quién está frente a mí o detrás, la entrenadora siempre dice que gasto energía muy valiosa al hacer eso. En ese momento golpeo la pared, la competencia terminó. Me impulso para salir de la piscina, los ojos me arden.

Me quito las gafas y el agua me cae de golpe por todo el rostro.

Mis compañeras me vitorean como nunca, la entrenadora grita algo, pero no entiendo lo que dice.

Llegué en tercero.

—¡Sí, Chen-'chez! ¡Bravo, Chen-'chez! —es lo que grita—. Por una vez en la vida hiciste justo lo que te dije que hicieras, ¡y mira la recompensa!

Matt viene hasta donde estoy y me abraza, la sensación me resulta familiar y maravillosa.

—¡Archincreíble, Emily! ¡Fue archirrecontraincreíble! —no deja de gritar.

Solo desearía que mamá pudiera ver esto. Ella es quien siempre me ha obligado a nadar porque dice que quiere que sus niñas sean fuertes.

Entonces escucho una voz conocida detrás de mí.

—¡Eeeeeeeeem! ¡Ven aquí, chica!

Es Heather. Me abraza con entusiasmo a pesar de que estoy mojada y escurriendo, a pesar de que ella viste el atuendo más elegante que alguien verá jamás en Green Valley.

—¡Eres asombrosa! —dice.

Nos miramos. Ella se ve como si le hubieran realizado un cambio estético total. Tiene un fleco burdo y el cabello cortado hasta el mentón. Su maquillaje es exquisito…, pero sigue siendo la Heth de siempre.

La abrazo de vuelta. Percibo cómo luce y la forma en que me mira. Es cierto lo que dicen respecto a tratarte a ti mismo de la manera en que tratarías a un amigo. Se ve tan contenta de verme que yo desearía poder verme como me ve ella cada vez que me miro en el espejo.

En cuanto respira profundo sé que está a punto de decir algo, de mencionar la incomodidad que ha estado creciendo entre nosotras todo el verano.

—Me comporté como una verdadera estúpida —dice.

—No —digo—. Fui yo. Solo debí interrumpirte y decirte lo que necesitaba expresar. Porque, después de todo, eres mi mejor amiga.

Entonces empezamos a reír y al mismo tiempo a llorar mientras nos abrazamos. Matt se une a nosotras y por varios minutos todo es como el verano pasado y como los veranos antes del verano pasado.

Todos nos secamos y nos cambiamos, luego vamos a comer la carísima pizza que vende uno de los alumnos en la casa-club. Las ganancias serán en beneficio del equipo, pero Matt le pregunta si no podríamos pagar un poco menos porque, después de todo, somos el equipo de natación. El chico se ve confundido, así que Matt se disculpa y termina incluso dándole una propina porque lo hace sentir mal el simple hecho de haber pedido un descuento.

Heather y yo hablamos de todo: me cuenta sobre el tiempo que pasó en Londres, sobre el hecho de que no fue sino hasta que abordó el avión de regreso que se dio cuenta de que esas chicas no eran sus amigas en verdad, y que lo más probable es que no continúen en contacto para siempre como dijeron que harían. También me dice que beber no resultó tan divertido como pensaba.

Por todo esto, supongo que ahora nos encontramos en una mejor situación que en la que estábamos antes de su viaje.

Yo también la pongo al día: le digo lo que sucedió con mamá, le cuento sobre Tessa y lo que pasó con la señora G o, al menos, lo intento. No es fácil explicarle todo respecto a una mujer a la que nunca conoció.

Pero se trata de Heather y, eso, en sí mismo, es ya reconfortante porque no hay muchas personas con las que en verdad pueda ser yo misma. Si algo o alguien es importante para mí, también lo es para ella, y eso es algo que uno no puede decir con frecuencia sobre otros, ¿cierto? Heather me escucha, o sea, en verdad me escucha. De pronto me doy cuenta de que, aunque parezca asombroso, muchas personas me escucharon con atención la semana que va terminando. Solo espero estar devolviéndoles el favor.

Un poco más tarde, Heather debe irse. Tiene que ayudar a sus padres con algo relacionado con las últimas actividades de la escuela de educación bíblica en vacaciones o algo así. Me quedo a solas con Matt y sus tres listones de sexto lugar y los dos de quinto, porque es el tipo de persona que nadará en todos los eventos que se lo pidan.

—Em, eeh, supongo que lo hiciste —dice.

—Lo hice, pero no volveré a participar en este evento jamás.

—Bueno, hiciste algo más que solo participar, ¿no? —dice riéndose—. Es decir, básicamente te demostraste a ti misma que puedes hacer las cosas bien, aunque se trate de algo que odias. Y también hiciste algo por el equipo, lo que significa que, después de todo, no eres la egoísta y nefasta persona que Tessa cree que eres.

Me le quedo mirando. Sus ojos se ven de un azul intenso, más azules de lo que nunca los había visto. Y se ve muy contento. Creo que siempre ha sido así, una persona que se puede sentir feliz incluso por los detalles más insignificantes. Matt se emociona al ver una hoja nueva en mi planta teléfono, al ver que los Cheez-Its saben mejor cuando los dejas un rato bajo el sol, "¡como si los acabaran de hornear!", dice. También lo hace sentir feliz la rapidez con que las nubes se mueven y cambian de forma antes de una tormenta.

Por un instante trato de pensar en lo que sentiría si lo besara y solo imaginarlo hace vibrar mi espalda.

—¿Dónde está Zoey?

A Matt le toma mucho tiempo responder. Se queda mirando nuestros platos salpicados de grasa de pizza.

—Estamos, eeh, digamos que... nos estamos dando un tiempo.

El corazón me salta dentro del pecho. Quiero hacerle muchas preguntas, como quién rompió con quien, si van a volver a hablar para ver si se trata de un rompimiento permanente o qué. Sin embargo, no pregunto nada.

—Oh, lamento escucharlo —digo porque eso es lo que se debe decir en estos casos.

—Gracias —contesta sin mirarme del todo—. Siempre la estimaré como persona, es solo que... creo que somos demasiado similares.

—Sí, lo veo —digo asintiendo.

Entonces me mira, casi como si tratara de descifrarme.

—En fin —añade—, no necesitamos hablar más de eso.

—De acuerdo —digo, y ambos nos quedamos contemplando la piscina. Vemos a los padres recogiendo todo tras la competencia y a los competidores que se rezagaron y continúan empacando sus cosas. Entonces volteo para verlo y le pregunto—: Matt, ¿me darías un *ride*?

CAPÍTULO 15

USUALMENTE TOMA DIEZ MINUTOS ir de la piscina al hospital, pero a Matt le toma catorce. No acelera a pesar de que le pido que se apure: "¡Vamos, vamos, vamos!". Tampoco acelera cuando subo el volumen de la música y grito por encima del ruido que el único objetivo de tener una camioneta Jeep es pasear en ella con el techo replegado y el viento corriendo entre tu cabello, pero que ni siquiera puedo llamarle "viento" a esto que siento.

Llego justo a tiempo o, mejor dicho, justo cuando acaban de presentar a Tessa y de enumerar todos los logros en la lista que escucho todos los días, así que no me he perdido de mucho.

Steve está sentado en la primera fila y sobre su regazo tiene un enorme buqué de flores envuelto en celofán, lo cual, estoy segura, es malo para el medio ambiente y además inapropiado, porque esto no es ningún recital de *ballet* ni nada que se le parezca. Yo no traje nada, pero al menos estoy presente.

Mientras estoy sentada mirando al frente, me pregunto qué se sentiría estar ahí con Matt a mi lado, no como mi amigo, sino como mi novio. De alguna forma, creo que se sentiría igual que siempre, como si estuviera sentada al lado de alguien que me conoce, que me ve y con quien puedo contar para casi todo. Para casi todo y, tal vez, un poco más.

Tessa camina hasta el frente con una sonrisa pintada de brillo labial de muchos megavatios, un saco negro y su cabello impecable. Entonces sus ojos se fijan en los míos y se abren como platos. Por un instante me pregunto si no habré cometido un error al venir sin avisar, pero entonces su expresión se suaviza y recobra esa apariencia serena y profesional que indica: soy la mejor. Su primera diapositiva aparece:

—Rápida, mas no furiosa: mejoramiento de la experiencia del paciente en las salas de emergencia —dice, y al hablar ejerce un control absoluto sobre el auditorio, como si se hubiera estado preparando para esto toda su vida. Nos habla de lo que podrían hacer los hospitales para satisfacer las necesidades básicas de las personas que tienen que pasar tiempo en las salas de espera, tomando en cuenta que esos pacientes no están preparados para estar ahí. Nos habla de varios métodos para reducir los tiempos de espera y las visitas en general, y para mejorar los índices de admisión y de aglomeramiento.

Matt y yo vemos presentaciones de otros internos, pero ninguna es tan elegante y contundente. Al final, nos ponemos de pie para ir a felicitarla.

Tessa nos mira de forma alternada, sin saber bien qué pensar de verme ahí y, además, acompañada de Matt. Steve, por su parte, se ve emocionado del encuentro.

—Oye, Ziegler, ¿cómo estás?

—¿Te gustaría ir a Sharky's? —pregunta Tessa. Matt responde afirmativamente, Steve también, pero entonces ella añade:

—De hecho, le preguntaba a Emily.

~~~

Ha pasado mucho tiempo desde la última vez que Tessa y yo salimos e hicimos algo juntas, algo a lo que nuestros padres no nos hubieran forzado. Al llegar a Sharky's pedimos tiras de pollo empanizadas con mostaza con miel y compartimos un plato de papas fritas. Sentadas ahí, con la comida rápida y la salsa cátsup entre nosotras, siento casi como si fuéramos amigas.

Tessa se reclina y yo empiezo a hablar de todo. Tengo incluso varios puntos marcados con viñetas en mi aplicación Notas. Sé que este verano no debió ser fácil, dado que tuvo que asumir la responsabilidad de todo. En realidad, no quise lastimarla, tal vez fui una cobarde al huir de casa. Estoy segura de que para ella es difícil comprenderlo porque es la hija modelo y todo eso, y no es como si a mí me hubieran motivado ni animado mis padres. Pero ella necesita darse cuenta de ello.

—Supongo que lo que más me molestaba era que no estuvieras casi en casa y que, cuando llegabas a estarlo, no sentía que afrontáramos la situación juntas. Pudimos hablar más, ayudarnos entre las dos —dice.

No vi nada de eso antes, solo supuse que Tessa quería manejar las cosas, hacer todo ella misma. También creo que ella dio por hecho que yo no quería participar. Pero tiene razón, no habríamos tenido por qué lidiar con el asunto por separado, cada una por su lado.

—Tal vez, todo sucedió también porque yo no te pedí ayuda —continúa—. Eres más capaz de lo que imaginé. Después de todo, te hiciste cargo de la señora G todo el verano.

—Hasta que casi logro que ambas nos matáramos al permitirle conducir —interrumpo.

—Vamos, deja de flagelarte por eso.

Solo queda una tira de pollo. Tessa la corta en dos partes y me deja elegir la que yo quiera, que es lo que nuestros padres nos decían que debíamos hacer cuando éramos pequeñas.

—A veces desearía poder ser más como tú —dice y, al verme resoplar, añade—: ¡Hablo en serio! A ti en verdad te importa un sorbete lo que piense la gente.

—¡Claro que me importa! —digo—. Solo que no me obsesiono con ello. Pero ¿qué me dices de ti? Siempre tienes tanta confianza en ti misma y actúas con elegancia. Es decir, guau, ¿ser candidata para el consejo estudiantil? ¿Hablar en público en tantas ocasiones?

—Pero la verdad es que tengo que esforzarme mucho para siquiera levantar la mano en clase. Es solo que tú no me ves antes, cuando tiemblo como una hoja y anoto lo que quiero decir antes de abrir la boca.

Suena muy parecido a lo que hago cuando me preparo para hacer llamadas telefónicas. Tal vez Tessa y yo no somos tan distintas.

Tessa bebe un sorbo de su Coca Cola.

—Em, necesito decirte algo.

—Por supuesto —digo al tiempo que mojo una papa en cátsup.

—No voy a ser doctora.

—Espera, ¿de qué hablas? ¡Pero si ha sido tu sueño desde siempre! ¡Toda la vida!

—Yo pensé…, no lo sé, pensé que estaba hecha para esto, pero entonces vi la… —dice y se queda en silencio un momento—. Fue horrible. Siempre pensé que no me molestaba ver sangre, es decir, ya me conoces, actúo rápido, pero… Ay Dios, ese espantoso olor —dice y se estremece—. Me muero solo de pensar en ello.

—¿El olor de…? Oh, no, no me digas eso —digo antes de meterme otra papa a la boca—. Pero podrías aprender a superarlo, ¿no? Es decir, ha sido tu sueño durante mucho tiempo.

—Fue insoportable —dice negando con la cabeza—. No he podido ni siquiera decírselo a alguien porque fue demasiado vergonzoso: vomité. ¡Tuve que salir corriendo de la clase para llegar al baño! Así que no pude ayudar en nada, y eso solo fue en una ocasión. Sé que habrá más cosas asquerosas con las que no podré lidiar —dice mientras oprime la botella y rocía sus papas con más cátsup. A mí me gusta sumergir las papas, a ella rociarlas—. Y, para ser franca, no creo que el trabajo médico sea mi fuerte. O sea, sí, claro, puedo hacerlo, pero ya me conoces, lloro a la menor provocación.

—Y entonces, ¿qué quieres hacer?

—Esa es la cuestión, no lo sé y me da mucho miedo —explica—. Me aterra no saberlo. Todos estos años, simplemente *sabía* que iba a estudiar medicina.

—Sé que es aterrador, pero… puedes estresarte y tratar de controlar la situación o puedes aceptar que, a fin de cuentas, las cosas seguirán siendo como son y no puedes controlarlo todo.

—¿Cuándo te volviste tan sabia? —me pregunta sonriendo.

—Supongo que mientras era una especie de ama de llaves glorificada. Pero no me puedo quejar, aprendí mucho en mi trabajo de verano.

—En verdad te llegó a importar mucho la señora "Granary", ¿no? —dice riendo y entrecomillando la palabra en el aire con los dedos.

—Así es.

—Pero entonces, ¿qué vas a hacer al respecto? —pregunta.

Y el hecho de que no me diga "contáctala" ni me recomiende hacer algo en particular me resulta refrescante.

Suspiro y me llevo otra papa a la boca. Maldita sea, incluso las papas fritas mediocres saben bien. ¿Existirán siquiera las papas fritas "malas"?

—No lo sé —digo—. Supongo que si la llamo, lo peor que podría suceder sería que ella tuviera un episodio intenso y me gritara, lo cual no sería nada nuevo, ya pasé por eso —digo estremeciéndome—. Sin embargo, creo que no quiero volver a vivirlo —confieso, y Tessa sonríe.

—Tal vez podrías solo presentarte en su casa cuando menos se lo espere, como lo hiciste hoy en mi presentación. Es difícil enojarse con alguien que hace eso.

～

Los días de aislamiento de mamá llegan a su fin y el siguiente lunes vamos los cuatro de nuevo al hospital para una reunión con la doctora Kim. A diferencia de las veces anteriores, en vez de solo hablar con nosotros en el cuarto de auscultación, nos invita a pasar a su consultorio, que es más privado. Entonces me preocupo porque, ¿para qué hacernos pasar si las noticias son buenas?

Mamá entra primero con la cabeza en alto; papá se ve retraído y serio; Tessa entra después de él y yo la sigo.

—El tratamiento RAI salió bien —dice la doctora de la manera sosegada y profesional que acostumbra.

—Oh —exclama papá y lo veo relajarse de inmediato. Baja los hombros y destraba la mandíbula—. Gracias a Dios, gracias a Dios.

—Esto quiere decir que ahora pueden tranquilizarse todos —añade la doctora colocando la mano sobre el brazo de papá.

—¿Y puede...? —empieza a decir papá con voz temblorosa y baja—. ¿Puede comer... lo que ella quiera... ahora? —dice tomándose su tiempo entre palabras. Su voz se escucha aguda, extraña.

—Oh, sí —contesta la doctora Kim con una risa forzada. Veo que está tratando de ayudar a papá a sentirse cómodo—. Puede comer lo que quiera, pero durante algún tiempo es preferible que no coma nada demasiado duro o crujiente. Lo más importante es que ya pueden comer juntos. Todo se ve bien, muy bien.

La doctora nos pone al día respecto a los medicamentos y las citas, y, cuando se va, papá nos mira a las tres. Su rostro hace algo peculiar, se tensa y luego se arruga. Y entonces solo empieza a sollozar. Nunca lo había visto llorar. Ni siquiera estoy segura de cómo reconfortarlo o si desea que lo hagamos. Me estiro y le doy unas palmaditas en el brazo, y entonces él nos extiende los brazos. Tiene las manos mojadas de lágrimas. En cuanto nos unimos a él, eso se convierte en un gran festival de mocos, pero ni mamá se atreve a decirnos que no lloremos.

—Vayamos a celebrar —dice papá después de un momento, cuando se recupera—. ¿A dónde creen que deberíamos ir a comer?

El hombre ha estado hambriento todo el verano o, al menos, eso es lo que me parece. Deberíamos llevarlo a engordar un poco porque, de hecho, está tan delgado como mamá.

Decidimos ir al restaurante Chick-fil-A que está casi al lado del hospital y ordenamos sándwiches, limonada y papas estilo wafle. Esta comida, sumada a la visita a Sharky's, me ha permitido comer bastante pollo frito estos días, pero está bien porque, después de todo, esto es el Sur, ¿no?

Por primera vez en mucho tiempo no hablamos de la enfermedad de mamá, del internado de Tessa ni de mi incompetencia. Solo comemos juntos y lo disfrutamos, y siento que resulta bastante sanador para todos. Hacía mucho que no veía a papá comer tanto y me da gusto verlo devorar con gusto. Come una papa wafle tras otra y tras otra hasta que se acaban.

Voy al White Moose y elijo el mejor papel para escribir que encuentro. Es el más elegante y también el que mejor va con el estilo de la señora G: es un papel grueso de color crema que en la parte superior tiene una gran *E* de sinuosos trazos en azul marino. Es un papel tan sureño que casi me hace poner los ojos en blanco, pero no lo hago porque, en el fondo, sé que tiene mucha clase.

Tomo mi pluma favorita de tinta de gel negra y trato de que mi escritura manuscrita no sea tan desordenada como siempre.

Querida señora G:

Bien, antes que nada, la extraño.

Trato de recordar las reglas de la señora G para escribir una tarjeta. Aunque no se trata de una tarjeta de agradecimiento, sino más bien de una tarjeta para saber cómo se encuentra, creo que puedo permitirme agradecer un poco...

¿Cómo está?, escribo.

Ella decía que uno siempre debía preguntarle a la otra persona cómo se encontraba de inmediato, que lo apreciaría.

Sé cómo habría respondido la señora G de principios del verano: "¡Estoy vieja, Emily! ¿Cómo más podría estar?", diría, pero sonriendo. La señora de finales del verano habría contestado con sarcasmo o elegido simplemente no responder.

Los recuerdos que tengo del tiempo que pasamos juntas son muy dulces.

Nunca fue mi intención traicionarla. Debe saber que me siento destrozada por ello. Solo quería ayudar, pero llegó un momento en que mantener la situación en secreto parecía ya no ayudar en nada. Desde el accidente empecé a tener mucho miedo y usted dice que se supone que uno debe exponer sus miedos, no ocultarlos; que ocultarlos los vuelve más atemorizantes. Bien, tal vez yo debí decirle que tenía mucho miedo. Tal vez, así me habría comprendido.

Espero que se encuentre bien ahora. Le escribo para decirle que lamento lo sucedido y para pedirle perdón. Aún creo que tomé la decisión correcta, pero es cierto que tal vez pude hacer las cosas de una manera más sutil.

Empiezo a escribir *Con cariño*, pero no quiero que piense que la estoy tratando de manipular en el aspecto emocional o de cualquier otra manera, así que termino con *Cordialmente*. En la parte de atrás hago un dibujo de los dos vasos altos de limonada con los cubitos de hielo perfectamente cuadrados.

Le envío la carta por correo porque, a pesar de que podría solo pasar y deslizarla bajo su puerta, recuerdo que cada vez que recibía correspondencia se ponía como una niña. La espera es como una eternidad. Pasan algunos días, los suficientes para estar segura de que recibió la carta. Luego pasan más días, tantos que incluso si no ha tenido tiempo para pensar en una respuesta, me habría podido al menos enviar un mensaje de confirmación de recepción. Luego pasa un día más y yo sigo sin saber nada de ella.

Pasa una semana.

¿Por qué pensé que si no respondió mi correo electrónico, respondería una carta manuscrita? Hay muchas razones. La tecnología no era su fuerte, así que tal vez nunca leyó mi correo. Tal vez puedas ignorar un mensaje de correo electrónico, pero una carta enviada por correo es algo serio. Uno simplemente no puede ignorar una hoja de papel que alguien escribió de su propia mano.

¿Estoy desesperada? ¿Será vergonzoso que, tras haberle escrito a mi antigua empleadora y no recibir respuesta, sienta la imperiosa necesidad de irme a parar frente a su puerta?

Es probable.

Pero lo haré de todas maneras.

En el ascenso por Rock Road, mientras voy pedaleando en mi bicicleta, recuerdo la primera vez que visité su casa. Esperaba encontrar a alguien frágil que me necesitaría para solucionar sus problemas físicos, pero terminó sucediendo lo contrario. Yo empecé a necesitarla y su casa se convirtió en el lugar donde más deseaba estar semana a semana.

No espero una disculpa, de hecho, no espero nada. Podría golpearme o incluso gritarme, pero esta vez estoy decidida. No me asustaré si lo hace y seré la persona más comprensiva de las dos.

Desde la primera vez que vine a este lugar y, luego, en todas las ocasiones subsiguientes, le presté mucha atención a mi vestimenta y a mi forma de presentarme, porque ambas cosas le importaban a la señora G. Esta vez no es la excepción. Visto un traje enterizo con sandalias lindas y, como estoy convencida de que mantener el cabello húmedo al salir me permite mantenerme fresca fuera de casa, lo llevo así, pero peinado en un chongo alto sobre la cabeza. Camino con la bicicleta a mi lado hasta el frente de la casa, veo los sauces llorones que conozco y la casita de las hadas con la llave.

Me quedo en el escalón del frente, sintiendo que ha pasado una eternidad desde la última vez que toqué el timbre. Solo fue una vez, de hecho. Ahora tengo miedo de verla y, al mismo tiempo, anticipo la ráfaga de aire fresco que sé que está por sacudirme.

La puerta se abre, pero no es la señora G quien me recibe. Es una mujer joven, mayor que yo, pero no mucho. Lo primero que noto es su cabello. Le llega a los hombros y tiene mechones de color rosa intenso. Se ve genial.

Lo segundo que noto es que tiene puestos guantes para limpiar. Lo tercero que noto es que se ve muy agotada.

—Hola —digo—. Eeeh… lamento molestarte, pero… ¿se encuentra la señora G…? Es decir, ¿está la señora Granucci en casa? Soy Emily. ¿Fui su acompañante? ¿En el verano?

Al decirlo de esa manera, con vacilación, me doy cuenta de lo raro que es que tenga tantas ganas de verla. Solo nos conocimos y nos vimos en el verano y, además, me pagó para pasar tiempo con ella. En mi defensa puedo decir que cuando uno solo tiene dieciséis años, el verano puede ser muy largo.

—Oh, sí —exclama y veo un cambio en su mirada—. Sé quién eres. Soy Mara, una de sus nietas. Nos contó a todos sobre ti, pero pensé que se había despedido.

—¿Despedido?

—Sí —dice asintiendo con la cabeza—. Mamá se la llevó ayer en avión. Papá y yo solo estamos limpiando. Él fue a la tienda por más productos de limpieza, pero volverá en cualquier momento —explica. Entonces me parece que nota la confusión en mi rostro porque agrega—: Se mudó a California.

—¿California? —repito como tonta, o parezco un robot, un robot tonto que solo atina a repetir la última palabra de las frases que escucha. Por supuesto, Robbie vive en California.

—Como verás, todo es una locura en este momento —dice Mara. Detrás de ella veo pilas de cajas de cartón de mudanza y algunas de las obras de arte de la señora G envueltas en plástico de burbujas.

Quisiera preguntarle si la señora recibió mi carta, si alguna vez volverá de visita, si vivirá con su familia en alguna especie de lugar especial para asistirla, y qué dijo el médico. Pero la veo tan exhausta que pienso que no debería quitarle más tiempo. Miro el interior de la casa detrás de ella. El piso de madera está tan limpio que brilla y, sin el gran tapete oriental azul y rojo, el lugar se ve desnudo. También retiraron las cortinas y no veo a George en ningún lugar.

—Seguro se ve muy distinto de cuando solías venir —dice Mara.

Escuchar la frase en pasado me resulta rarísimo, como si hubiera trabajado aquí hace años, no solo hace poco, hace algunas semanas. Me quedo sin habla.

—¿Quieres pasar? —dice Mara al ver mi reacción.

—No, gracias, debo irme —digo negando con la cabeza, y al oírme mi corazón se repliega en sí mismo. Solo puedo pensar en el hecho de que se fue sin decir adiós. ¿Estaría tan enojada conmigo que ni siquiera pudo hacer eso?

—Tienes su número de celular, ¿verdad? —dice Mara—. Sigue usando el mismo teléfono, y además se mudará con nosotros, así que no vivirá en un lugar deprimente y estéril para vejestorios.

Vejestorios. Al escuchar eso los ojos se me llenan de lágrimas. Para alguien que se opone a llorar, lo he estado haciendo con demasiada frecuencia últimamente.

—Oye —dice Mara—, estamos en verdad muy agradecidos contigo por, ya sabes, por informarnos. Tal vez mi abuela no esté actuando en este momento como usualmente es, pero apuesto a que ella también está agradecida.

⟳

Vuelvo a casa y, justo cuando estoy por subir por las escaleras para ir a mi habitación, papá me grita desde la cocina.

—¿Rillo? Llegaron un par de cosas para ti en el correo.

La primera es una llamativa y psicodélica postal: un gato con rayas grises y un globo de diálogo en el que dice: *¡Miiiiiiiaaaau fieeeesta! ¡Si no vienes, te lo pierdes!* Es la invitación a la fiesta del fin del verano de Jayson Applebee. Es esta noche. De hecho, ya nos había avisado en Instagram, pero seguro envió estas postales para tratar de animar a todos. Me pregunto si Heather querrá ir o si estará abrumada tras todas las parrandas de su verano en Londres.

Lo segundo es un gran paquete, pero no he ordenado nada por internet, nada que yo recuerde, claro. Entonces veo que la etiqueta en el sobre tiene un buqué de lavanda en la esquina y que mi nombre está escrito en una elegante pero descuidada letra manuscrita: *Señorita Emily Chen-Sanchez*. La señora G aprovecharía cualquier oportunidad para llamar a una adolescente *señorita*. La dirección del remitente, Sra. Leila Granucci, indica un lugar en California.

Tessa siempre abre la correspondencia y los paquetes con cuidado, incluso los de Amazon. Mantiene los sobres intactos y solo rasga en la zona con la línea perforada. Yo, en cambio, ataco las cosas sin que me importe que los sobres o las cajas queden destruidos. En esta ocasión, sin embargo, abro el paquete muy lento, con gestos reverenciales.

En el interior hay dos bolsas de tela cerradas con cordel.

Papá las mira con curiosidad.

—¿Zapatos? —pregunta.

—Zapatos —afirmo.

Aunque la relación entre papá y yo ha mejorado mucho, sé que todavía le ofendería que usara zapatos de segunda mano, por eso corro a mi habitación antes de que pueda hacer más preguntas. Además, quiero tener este momento en privado.

Cierro la puerta, saco cada uno de los zapatos de la bolsa y siento el suave cuero con las puntas de mis dedos. Se ven justo como los recordaba. Los saco por completo de las bolsas y deslizo lentamente mis pies en ellos. Se ven y se sienten increíble. Camino por mi habitación y, de pronto, estoy de vuelta en su casa: la isla de mármol en la cocina, la música del violonchelo, el aire fresco como en un supermercado..., la señora G riendo con la cabeza echada hacia atrás y preguntándome si quiero más *bagel* tostado con mantequilla y salmón ahumado.

Entonces me asomo en la caja. No creo que haya nada más. Los zapatos son más que suficiente, pero, de todas formas, tengo esperanza. Y, por supuesto, hay una nota. El texto está apretujado en el frente y en el reverso de una tarjeta color crema con una gran *G* mayúscula de molde en la parte superior. Da la impresión de que no esperaba escribir tanto. Las pequeñas letras cursivas inclinadas hacia la derecha se van haciendo cada vez más pequeñas hacia el final.

Querida E:

Bien, primero lo primero: espero que tu mamá se encuentre bien y tú también. Recibí tu fabulosa y elegantísima carta. Las cosas cambiaron tan rápido que no tuve tiempo de redactar una respuesta que le hiciera justicia, pero ahora encontré un momento para hacerlo.

Como sabes, tu glamorosa (ex)empleadora no solo está senil, también es muy testaruda. Durante el vuelo e incluso después de las cinco horas que duró y en las que creo que bebí un Negroni con mucha sed y bastante alegría, dadas las circunstancias, tuve un poco de tiempo para reflexionar. Oh, claro que traía un libro conmigo e incluso un iPad, ya sabes, ese artefacto rectangular espantoso. Este contenía varias películas que precargó mi otro E, ya sabes, Ezra. Sin embargo, es muy difícil concentrarte cuando tu vida entera está cambiando, cuando todo está fuera de control. Y, lo sé, estás en preparatoria y dentro de poco tu vida también cambiará, cuando vayas a la universidad, pero creo que seguro entiendes que las cosas son distintas cuando uno tiene mi edad, o sea, casi treinta y cinco. O cuando se sufre de mi enfermedad, pero descuida, sigo teniendo una precisión y agilidad mental impecables... cuando no estoy fuera de mí.

En fin, pasé todo ese tiempo pensando, reflexionando, porque quiero seguir usando mi viejo cerebro mientras pueda.

Te debo una disculpa, Emily. Nosotros, los Granucci, somos gente apasionada, lo sabes, pero eso no es excusa, no debí pedirte lo que te pedí. Así pues, en este tenor, me gustaría ofrecerte una disculpa por pedir demasiado de ti, por poner una carga demasiado grande sobre tus hombros. Tu empleo no debió consistir en engañar gente. Pienso en ti como una amiga, una verdadera amiga, pero, al mismo tiempo, tú eras mi joven empleada y lo que te pedí sobrepasaba incluso lo reprochable. Lo peor fue la manera en que reaccioné después. Estaba herida, estresada y tenía miedo. Por favor, perdóname por no solo pedirte lo imposible, sino por haberte tratado de la manera que lo hice después. No, no me traicionaste, estabas tratando de ayudarme. Ahora lo veo.

No puedo prometerte nada para el futuro, pero eso es algo que ya sabes.

Emily, me preguntaste cómo me sentía respecto a todo esto y la respuesta es: tengo miedo. Pero también estoy lista.

Y tú también estás lista. Debo agradecerte el increíble verano que pasamos juntas, un verano extraordinario y fuera de serie. De verdad.

Quiero que sepas esto respecto a ti misma: eres fuerte. Cuando llegue el momento de solicitar el ingreso a la universidad, ¡no dudes en pedirme esa carta de recomendación!

Señora G

Estamos en la sala, levanto los pies y los apoyo en la mesa esquinera. Mamá se tensa, pero veo que decide no decirme nada, solo sonríe y rodea mis hombros con su brazo.

Sonrío, agradecida de que no haya dicho nada. Y entonces bajo los pies. Sé que las cosas no siempre serán así, pero, al menos, es un comienzo.

—Vaya, creo que es mejor que me vaya —digo.

—¿Vas a ir a la fiesta? —me pregunta y, antes de que pueda responderle, agrega—. ¡Porque te ves muy bien!

Entonces bajo la vista y veo mis *jeans* salpicados de pintura, mi vieja camiseta y me río.

Corro a mi habitación a cambiarme. Me pongo un vestido floral y un poco de lápiz labial. Es mi favorito ahora, Heather me ayudó a encontrarlo, es un color rosado brillante que funciona muy bien tanto para mi tono de piel como para el de ella. Recuerdo que la señora G solía decir sobre el lápiz labial: "¡Una pasadita sobre los labios puede cambiarte la vida!". Espero que el mío lo haga.

Me pongo tenis porque no quiero que parezca que me estoy esforzando demasiado. Luego monto en mi bicicleta y voy a casa de Matt.

lll

De ninguna manera está listo para una fiesta. Lleva puestos los tenis floreados y una camisa a rayas negras y amarillas que, ya se lo he dicho, lo hacen parecer un abejorro. "Genial, los abejorros son lindos", fue lo que contestó en aquella ocasión.

Hay tierra en la parte inferior de sus *jeans* y también en sus brazos. Lleva la gorra del parque nacional Great Smoky Mountains y, debajo de ella, está sudando. Hay incluso una brizna de hierba saliendo de un agujero de sus zapatillas. No, no es el chico más guapo del mundo y, definitivamente, tampoco es un elegante chelista clásico, pero es Matt, y eso es aun mejor.

Al verme, deja caer la manguera.

—Hola —digo—. Vine para llevarte a la fiesta.

Arquea las cejas, se me queda mirando y sonríe.

—Espera —dice—. Tú, Emily Chen-'chez, ¿me estás invitando *a mí*, Matt Ziegler, a una fiesta?

Respiro profundo. He escrito muchos guiones este verano, para hablar con la señora G, con Robbie, con Tessa... Pero con Matt lo único que necesito hacer es llegar y decir lo que tengo en la mente. Siempre ha sido así, por eso empiezo a hablar sin reservas.

—Mira —digo—, yo... no puedo decirte qué hacer y, obviamente, no tienes por qué escucharme, pero me has escuchado todo el verano y me has dado muy buenos consejos. Por eso creo que..., tal vez, ahora yo podría ofrecerte uno a ti.

Y me está escuchando, muy atento. Tiene la vista fija en mí, me mira en parte curioso y en parte divertido.

—No sé si yo sirva para... ser novia o lo que sea. De hecho, sé que no sirvo. Sé que Zoey es dulce y le gusta todo lo que a ti, y que en lo referente a la jardinería yo no soy de ayuda para nada y, además, ni siquiera entiendo lo que haces con las moléculas ni... nada de lo demás que haces, pero estoy segura, absolutamente convencida, de que me gustaría intentarlo. Y sé que siempre estoy perdida en mi teléfono en lugar de prestarte toda mi atención, pero, si me pudieras dar otra oportunidad, sé que seríamos buenos el uno para el otro, que nos haríamos bien. Este verano me comporté como una verdadera idiota.

Matt se quita la gorra y al tocarse con suavidad la cara con la muñeca se deja una mancha de tierra en la frente.

—Entonces lo que estás diciendo es que quieres ir a esta fiesta conmigo —dice.

—A menos que… ¿ya tengas alguien con quien ir?

Se acerca a mí, toma mis manos entre las suyas y, por primera vez, no necesito decir nada.